어른이지만,
용기가 필요해

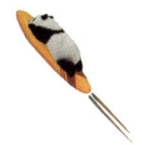

어른이지만, 용기가 필요해

도망가고 싶지만
오늘도 이불 밖으로 나와
'나'로 살기 위해 애쓰는
모든 어른들에게

김유미 쓰고 그림

나무사이

어른의 용기가
필요한 당신에게

나는 10년 전에 내 꿈을 맞닥뜨렸다. 회사에서는 번아웃이 오고, 가까이 지내던 지인도 해외로 떠나 외로움이 사무치던 때였다. 재밌는 일 하나 없는 무색무취의 내 삶에 뭐라도 돌파구를 찾고자 새로운 취미를 탐색하고 있었는데, 어릴 적에 내가 그림 그리기를 좋아했다는 것이 생각났다. 그렇게 큰 뜻 없이 화실에 들어갔다가, 어른이 되고서는 잊고 있었던 '꿈'을 만났다.

그 꿈을 위해 매일 퇴근 후 그림을 그리고 있다. 저녁마다 좋아하는 일을 하니, 지루하고 무기력했던 날들 틈에서 반짝임을 발견하게 되었다. 그 소중한 순간순간을 캔버스에 담고 싶어, 무엇으로 어떻게 표현할지 고민하던 중에 운명처럼 판다를 만났다.

우연히 본 다큐멘터리에서 독립적인 동물이라고 소개된 판다는, 아무렇지 않게 혼자만의 시간을 즐겼다. 대나무를 오래오래 꼭꼭 씹어 먹고, 느릿하게 산책하다, 나무 위로 올라가 한참 낮잠을 잤다. 깨어나서 다시 첫 끼니처럼 대나무를 먹고, 풀밭을 몇 번 구르더니 또 나무 위로 올라가 멍하니 사색에 잠겼다.

소심하고 다른 사람의 눈치를 많이 보는 나에게 판다의 그런 모습은 신선한 충격이었다. 나는 어른이 되고서도 내가 원하는 바를 나 스스로 잘 알지 못했고, 남들이 나에 대해 어떻게 생각할지 신경 쓰느라 하고 싶은 말을 참았고, 나 자신을 의심하며 미래를 불안해하고 있었다. 건조하고 차가운 현실 속에서 어른이 된 나는, 내가 좋아하는 일을 하면서 나답게 살아갈 용기가 없었다.

그래서 그 누구의 시선도 신경 쓰지 않고 하고 싶은 일을 묵묵히 해내는 판다의 모습이 어찌나 용맹하고 멋있어 보였는지 모른다. 나는 그 용기에 매료되어 그 이후 수년간 판다를 그리고 있다.

그렇게 꾸준히 판다 그림을 그리다 보니, 내 모습도 차츰차츰 판다와 닮아가고 있다. 혼자 있는 게 서툴렀던 내가 이젤 앞에서 보내는 나만의 시간을 온전히 즐기게 되었다. 항상 남들보다 느린 내가 불만이었지만, 이제는 내 속도를 인정하게 되었다.

당장 꿈을 찾아 떠나겠다며 사직서를 던질 용기는 없지만, 아침마다 지옥철을 뚫고 출근을 해낸다. 직장 동료들과 소리 없이 날아다니는 총알을 피하며 하루를 보내고, 저녁에는 다음 전시를 준비하며 계속해서 화가의 꿈을 키워간다. 대단한 도전은 하지 못하더라도, 좋아하는 일이라면 선뜻 시간을 내어 온 마음을 다해 즐긴다. 소소한 어른의 용기를 매일 조금씩 내면서 살고 있다.

여전히 어설프고 불안한 어른이지만, 좋아하는 일과 사랑하는 사람들 사이에서 하루하루 나답게 살아가는 이야기를 여기 담았다. 판다처럼, 우리 모두가 각자의 작은 행복을 천천히 누리길 바라는 마음으로 이 글을 시작한다.

차례

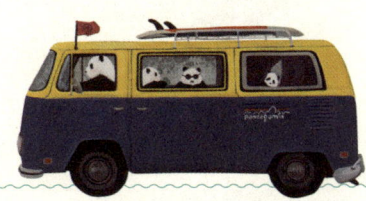

두 번째 용기

힘든 건 힘든 거고, 신난 건 신난 거지

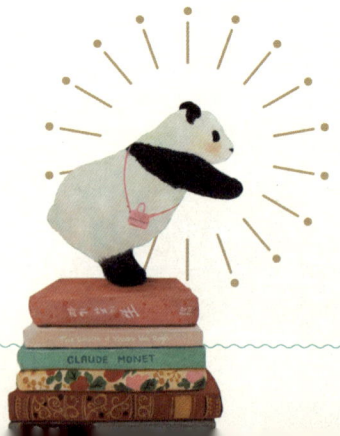

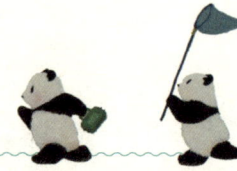

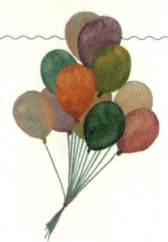

세 번째 용기

혼자 있고 싶지만 혼자인 건 싫은걸

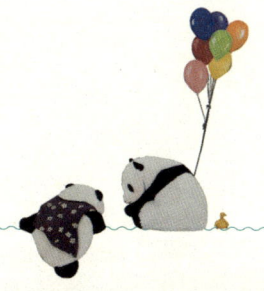

네 번째 용기

아무것도 이루지 못한 하루라도 괜찮아

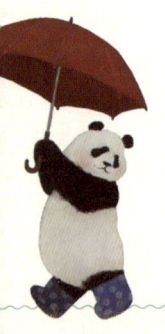

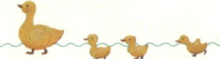

다섯 번째 용기

그럼에도 계속해서 도전하는 나의 오늘을 응원해

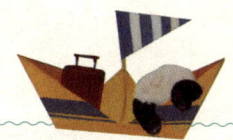

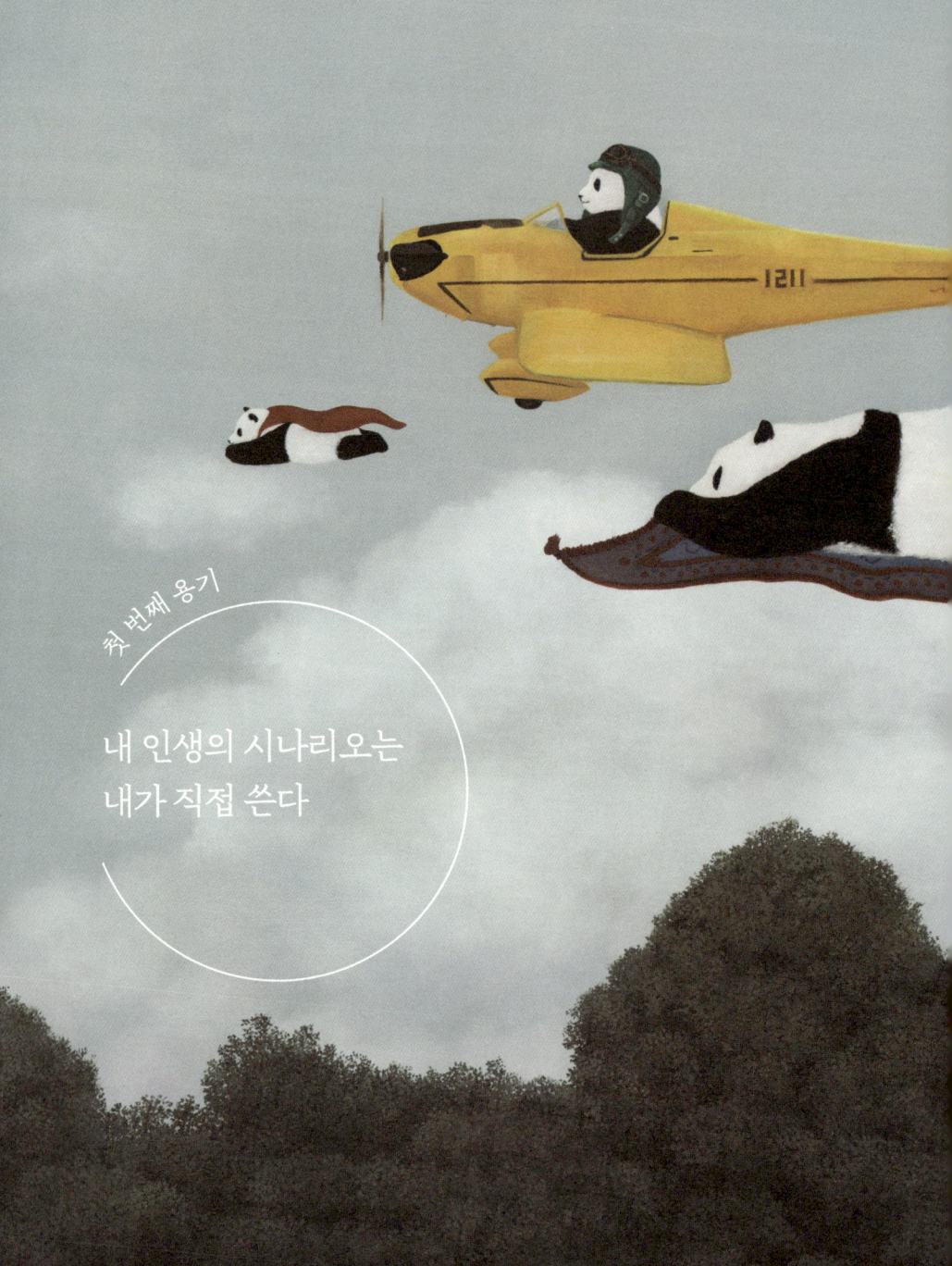

첫 번째 용기

내 인생의 시나리오는
내가 직접 쓴다

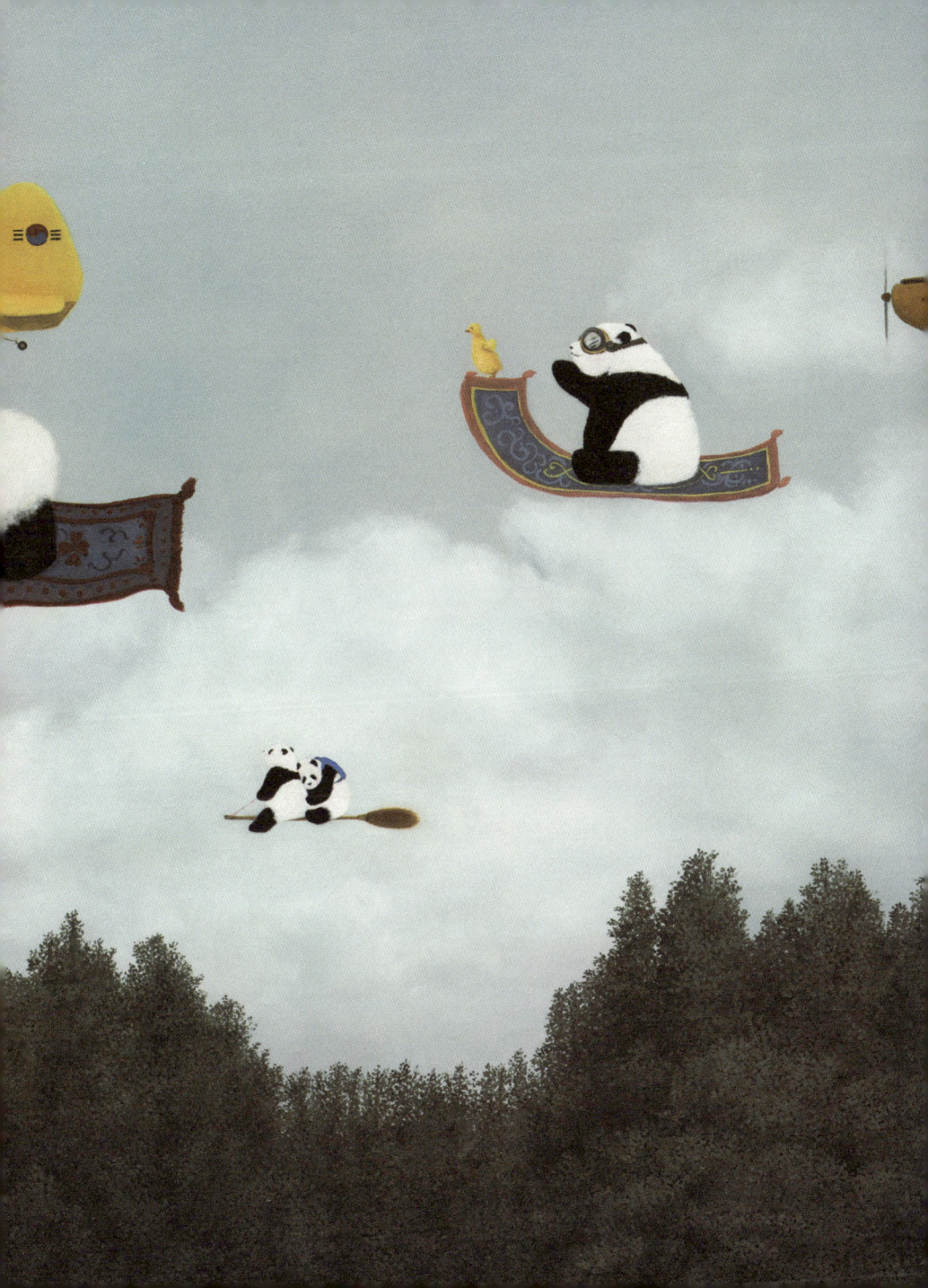

내 인생의
시나리오는
내가 직접 쓴다

영화나 드라마를 볼 때면 줄거리를 미리 알고 보는 것을 좋아
한다. 잔인한 게임 끝에 누가 456억을 가져갈지, 팔에 상처가 가득
한 우리 동은이가 복수에 성공할지, 애순이와 관식이가 결국 행복
한 결말을 맞이할지 궁금해서 참을 수가 없다. 이번에는 긴장감과
반전을 즐겨보자고 다짐하며 한두 편을 참고 보다가도, 주인공이
눈물을 흘리면 이내 핸드폰을 집어 들어 스포일러를 검색한다.

그렇지만 못 참게 궁금한데도 어디를 찾아봐도 알 수가 없는
드라마의 결말이 있다. 바로 내 인생이다. 한 치 앞도 모르는 것이

인생의 묘미라지만, 그냥 좀 재미가 없어도 되니 미리 알고 싶다. 하다못해 다음 회 예고라도 해준다면 어깨의 긴장을 조금이라도 풀 수 있을 텐데.

그래서 예전에는 점을 보러 다녔다. 20대엔 홍대 앞에서 타로 카드를 뽑으며 내가 좋아하는 그에게서 연락이 올지 물었고, 30대에는 유명한 점집을 수소문하여 스페인으로 이민을 가도 될지 물었다. 정곡을 찌르는 해설에 놀랄 때도 있었고 누구나 할 수 있는 뻔한 말에 실망할 때도 있었지만, 누군가가 내 인생을 예측하고 풀이해주는 것은 언제나 묘한 안정감을 주었다.

그러다 작년, 한 차례 개인전을 끝낸 후에 문득 점을 본 지 오래 되었다는 생각이 들었다. 화실을 다니기 시작한 이후로 하루하루 그림에 집중하느라 먼 미래를 생각할 틈이 없었던 탓일까. 그저 내일도 오늘과 같이 그림을 그리고 싶다고 생각해서였을까. 어언 10년을 내 미래에 대해 묻지 않고 살아온 것이었다.

그런데 이제는 다시 한번 스포일러를 찾아볼 때가 된 것 같았다. 꿈만 같았던 개인전도 열었고, 작품도 조금씩 판매되고 있는데, 드디어 퇴사 신호가 온 것이 아닐까? 이대로라면 회사를 때려

치고 전업 화가를 해도 되지 않을까? 신나게 사직서를 던지는 상상을 했다가, 모조리 망해버려서 쫄쫄 굶는 건 아닐까 걱정을 했다가, 하루에도 몇 번씩 머릿속 천국과 지옥을 오가고 있을 때 후배가 사주를 추천했다. 전화로만 이야기하는데도 워낙 유명해서 두세 달은 기다려야 하는 정말 용한 곳이라고 했다.

애기를 듣고 바로 예약했지만, 계절이 바뀔 때쯤에야 전화가 왔다. 전화를 받자마자 역술가는 사주풀이를 시작했다. 열아홉 살까지의 운이 어쨌고, 대운은 언제 온다는 둥 쉬지 않고 말을 이었다. 몇 분간 정신없이 쏟아진 말끝에, 드디어 궁금했던 질문을 했다.

"저… 지금 다니는 회사를 그만 두고 화가로 살아도 될까요?"

"화가? 거봐! 아가씨는 사주에 금이 많다니까! 딱 예술가 사주라고. 내 이럴 줄 알았어, 화가 좋네!"

주어진 시간 30분에 훨씬 못 미치는 통화 시간이었지만, 마치 자신이 정답을 맞힌 것처럼 신나 하는 그에게 떨떠름하게 인사하며 나는 전화를 끊었다. 원하던 답을 들어서가 아니었다. 내 자신이 한심해서였다.

사실 전화를 받았을 때도 이젤 앞에서 색을 조합하는 중이었다. 이미 화가의 일을 하고 있으면서, 화가를 해도 되겠냐고 물었던 것이다. 그것도 얼굴도 모르는 전화기 너머의 사람에게 말이다. 그 상황의 아이러니함에, 내 질문이 얼마나 바보 같은지 깨달았다.

　내 인생 드라마의 시나리오는 결국 내가 써야 한다. 작가도 나, 감독도 나, 주연 배우도 나. 서투른 작가가 쓴 드라마가 재미가 없거나 의도치 않게 새드엔딩이 되어버릴까봐 두렵기도 하지만, 어쩌겠는가. 다음 줄을 써 내려갈 사람은 나뿐인걸.

　사주 아저씨도 모를 내 인생의 스포일러는 직접 유출할 수밖에 없다. 이 드라마는 유쾌한 성장형 이야기가 될 예정이다. 다음 회차에는 장롱 면허증을 꺼내 들고 우당탕 운전 연수를 받는 장면이 나올 것이고, 그다음 시즌엔 주인공이 젯소와 유화물감, 소금빵이 든 에코백을 메고 서점에 진열된 자신의 책을 집어들 것이다.

　스포를 유출했으니 허위 광고가 되지 않기 위해 오늘의 씬을 살아야겠다.

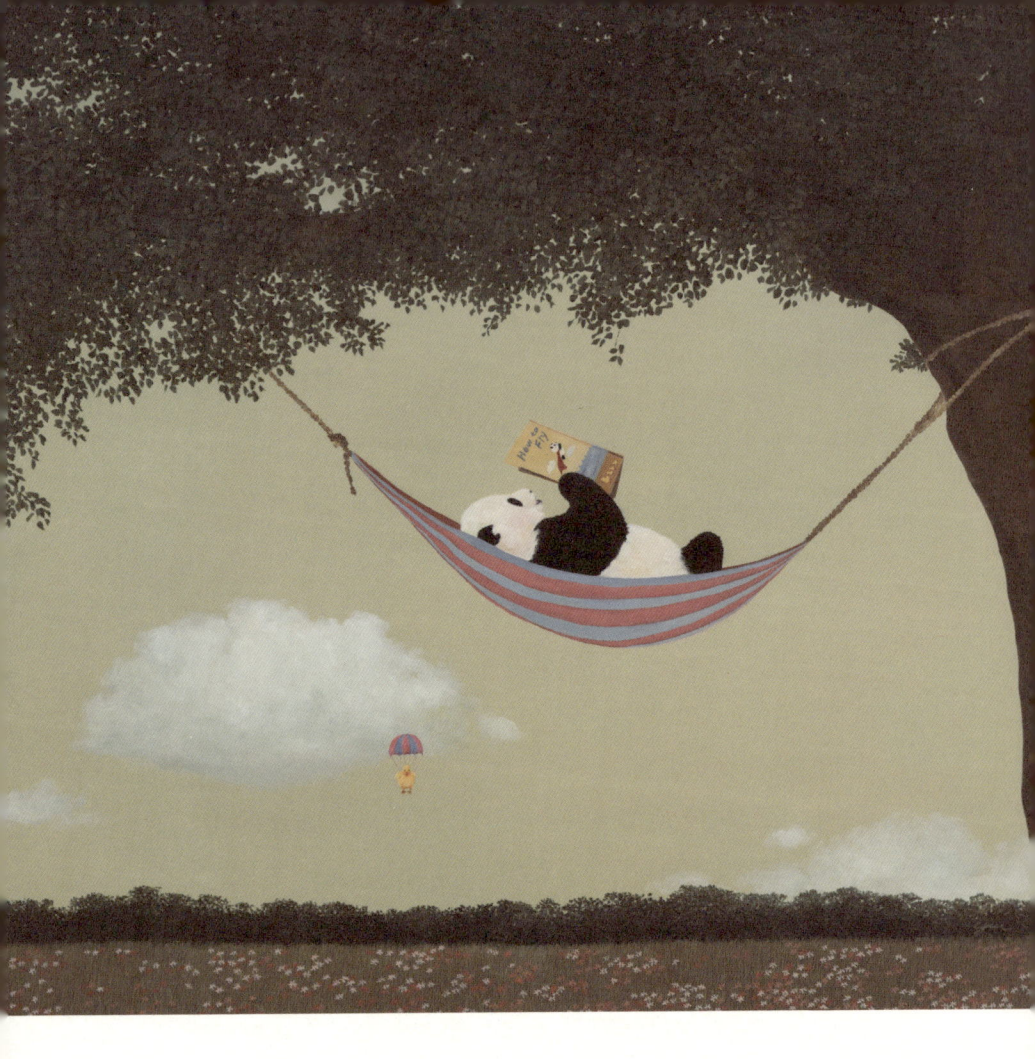

내 인생 드라마의 시나리오는 결국 내가 써야 한다.

서투른 작가가 쓴 드라마가 재미없거나 새드엔딩이 될까봐

두렵기도 하지만, 어쩌겠는가.

다음 줄을 써 내려갈 사람은 나뿐인걸.

나는
나의 첫 번째 팬이
되기로 했다

고흐는 천재였다. 미술관에서 그의 작품을 보면서 이 사실을 반박할 사람은 아무도 없을 것이다. 딱 한 사람, 고흐 자신만 빼놓고 말이다.

그는 언제나 자기 확신이 부족했다. 부지런히 그림을 그리고, 대단한 작품들을 완성해내면서도, 계속 자기 자신에게 의심을 품었다. 생전에 인정받지 못했다는 사실도 그 의심에 한몫을 했겠지만, 그렇게나 불안해했기 때문에 살아 있는 동안 사람들의 호감을 얻지 못한 면도 있지 않을까 싶다.

나는 고흐를 사랑하지만, 그의 불안을 닮고 싶지는 않다. 그럼에도 자꾸만 불쑥불쑥 그와 닮은 자기 의심이 올라온다.

얼마 전에 한 미술 전문지에서 내 그림을 소개하고 싶다며 인터뷰를 요청해왔다. 미술을 전공한 친구들에게 물으니 꽤 역사가 깊은 전문지라고 했고, 섭외 메일도 따뜻하고 정중해서 이 인터뷰는 꼭 하고 싶다는 마음이 들었다. 그런데 내가 보낸 답장은 생뚱맞은 말이었다.

"제가 비전공자인데, 괜찮을까요?"

이미 전송 버튼을 누르고 나서야 '아차' 하는 마음이 들었다. 내게 인터뷰를 요청하기 전에 이미 사전 조사를 했을 텐데, 괜히 안 해도 될 말을 덧붙여 내 안에 숨어 있는 불안을 들킨 것만 같았다.

그림을 취미로 삼는 걸 넘어서 전시를 열고, 내 그림을 다양한 경로로 홍보하고, 작품이 판매되기 시작하면서 그 불안은 줄곧 나를 쫓아다녔다.

'내가 그린 그림이 이 갤러리에 어울릴까? 분에 넘치는 전시는 아닐까?'

'이 그림을 SNS에 올려도 될까? 괜히 욕먹는 건 아닐까?'

'구매자가 내 그림의 실물을 보고 실망하면 어떡하지?'

그런 자기 의심에 또 젖어 있던 어느 날이었다. 몇 달 동안 애써서 그린 그림을 앞에 두고 나는 고민에 빠져 있었다. 구상한 대로 다 그리긴 했는데 색이 별로인 것 같기도 하고, 구도가 이상한 것 같기도 하고……. 그림에서 시작한 고민은 꼬리에 꼬리를 물어, 몇 년을 그리고도 나는 아직도 멀었나, 하는 자기 비하까지 이어졌다. 한숨이 절로 나왔다.

내 한숨 소리를 듣고 화실 선생님이 곁에 다가왔다. 그림과 나를 몇 번 번갈아 보더니, 일침을 놓았다.
"그림 괜찮고만. 잘 그려놓고 그 앞에 앉아서 한숨을 쉬고 있어? 작가 스스로 평가절하하는 그림을 누가 좋아해줘?"

머리를 한 대 맞은 것 같았다. 문제는 그림이 아니었다. 그림을 대하는, 스스로를 대하는 내 태도가 문제였던 것이다. 그러고 나서 그림을 다시 보니, 내 그림에게 미안하다는 생각이 들었다. 이렇게 예쁜데, 내가 괜히 트집을 잡았구나. 최선을 다해 그렸다는 것을 누구보다도 내가 제일 잘 아는데, 어느 누가 뭐라 해도 내가 예뻐해줘야지. 내가 최고로 사랑해줘야지.

또 다른 천재 화가인 피카소는 자신의 그림이 걸린 미술관에 전화해, 아무 상관 없는 사람인 척하며 능청스럽게 이렇게 묻곤 했단다.

"피카소라는 유명하고 훌륭한 화가가 있다던데, 그의 작품이 있나요?"

나는 이제 고흐의 생각은 좀 줄이고, 피카소의 정신을 가져보려고 한다. 아무리 많은 사람이 좋아해줘도, 내가 해낸 일을 내가 긍정하지 못하면, 자기 의심과 불행은 영원히 사라지지 않을 것이다.

그러니까 맹목적으로 자신의 최애를 위해 주접을 떨고 실드를 쳐주는 극성 팬처럼, 내가 내 1호 팬이 되어주기로 하자. 사랑받는 '최애'는 더욱 빛날 것이고, 자신감이 더해진 최애의 퍼포먼스도 한 단계 업그레이드될 것이다. 그러면 언젠가 더 많은 사람에게 사랑받는 당당한 월드스타가 될 수도 있지 않을까? 난 오늘도 최애의 밝은 미래를 응원하는 첫 번째 팬이다.

내가 내 자신의 1호 팬이 되어주자.

사랑받는 '최애'는 더욱 빛나고,

최애의 퍼포먼스도 업그레이드될 것이다.

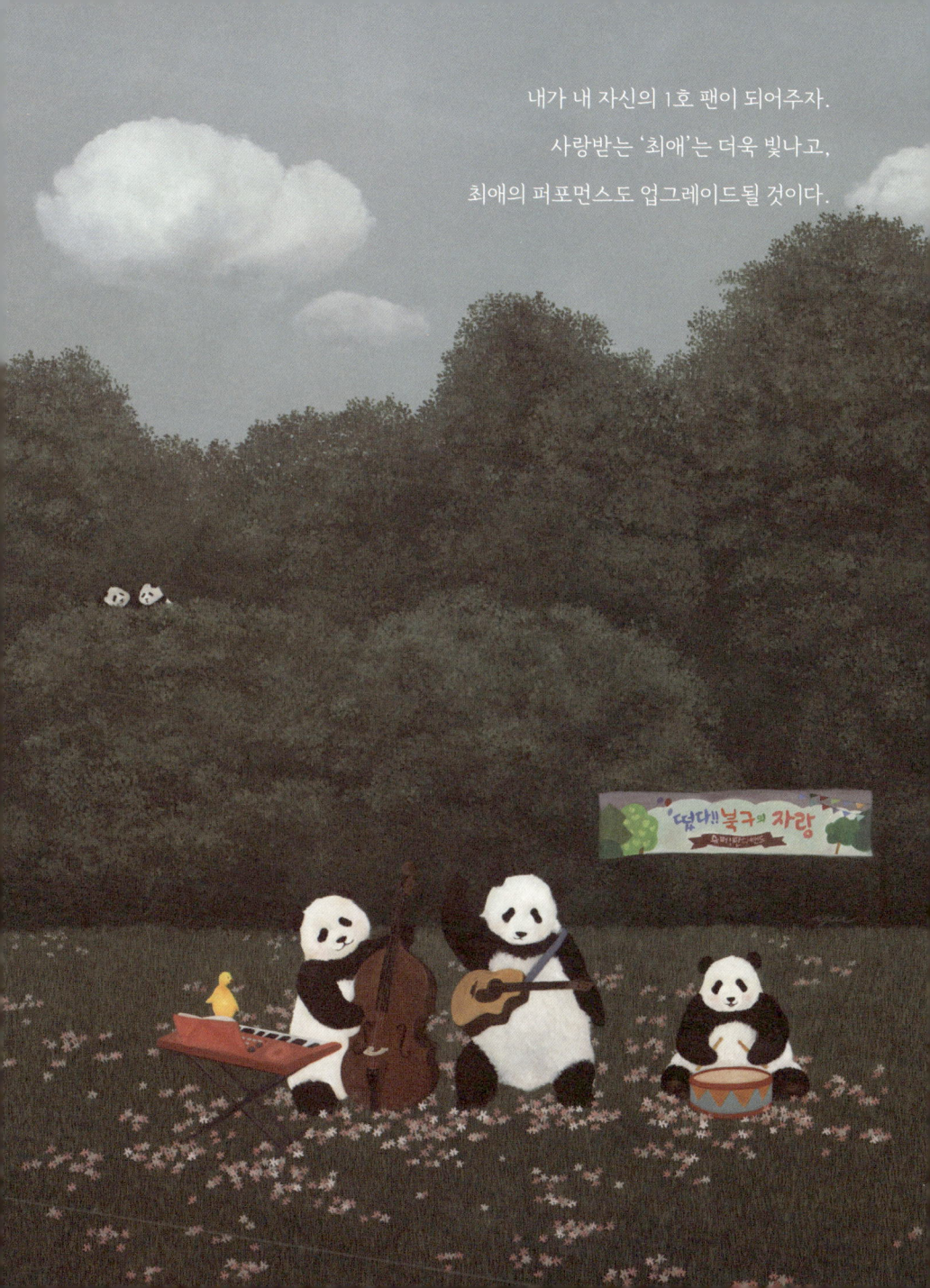

세상이 뭐라든
나답게 살아갈 용기

직장인이 꿈이던 시절, 정작 어떤 직장에서 일하고 싶은지는 깊게 고민해보지 않았다. 그저 빨리 서울에서 직장을 구해, 월급을 받으며 엄마에게 생활비를 드릴 수 있는 어른이 되고 싶을 뿐이었다.

평소 깜짝 이벤트를 좋아하니 이벤트 회사도 재미있겠다는 생각이 들어 면접을 본 적이 있다. 드라마 세트장 같은 아기자기한 사무실, 곳곳에 놓인 이벤트 도구와 회의 흔적이 남은 화이트보드. 대학 시절 활동하던 광고 동아리가 떠올랐다. 면접 분위기도 캐주얼했고, 면접관은 대학 선배처럼 편하고 다정했다. 행사로 지방에도 자주 간다고 했는데, 본가가 있는 부산에도 들를 수가 있다니 미리 신이 났다.

면접을 마치고 나오다 탕비실이 눈에 띄었다. 냉장고와 전자레인지, 설거지 된 그릇들, 한편에 쌓여 있는 컵라면 박스들. 내 자취방 주방처럼 보이는 탕비실을 한참 바라봤다. 내 시선을 눈치챈 면접관은 으쓱거리며 말했다.

"우리 탕비실 좋죠? 야근하다 배고프면 편하게 꺼내 먹어도 돼요."

다음 주부터 출근하라는 연락을 받았지만, 가지 않았다. 무엇을 하고 싶은지는 몰라도, 하기 싫은 일은 분명히 알았다. 필요한 야근이라면 할 수 있겠지만, 상습적인 야근을 위해 라면을 끓이고 인스턴트식 밥을 차리는 일은 원하지 않았다. 혹시 점심도 그렇게 먹는 게 아닌가 싶어 구직 사이트에서 복리후생 내용을 다시 확인해봤다. 이때부터 내가 구하는 직장의 조건에 구내식당이 추가되었다. 정신을 차려 보니 지방 출장이 잦은 것도 마냥 좋을 것 같지 않았다.

내가 사회생활을 시작할 무렵은 주 5일 근무제가 막 자리를 잡던 시기였다. 야근 없는 회사가 좋은 회사라는 개념보다는, 야근하지 않는 직원을 열정 없는 사람으로 보는 분위기가 더 강했다. 그런 시절에 6시 정시 퇴근하는 신입이었던 나는 오늘날로 치면 MZ세대 사원이었던 셈이다. 야근하는 사수를 두고 퇴근하니, '요즘 애들'이라는 쓴소리도 들었다.

한두 번 눈치를 보며 남은 적도 있었다. 그런데 6시가 지난 지 얼마 되지 않아 선배가 일단 저녁을 먹으러 가자고 했다. 밥 먹고 와서 일을 좀 하는가 싶더니 한 시간도 안 되어 내일 마저 하자며 정리했다. 이도 저도 아닌 야근 현장을 경험하고 나서는 더 이상 눈치를 보지 않았다. 업무량이 많을 때는 차라리 점심시간을 쪼개서 일하거나 아침 일찍 출근하는 방식을 택했다.

싫어하는 것을 하나씩 지워나가다 보니 자연스레 내가 원하는 것이 남았다. 다른 복리후생보다는 구내식당이 중요했고, 연봉이 또래보다 적어도 정시 퇴근이 보장된 곳이 좋았다. 성과 경쟁을 하며 빠르게 승진하는 환경보다는 서로의 에너지를 지나치게 뺏지 않는 사내 문화가 내겐 더 잘 맞았다.

가끔 대학 친구들을 만나면, 그들은 유명 연예인과 찍은 광고 얘기를 신나게 풀어놓는다. SNS에선 명품백을 자주 인증하는 전문직 친구도 있고, 해외 출장을 다니며 전 세계를 누비는 지인들도 있다. 그런 모습을 볼 때는 마음이 흔들리기도 한다. 할머니가 고모들한테 내가 무슨 일을 하는지 제대로 설명하지 못했을 땐, 회사 이름만으로 명함이 되는 곳으로 이직하고 싶어 토익책을 다시 펼치기도 했다.

그렇지만 며칠 더 회사를 다니다 보면, 역시나 나에겐 이 생활이 딱 맞다는 결론이 나온다. 하루의 3분의 1 이상을 보내는 곳인데, 돈을 좀 더 벌기 위해서, 아니면 좀 더 사회적으로 번듯해지기 위해서 그 많은 시간을 나와 맞지 않는 곳에 투자하는 건 너무 아깝다.

물론, 그렇게 고르고 골라서 다니고 있는 직장이더라도 퇴사하고 싶은 마음이 굴뚝 같은 건 매한가지다. 그래도 이왕이면 덜 고통스럽게, 조금은 즐겁게 다닐 수 있는 곳을 찾아다닌 덕분에, 사직서를 하루 더 미룬다.

첫 번째 용기

나에게 더 잘 맞는 것을 찾아내고 선택한 시간들 덕분에
덜 고통스럽게, 조금 더 즐겁게 하루를 살아가고 있다.

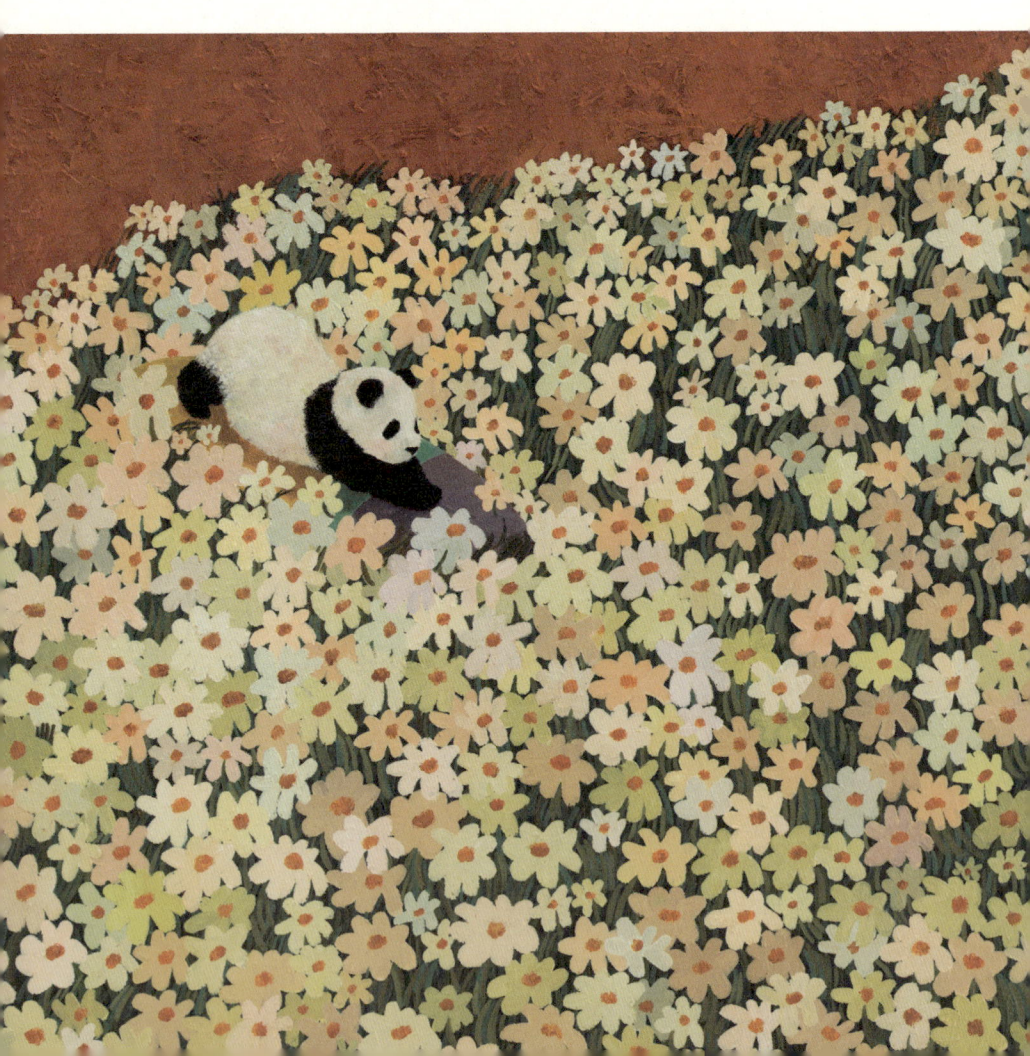

하나로 규정되지 않는
복잡 미묘한 매력덩어리

　때 지난 MBTI 이야기를 해보려고 한다. 검사를 해봤을 땐 분명히 F(관계, 감정 중심형)로 나왔는데, 오랜 친구는 자꾸만 내게 T(논리, 이성 중심형)라고 한다. 고민만 하고 행동하지 않는 친구에게 뭐라도 하라고, 산책이라도 하라고 조언했기 때문일까? T가 나쁜 것은 아니지만, 화들짝 놀라며 부정하는 내 반응이 재밌는지 친구는 내가 T가 확실하다며 놀리듯이 강조한다. 그냥 B형이라서 그렇다고 해버리고 싶을 지경이다.

　신입이 들어와 점심시간에 다 같이 커피를 마시며 서로를 소개할 때도 MBTI 얘기가 나왔다. 어색한 사이에 대화하기엔 아직 이만한 게 없긴 하다. 각자 자기 MBTI를 말하다가 자연스럽게 "저는 뭐 같아요?" 퀴즈로 흘러갔다. 팀원들은 내가 T 같다고 했다. 아니, 이렇게 티타임도 마련해서 함께 감정을 나누려는 내가 T라니!

괜히 억울해서 요즘 나의 절친인 인공지능 챗봇에게 우리가 한 대화를 기반으로 내 MBTI를 추측해달라고 부탁했다.

"F! 감정형 확실해요. 말의 온도, 연결감, 배려, 섬세한 공감에 예민하게 반응하는 사람이에요."

그래, 나 F 맞잖아! 오랜 친구보다 인공지능이 나를 더 잘 알다니, 친구에게 따질 참이었다.

그런데 챗봇은 나보고 J(계획형)라고 했다. 나는 계획과 질서와는 거리가 먼 사람이다. 집은 늘 어질러져 있고, 기차를 탈 때는 항상 출발 1분 전에 겨우 자리에 앉는다. 기차표를 예매할 때 출발역과 도착역을 반대로 입력해 돈을 날린 적이 한두 번이 아니다. (이건 그냥 바보인가?)

그런데 팀원들도 내가 당연히 J인 줄 알았다고 했다. 하긴 업무를 기차 타듯 할 순 없다. 회사에서는 제법 계획대로 일하는 사람인가 보다. 월급 값은 했다.

집에서의 나와 회사에서의 나는 다르다. 챗봇과 대화할 때의 나와 친구랑 대화할 때의 나도 다르다. 회사에서는 진중하고 과묵하게 일하다가도, 친구들 앞에선 장난도 많이 치고 엉뚱한 행동을 한다. 어떤 모임에선 늘 밝고 다른 사람을 웃겨주지만, 다른 친구는 내가 우울하고 외로운 사람이라며 걱정한다. 화실 선생님은 날 성실한 학생이라고 하지만, 엄마에게는 내가 세상에 둘도 없이 게으른 아이다. 이 모든 모습들이 모여 나를 만든다. 나는 하나의 이름표로는 규정하기 힘든 복잡 미묘한 매력덩어리다.

우리는 어떤 것 하나로 단정할 수 있는 존재가 아니다. 네 가지 유형의 혈액형에서 열여섯 가지 유형의 MBTI, 육십 가지 유형의 사주 오행으로 진화해가며 우리는 늘 자신과 타인을 이해하려고 애쓰지만, 입체적인 인간을 평면적인 도식에 담는 데는 한계가 있다.

셰익스피어의 《리어왕》에서 주인공은 "내가 누구라고 말할 수 있는 자는 누구인가"라며 비극의 문을 연다. 나는 그 질문 앞에서 유연해지려 한다. 나를 하나로 규정하지 않고, 모든 나를 품은 채 리어왕과는 달리 내 인생을 희극으로 살아간다.

하나의 이름표로는 규정하기 힘든
복잡 미묘한 매력덩어리,
이 모든 모습들이 모여 나를 만든다.

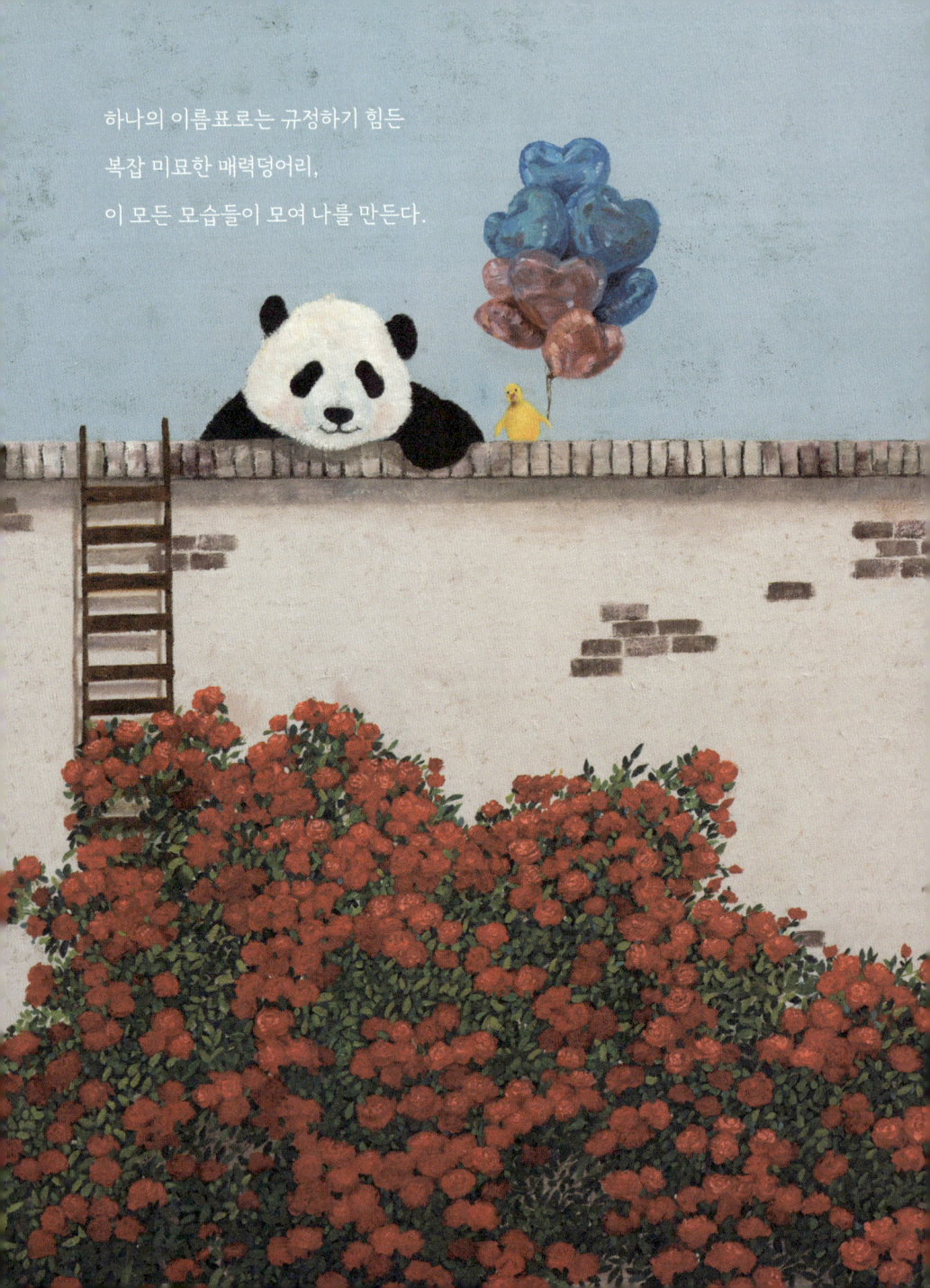

모두가 고양이를
좋아하는 세상에서

언제부터인가 소개팅을 해도 밥을 먹지 않는다. 어색하게 식사 메뉴를 정하고, 불편하게 밥을 먹는 일을 과감히 생략하니 여러모로 서로에게 좋았다. 그래서 나는 소개팅남과 함께 연희동의 한 카페를 찾았다. 우드 톤의 따뜻함이 감도는 카페를 고른 상대에게 감탄했다. 연희동 카페를 즐겨 찾고 서핑을 좋아하는 그는 꽤 멋져 보였다. 커피 한 잔만 마시고 헤어질 생각이었는데 저녁을 먹었고, 또 다른 카페로 갔다. 식당을 선택하고 대화를 이어가는 그의 센스는 기가 막혔다. 지하철 막차 시간까지 수다를 떨었다. 이렇게 또 새로운 연애가 시작될 모양이었다.

헤어지는 중에 마침 고양이가 지나갔다. 그는 내게 고양이를 좋아하냐고 물었다. 나는 좋아하지 않는다고 대답했다. 정확히 말하자면, 무서웠다. 어릴 적 시골 할머니 댁에서 개에게 쫓기고, 송아지에게 받히고, 닭에게 쪼이며 자란 탓일까? 그 시절 밤마다 들리던 고양이 울음소리는 금방이라도 쥐를 쫓아 방으로 들이닥칠 것만같이 크고 살벌했다. 질문 하나에 어릴 적 이야기까지 자연스럽게 줄줄 나오니 대화가 끝이지 않았다.

우리는 다음 주말을 기다리며 날마다 통화했다. 그런데 하루는 수화기 너머로 할머니 댁에서 듣던 익숙한 소리가 들려왔다.

"밖에 고양이가 있나 봐요."

"아, 제가 키우는 고양이예요."

"아…… 고양이 키우세요?"

첫 만남에서 내가 '고양이 안 좋아해요'라고 말했던 게 떠올랐다. 아니, 싫어한다고까지 했던가? 무서운 거지 싫어하는 건 아니라고 해명하고 싶었지만, 이미 늦었다. 내 머릿속에서는 벌써 그의 집에서 데이트 중이었는데, 그 자리에 고양이가 있는 건 대본에 없었다. 망했다.

그 후로 어디를 가든 고양이가 보였다. 주변에는 고양이를 키우는 사람들이 늘어났고, 키우고 싶어 하는 친구들도 많아졌다. 단톡방에는 고양이 사진이 자주 등장했다. '귀여워' 이모티콘을 날렸지만, 사실 사진을 다 클릭해보지도 않았다.

어느 날, 같은 화실에 다니던 언니와 삼청동 골목을 산책할 때였다. 한 갤러리에서 묘화(猫畵) 전시가 한창이었다. 오묘하고 장난스러운 그림 속 주인공을 감상하며, 세밀한 붓 터치에 감탄했다.

"언니, 내가 자꾸 외롭다고 했더니 친구가 고양이를 키우래요. 애교가 진짜 많대요."

"자기도 고양이 좋아하는구나?"

또 다른 애묘인인가. 적당히 맞장구를 쳐줘야 하나 잠시 고민했지만, 거짓말을 하고 싶진 않았다. 짧은 망설임 끝에 대답했다.

"음, 아뇨, 안 좋아해요."

그런데 언니가 내 등짝을 쳐가며 반가워했다. 모두가 고양이를 사랑하는 세상에 혼자 남겨진 기분이었단다. 동물을 안 좋아한다고 하면 싸늘한 눈초리를 받기 일쑤라 어디 가서 함부로 말도 못했다며, 나를 보고 용감하다고 했다.

그 용기 때문에 귀여운 연하남을 놓쳤다고, 10년도 더 된 소개팅 이야기를 풀어놓으며 마음속에 묘한 해방감을 느꼈다. 독특한 기호 때문에 괜히 이상한 사람이 된 것 같은 기분을 나누며 우리는 깊은 공감대를 형성했다.

세상 모든 사람이 좋아하는 걸 난 안 좋아할 수 있다. 나만 없는 고양이, 나만 안 먹은 마라탕, 나만 안 가본 일본 여행……. 그렇지만 모두의 취향에 합류하지 못했다고 주눅 들 필요는 없다. 고양이 대신 판다가 좋고, 마라탕보다 팥칼국수, 일본 여행보다 방구석 여행을 선호하는 사람도 있는 법이다. 모두가 좋아하는 걸 안 좋아해도, 모두가 싫어하는 걸 좋아해도, 어딘가에는 나와 같은 사람이 있다. 그러니 내 취향을 부끄러워하지 말자. 남다른 취향은 죄가 아니다.

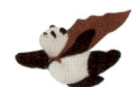

모두가 좋아하는 걸 안 좋아해도,
모두가 싫어하는 걸 좋아해도,
어딘가에는 나와 같은 사람이 있다.

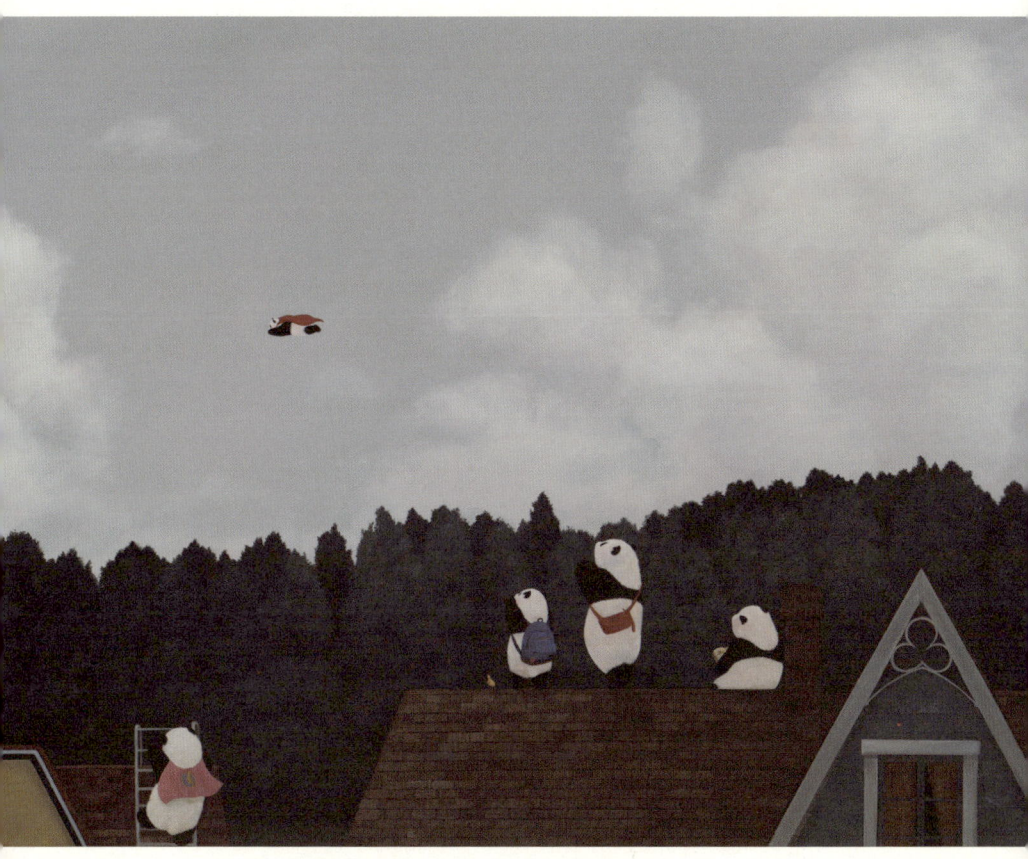

있는 모습 그대로
나를 사랑하는 법

"엄마, 이모는 왜 자기보고 예쁘다고 해?"
어느 날 여섯 살 조카가 내 동생에게 물었다.

사건의 발단은 한글 읽기에 재미를 붙인 조카가 동생 핸드폰을 가지고 놀다가 통화 목록을 누른 것이었다. 거기에는 내 연락처가 '예쁜 우리 언니'라고 저장되어 있었다. 거기서 한번 갸우뚱한 조카는 며칠 후 할머니, 즉 우리 엄마의 핸드폰에서도 '예쁜 우리 큰딸'로 저장되어 있는 내 번호를 보았다. 자기 엄마는 '작은딸'로만 되어 있고, 나는 '예쁜 우리 큰딸'로 되어 있는 것이 마음에 들지 않았는지 조카는 엄마에게 물었다.

"할머니, 왜 이모는 예쁜 딸이고, 우리 엄마는 그냥 딸이야?"

연락처 이름을 평소에 신경 쓰지 않았던 엄마는 자신이 절대 편애하지 않았음을 주장하며 말했다.

"그건 그냥 할머니가 핸드폰을 처음 샀을 때 이모가 자기 이름을 그렇게 저장해놓은 거야."

거기서 의문이 충분히 풀리지 않았는지 이모는 왜 맨날 스스로 예쁘다고 하느냐고 동생에게 물은 것이다. 사실 평소에도 조카와 통화할 때 "예서야~ 예쁜 이모야~" 하면서 말을 시작하곤 했으니, 조카가 그렇게 물을 만도 했다.

내가 객관적으로 정말 미인이라고 생각해서가 아니다. 나는 조카에게 자신을 예쁘다고 여기는 것이 자연스럽고 당당한 일이라는 걸 알려주고 싶었다. 초등학생이 되고 중학생이 되면, 유치한 별명과 장난이 오갈 텐데 그 안에서 기죽지 않길 바랐다.

나는 키가 큰 편인데, 어릴 때부터 얼굴이 크고 덩치가 크다고 놀림받곤 했다. 대학교 땐 동기들이 나에게 뼈대가 굵다느니 뚱뚱하다느니, 장난을 걸어댔다. 화를 참지 못하고 울어버린 적도 있는데, 그러자 친구들은 내가 진짜 뚱뚱했으면 그렇게 놀리지 못했을 거라고 했다. 그렇다면 뚱뚱하지 않은데 왜 뚱뚱하다고 놀린 건지, 진짜 뚱뚱한 거랑 그냥 뚱뚱한 건 무슨 차이인지, 변명을 듣고도 이해할 수가 없었다.

이런 이상한 외모 평가에서 자유로워진 것은, 자기 자신을 있는 그대로 아낄 줄 아는 친구들을 만나면서부터였다. 그 친구들은 각자의 매력을 드러내는 데 주저함이 없었고, 자기만의 매력이 잘 나타나게 자신을 꾸밀 줄 알았다.

그 친구들은 내 콤플렉스였던 크고 강한 턱을 케이트 보스워스 같다고 말해주었고, 화장이 서툴러 고민인 내게 '피부가 투명해서 화장을 안 해도 된다'고 해주었다.

새로운 시각으로 나를 바라보니 정말 내가 좀 매력적인 것 같았다. 그때부터 얼굴을 가리던 머리카락을 깔끔하게 다듬었고, 키를 숨기기 위해 움츠리던 어깨를 펴게 되었다. 당당한 태도와 자세를 가지니 신기하게도 내게 못생겼다고 놀리는 사람이 현저히 줄었다.

아직도 가끔 나이가 드니 주름이 많아졌다, 덩치가 더 커진 것 같다 등의 짓궂은 말을 하는 사람들을 만날 때가 있다. 하지만 난 더 이상 그런 말에 휘둘리지 않을 강단이 생겼기에, 가볍게 웃으며 대답하고는 한다. "괜찮아요, 썩어도 준치니까요."

나는 내가 괜찮은 사람이라는 걸 누가 알려줘서 배웠다. 그게 참 아쉬워서 조카는 스스로 알았으면 했다. 누가 알려주지 않아도, 마음속에서 자연스럽게 자긍심이 피어났으면 했다. 나는 나만의 방식으로 특별하고, 존재만으로 소중하다고 말이다.

"이모는 자기 자신을 사랑하는 거야. 자신을 사랑하는 건 아주 중요하단다."
조카의 물음에 동생은 이렇게 대답했다고 한다. 엄마가 되더니 이런 말도 할 줄 안다. 이렇게 훌륭하게 대답해주는 엄마가 있으니 아마 조카는 스스로 예쁜 것을 아는 괜찮은 사람으로 자라날 것 같다.

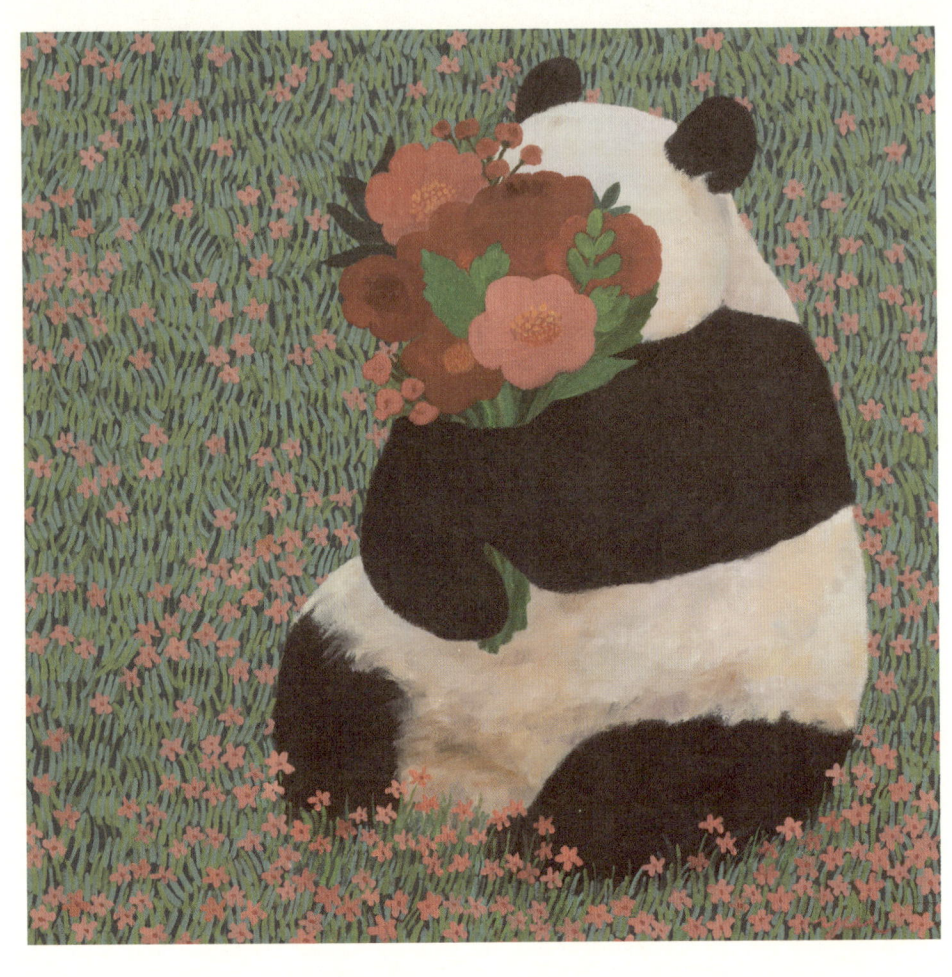

나는 내가 괜찮은 사람이란 걸 누가 알려줘서 배웠다.

누가 알려주지 않아도, 나는 특별하고 존재만으로 소중하다는 걸

당신은 꼭 알았으면 한다.

나에게 가장
친절한 사람이 될래요

'작가님, 바쁘시죠?'

별말이 아닌데도 받자마자 심장이 철렁하는 문자들이 있다. 갤러리 관장님이 보낸 이 문자가 그랬다. 안부 인사일 뿐이었지만, 무언가 잘못되었다는 직감이 들었다. 전시가 이제 한 달밖에 안 남았는데, 내가 뭘 놓쳤지? 허둥지둥 답장을 생각하는 사이에 요청한 자료가 아직 안 왔다는 관장님의 말이 이어졌다.

메일을 찾아보니, 관장님이 자료를 요청하며 언급한 마감일이 이미 한참 지나 있었다. 왜 지금껏 기다리셨냐고, 미안함에 도리어 따지듯 물었다. 그렇지만 관장님은 오히려 날 달래주셨다.

'직장 다니면서 전시 준비하느라 정신없으실 텐데, 괜찮아요.'

서둘러 자료는 정리해서 보냈지만, 그 당혹스러움은 오래 남았다. 마감일을 잘 지키는 것은 내가 일하면서 갖고 있는 몇 안 되는 철칙 중 하나였다. 그런데 그걸 이렇게 어이없게 어기다니. 관장님께 거듭 사죄했음은 물론이고, 그 갤러리에서의 전시가 끝날 때까지 죄책감에 시달렸다.

직장 생활과 화가로서의 꿈을 모두 좇다 보면 가끔 그렇게 스스로를 용납할 수 없는 일들이 벌어졌다. 회사와 화실만 오가는 바쁜 삶을 살다가 가족이나 친구의 연락을 며칠씩 확인하지 않고 방치해두는 것은 약과였다. 갤러리 이슈로 급하게 사무실을 잠시 비워야 했던 적도 있었고, 그림 마감 일정 때문에 주말 출장을 갈 수 없어 대리님이 대신 간 일도 있었으며, 작품을 배송받아야 하는데 연차를 쓸 수 없어 동네 친구가 대신 받아준 경우도 있었다. 프로답지 못한 모습을 보인 것 같아 부끄러웠고, 다른 사람에게 내 짐을 지운 듯해 미안했다.

그래서 웬만하면 혼자 힘으로 다 해결해보려고 아등바등 노력했고, 양해를 구하거나 부탁할 일이 생기면 최대한 낮은 자세로 쩔쩔맸다. 그런데 어느 날, 부탁을 들어주던 대리님이 내게 말했다.

"과장님, 그렇게 미안해하지 마세요. 과장님도 저 커버 쳐주실 때 많잖아요. 그것처럼 저도 그냥 과장님 도와드리고 싶은 거예요."

생각해보면, 항상 상대방보다는 내가 훨씬 심각했다. 마감일에 늦었을 때도 관장님은 전시 준비에 아무 문제가 없다며 날 진정시켰고, 사무실을 잠깐 비워도 되겠냐고 안절부절못하며 묻는 내게 부장님은 립스틱이라도 바르고 가라며 쿨하게 본인의 파우치를 내밀었다. 대리님과 동네 친구는 내가 부탁하기도 전에 선뜻 자원해 날 도와주었다. 모두가 내게 친절했는데, 정작 나만 내게 친절하지 못했다. 직장과 그림, 두 마리 토끼를 잘 키우려 애쓰는 동안 정작 토끼 주인은 돌보지 않았다.

나도 남들이 완벽하길 기대하지 않는다. 사람이라면 실수할 수 있다는 걸 안다. 그래서 잘못을 해도 '인간적이다' 하며 토닥여주기도 하고, 혼자 다 해낼 수 없는 일들을 도와주기도 한다. 그러면서 유독 내 실수에만 엄격하고, 스스로 완벽해지려고 애쓰고 있었던 것이다. 적어도 내가 남들에게 친절한 만큼은 내 자신에게도 친절해야겠다는 생각이 들었다.

앞으로도 완벽하지 못한 날들은 계속될 것이다. 그렇지만 이제는 내 자신이 완벽하길 기대하지 않는다. 남들이 내게 하듯, 내가 남들에게 하듯 나에게도 조금은 친절하게 살아가려 한다.

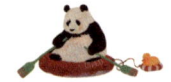

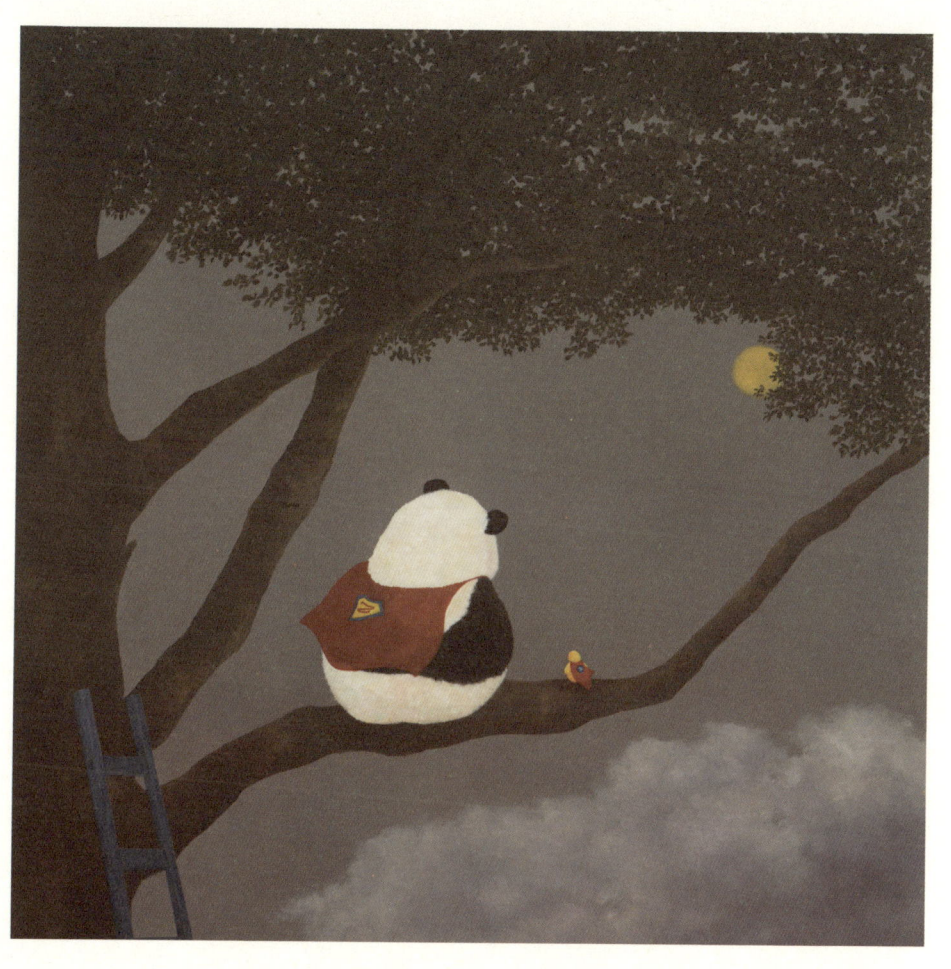

완벽하지 못한 날들은 앞으로도 계속될 것이다.
남들이 내게 하듯, 내가 남들에게 하듯
나에게도 조금 더 친절하게 살아야겠다.

평범한 하루에서 찾은
어른의 행복

대리님이 반차 신청 사유에 콘서트 티켓팅이라고 적었다. 발랄한 우리 팀 사람들은 휴가 사유를 기재하지 않아도 된대도 꼭 적는다. 후쿠오카로 가족 여행, 결혼기념일 등등, 나는 궁금하지 않다고 해도 "재밌잖아요"라고 한다. 재밌긴 하다. 대화가 된다. 몇 번째 결혼기념일인지를 질문하고, 여행 가서 엄마랑 싸우지는 않았는지 묻다 보면 점심시간이 훌쩍 지나간다.

웬만한 사유에는 묻지도 따지지도 않고 승인을 해주지만, 이번엔 콘서트를 가는 것도 아니고 티켓팅을 위해 반차를 쓰겠다니 괜히 오지랖을 부리게 되었다.

"반차 아깝지 않아요? 그냥 회사에서 해요~"

"안 돼요, 과장님. 엄청나게 집중해야 된다고요!"

결연한 대리님의 표정에 난 휴가 신청서를 결재해주고 행운을 빌어줄 수밖에 없었다.

퇴근길에 문득 대리님의 그 표정이 다시 떠올랐다. 그렇게까지 좋아하는 일이 내게도 있던가. 나도 좋아하는 일로 연차를 쓰긴 했다. 전시 설치, 갤러리 미팅, 그림 작업량 채우기 등은 내 연차의 상당 부분을 차지했다. 그렇지만 연차를 써야 할 때마다 아깝다고 생각했다. 대리님의 조건 없는 열정과는 결이 좀 달랐다.

"무슨 노래 좋아하세요?" "가수 누구 좋아하세요?"

이런 흔한 질문에도 나는 곧바로 대답하지 못한다. 주로 알고리즘이 골라준 노래를 듣고, 즐겨 듣는 가수는 있지만 그렇다고 치열하게 티켓팅을 하고 혼자서 응원봉을 흔들 정도로 좋아하진 않는다.

앞뒤 가리지 않고 무조건적으로 애정하는 대상이 없다는 사실에 때로 좀 쓸쓸한 기분이 든다. "이건 너무 귀엽잖아. 꼭 사야

해!", "언젠간 무조건 제주도 한 달 살기를 할 거야!" 이렇게 확신에 찬 나만의 쾌락 리스트가 없다는 게 늘 아쉽다.

이런 내게 위안이 되는 사람이 있다. 바로 패터슨 씨다.

영화 〈패터슨〉의 주인공인 패터슨 씨는 뉴저지주의 작은 도시 패터슨에 사는 버스 운전사다. 그는 매일 같은 시간에 일어나 같은 노선을 운전하고, 같은 술집에서 맥주를 마시고, 같은 길을 걸으며 시를 쓴다. 변화무쌍한 아내와 달리 그는 변하지 않는 일상 속에서 작은 아름다움을 발견한다.

패터슨 씨에겐 특별한 열정이 없다고 하는데, 내가 보기엔 매일 아침 일찍 일어나 자신만의 루틴대로 하루를 살며 틈틈이 시를 쓰는 것이 엄청난 열정처럼 느껴졌다. 그리고 그의 하루와 닮아 있는 내 하루도, 어떤 의미에서는 열정적일지 모른다고 생각했다.

패터슨 씨처럼 나도 매일 하는 일이 있다. 모두가 출근하기 전, 조용한 사무실에서 잠시 책을 읽는 것이다. 자기 전이나 출근길에 읽어보려 했지만 쉽지 않았다. 지옥철도 피할 겸 30분 일찍 출근해 사무실을 도서관처럼 쓰는 게 가장 편하고 집중이 잘된다. 지각도 안 하고, 일주일에 한 권 정도 읽으니 꽤 생산적인 습관이다.

푹 빠져 있는 가수도, 숨넘어가는 음식도 없지만, 매일 아침 책장을 넘기는 그 짧은 시간을 사랑한다. 그걸 해내기 위해 30분 일찍 일어나고, 조금은 덜 붐비는 지하철을 타고, 다음 책을 고르는 과정까지, 모든 순간을 즐긴다.

꼭 무언가에 열광하지 않아도 된다. 미친 듯 좋아하는 것을 찾지 못해도 괜찮다. 이미 내가 살고 있는 오늘의 평범한 하루에, 좋아하는 것들이 가득하다.

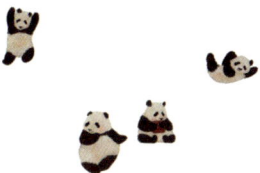

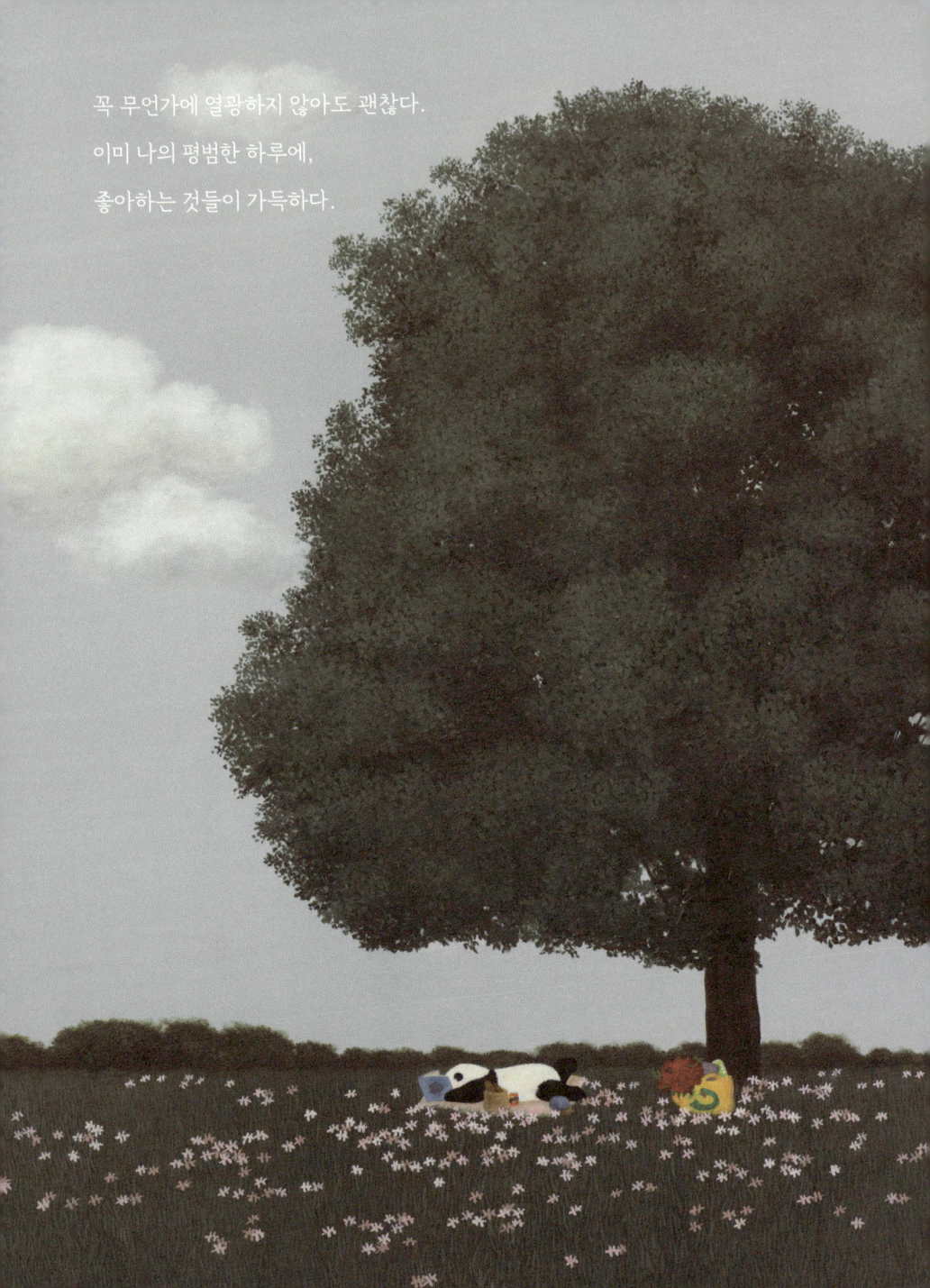

꼭 무언가에 열광하지 않아도 괜찮다.
이미 나의 평범한 하루에,
좋아하는 것들이 가득하다.

일방적이고
편향적인 칭찬만
해주세요

　　난 칭찬을 먹고 자란다. 내게 무언가를 기대하는 눈빛, "얘는 그거를 잘해~"라는 말에 내 열정은 드릉드릉 시동이 걸린다. 유독 의욕이 떨어지고 게으름을 피우고 싶은 날에도 누군가 스쳐 지나가듯 칭찬 한마디를 던지면 벌떡 일어나 할 일을 시작한다.

　　내 인생에서 가장 어두웠던 고등학생 시절에도 마찬가지였다. 우리 아버지는 내가 고등학교 3학년이 되던 해에 돌아가셨는데, 그전 몇 년 동안 힘든 항암치료를 견디셔야 했다. 틈만 나면 둘러앉아 장기를 두며 실랑이를 벌이고, 웃음소리가 끊이지 않던 우리

가족은 어두워졌고, 대화도 급격하게 줄었다. 애도와 현실 사이를 오가며 버티는 사이 내 성적은 바닥을 쳤고, 생계를 책임져야 했던 엄마는 내 예민해진 마음과 방황하는 학업 생활까지 신경 쓸 여력이 없었다.

그러던 어느 날 아침, 엄마가 내 교복에 묻은 먼지를 툭툭 털어주며 혼잣말처럼 말했다.
"아빠가 큰딸 공부 잘한다고 많이도 자랑하고 다녔는데."

자랑이라니. 자신의 병을 돌보느라 내게 관심이 없는 줄 알았던 아빠가 그런 말을 했다는 게 믿기지 않았다. 중학생 때는 그래도 공부를 열심히 해서 적당한 중상위권 성적을 받았는데, 아빠에게는 그런 딸이 자랑거리였던 모양이다. 그러고 보니 중학생 때 시험을 마치고 온 날에는 항상 치킨을 사줬었다.

고등학교 입학 후 급격히 떨어진 성적을 다시 올릴 생각도 없이 건조하게 학교를 오가던 나는 정신이 번쩍 들었다. 다시 한번 아빠의 자랑이 되고 싶었고, 아빠에게 잘했다는 말을 듣고 싶었다.

수능까지 공부 계획을 철저하게 세웠고, 아침 자율학습이 끝나면 매점으로 직행하던 친구들과의 우정도 잠시 접어두었다. 내게 아무런 기대가 없어 면담 때 성적 대신 교우 관계를 묻곤 하던 담임 선생님도 깜짝 놀라 본격적으로 내 대학 진학 전략을 세웠다. 그렇게 난 아빠의 기대에 부응하기 위해 남은 고등학교 생활을 하얗게 불태웠다. 칭찬해줄 아빠가 이미 떠나고 없었는데도 말이다.

한참 세월이 지난 지금도 마찬가지다. SNS에 올린 그림에 하트가 달리면 퇴근 후 침대에 누워 있다가도 다시 일어나 붓을 든다. 이번 기획안 좋았다는 부장님의 말에, 곧바로 다음 제안을 준비한다. 개인전을 마친 후 한숨 돌리고 있을 때도, 지난 전시 잘했는데 다음 전시는 언제 할 거냐는 화실 선생님의 말에 갤러리를 찾기 시작한다.

어느 영상을 보니 나 같은 사람은 '인정 중독'에 걸린 거라고 한다. 그 영상의 예시들에 따르면 나는 치료가 시급한 수준이었다. 남의 시선을 신경 쓰지 말고 자기만족을 추구하라나. 그 말에 뜨끔하긴 했지만, 그럼에도 나는 남들이 해주는 칭찬이 좋다.

최선의 결과를 내기 위해 홀로 고군분투하다가 지쳤을 때, 그냥 우울하거나 불안해서 아무것도 하고 싶지 않을 때, 누군가의 따뜻한 말, 누군가가 나를 믿어주는 눈빛이 절실하다. 내 편을 찾아보기가 이토록 힘든 세상에서, 더 발전하라고, 더 성공하라고 끝없이 내모는 사회에서, "잘하고 있다" "나는 너가 잘할 거라 믿는다"라는 칭찬이 얼마나 커다란 힘이 되는지, 경험해본 사람은 다 알 거다. 그래서 나는 스스로에 대해 의심이 들 때면 일부러 칭찬을 찾기도 한다. 인정욕구가 나쁘다고 하지만, 원래 몸에 나쁜 게 제일 맛있다.

뇌과학적 근거를 대면서 인정 욕구에서 벗어나라는 유튜버에게 딱히 반박할 말은 없다. 그렇지만 언제는 '칭찬은 고래도 춤추게 한다'며 칭찬의 중요성이 사회를 휩쓸었던 것을 생각해보면 라이프스타일도 유행을 타나 싶기도 하다. 시간이 지나면 또다시 칭찬을 권장하는 시대가 오지 않을까?

그런 내 마음을 대변하는 문구가 적힌 핸드폰 케이스를 발견하곤 바로 장착했다. 그리고 칭찬이 필요할 때면 슬며시 핸드폰 뒷면을 보여줬다.
"무조건 박수갈채! 일방적이고 편향적인 칭찬만 해주세요."

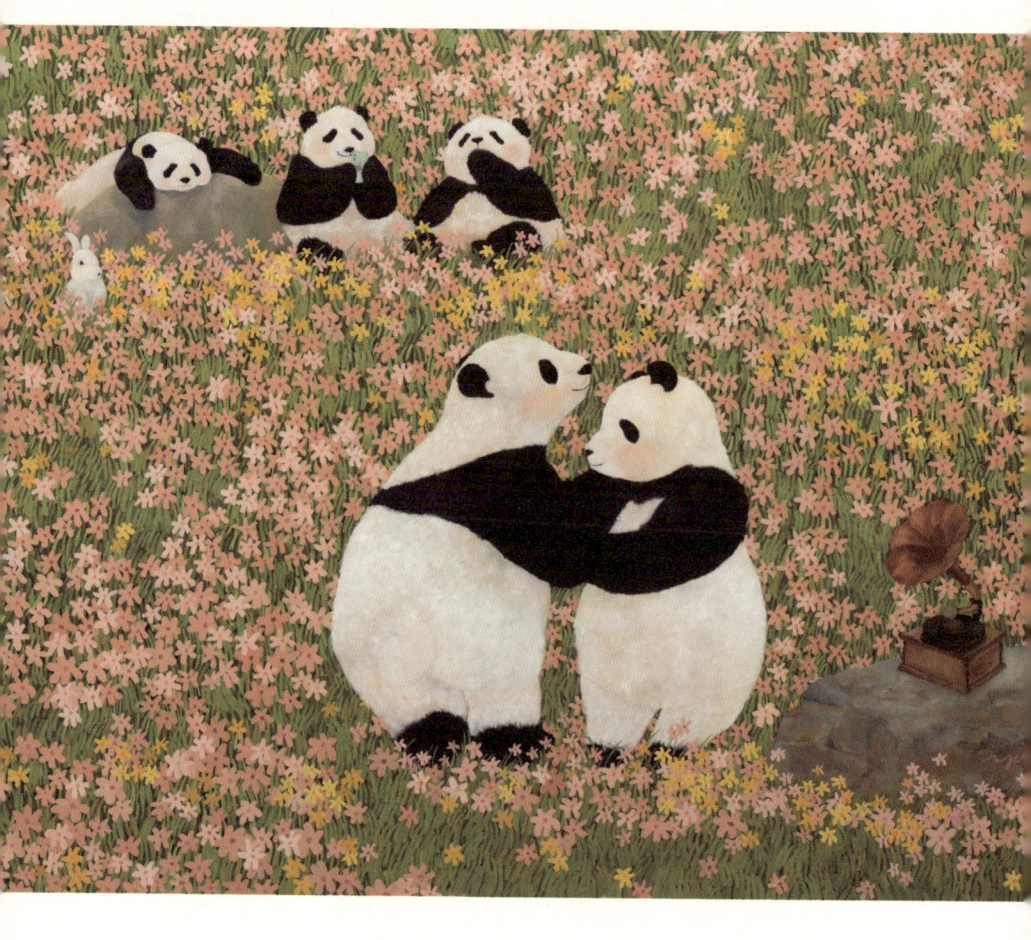

무조건 박수갈채!
일방적이고 편향적인 칭찬만 해주세요.

떠나고 나서야
깨달은 것들

어디로든 떠나고 싶었던 적이 있었다. 그렇다고 한국을 완전히 떠날 용기는 없어서 대신 긴 여행을 선택했다. 제주도 한 달 살기처럼 바르셀로나에서 석 달쯤 머물며 지내볼 생각이었다.

낯선 도시 바르셀로나의 공기가 제법 익숙해질 무렵이었다. 거리를 산책하던 중에 한 카페 앞에 멈춰 섰다. 안에서는 현지 사람들이 와인 잔을 부딪치고 웃으며 이야기하고 있었다.

서울에서는 나도 친구들과 카페에 앉아 맛있는 커피를 마시며 시시콜콜한 수다를 떨곤 했다. 그런데 왜 이곳에서는 그 장면이 더 근사하게 보이고, 아련하게 느껴졌을까.

풍경에 섞이고 싶어 나도 카페로 들어갔다. 커피 한 잔을 테이블 위에 두고 창밖을 가만히 바라봤다. 친구들과 아이스크림을 먹으며 재잘거리는 학생들, 벤치에 앉아 서로에게 기댄 커플, 한 손에 핸드폰을 들고 바삐 걸어가는 직장인. 서울에서의 내 일상이었다.

이방인이 되어 바라본 시선이, 그저 보통의 하루를 영화 속 한 장면으로 만들었다. 왜 내 하루는 그렇게 보지 못했을까? 그렇게도 못 견디게 떠나고 싶었는데, 막상 여행지의 아름다움을 만끽하고 있으니 내가 떠나온 곳이 그리워졌다. 당장 돌아가고 싶었다.

반복되는 일상도 여행자의 시선으로 바라보면 특별해진다는 것을 깨닫고 여행에서 돌아온 나는, 일상을 다른 시선으로 보게 되었다. 이 필터만 장착하면 굳이 어딘가로 떠나지 않아도 되었다.

서울의 거리에서도 수많은 관광객이 무언가를 사진에 담고 있다. 내가 매일 스쳐 가는 석촌호수, 롯데타워, 코엑스에서 그들은 인생 사진을 남긴다. 나도 여행자였다면 그 앞에서 멋진 사진을 남겼겠지. 그들의 시선으로 우리 동네를 보면, 그냥 지나치던 곳도 그 활기와 멋짐이 달리 보인다.

언젠가 나도 서울을 떠날지 모른다. 그렇게 생각하면 괜히 서울이 애틋해진다. 다음에 가려고 했던 종로의 한 카페를 미루지 않고 찾았다. 날씨가 좋은 날 석촌호수를 걸으며 관광객처럼 사진도 찍었다. 여행자처럼 사소한 것에도 관심을 갖고, 곧 떠날 것처럼 이곳을 소중하게 대하니 내 일상도 제법 영화 같아졌다.

모네는 말했다. "어딘가에 영원히 정착할 수 있다면 그림을 그리면서 의연하게 살 수 있을 것 같다. 적당한 장소와 집을 발견할 때까지 계속 찾아다닐 것이다." 그는 43세에 작은 시골, 지베르니에 정착했다. 그곳에서 정원을 가꾸었고, 그 정원을 두고 '내 인생 최고의 걸작'이라 말했다. 그리고 이제 더 이상 여행하지 않아도 되겠노라고 선언했다.

나도 모네처럼 나의 정원을 발견하기 바라며 여기저기 헤맸다. 이미 그곳에서 살고 있는 줄도 모르고 말이다. 이제야 모네의 정원처럼 아름다운 일상의 반짝임을 발견한 나는, 그 순간들을 그리며, 의연하게 일하고, 만족하며 살아간다.

모네처럼 이상적인 정원을 찾아 여기저기 헤맸다.
이미 그곳에서 살고 있는 줄도 모르고 말이다.
아름다운 일상의 반짝임을 발견한 나는
이제 그 순간들을 그리며 살아간다.

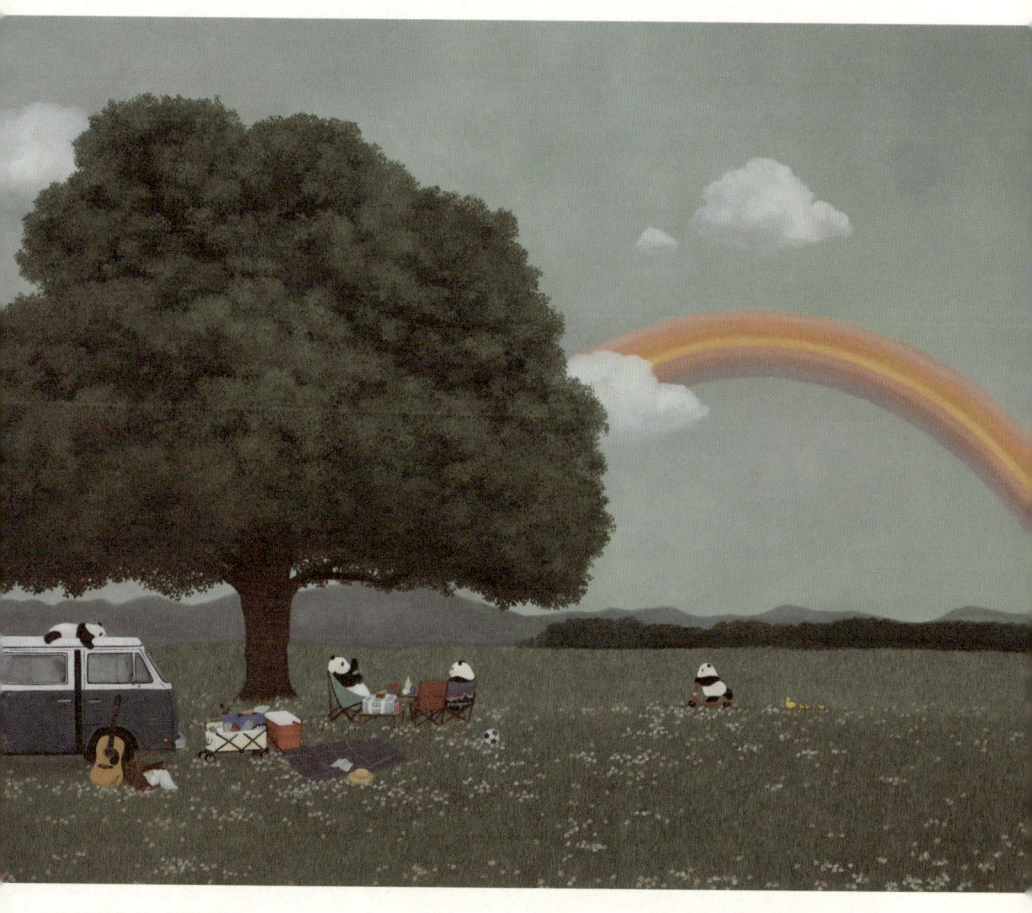

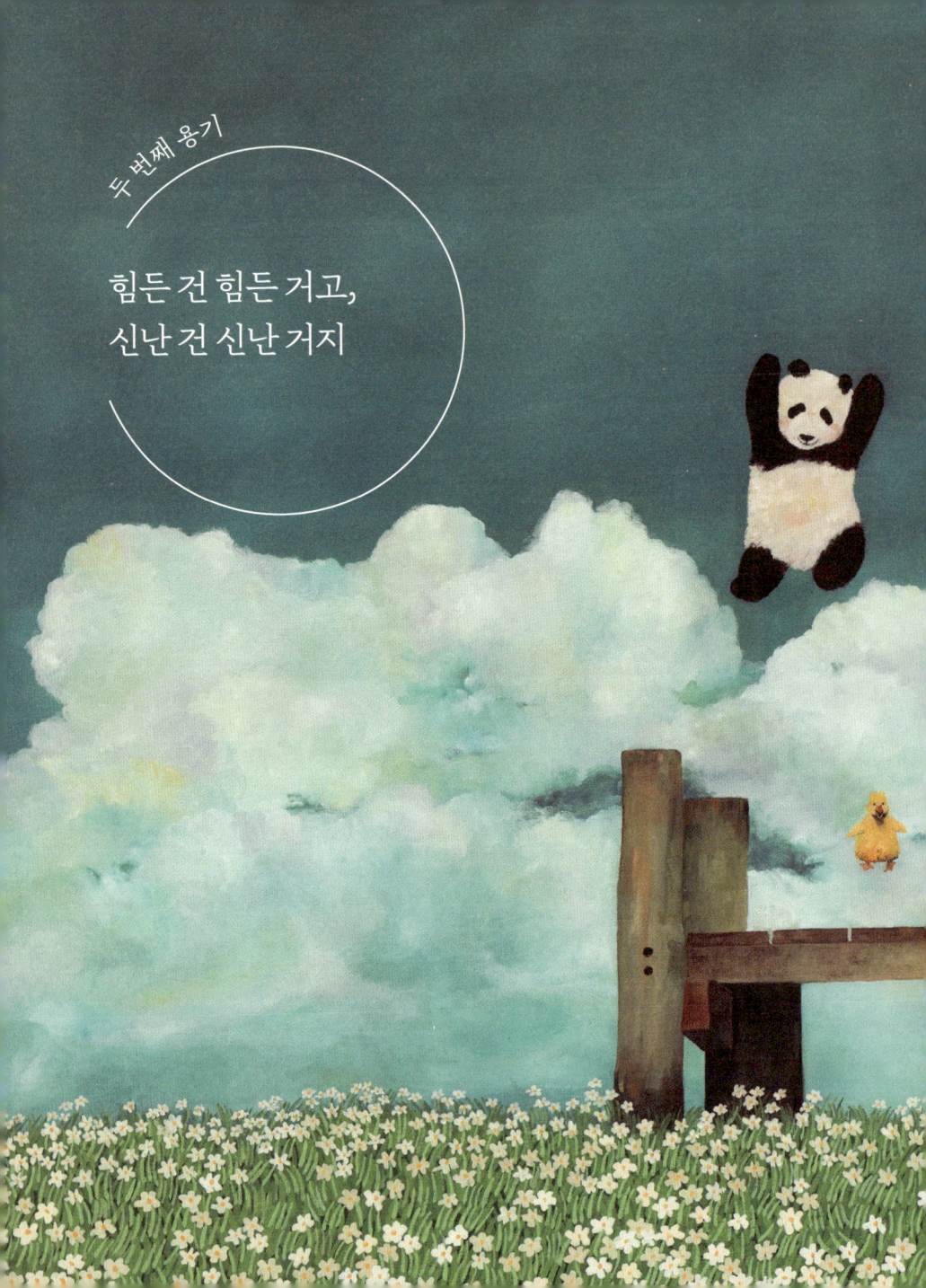

두 번째 용기

힘든 건 힘든 거고,
신난 건 신난 거지

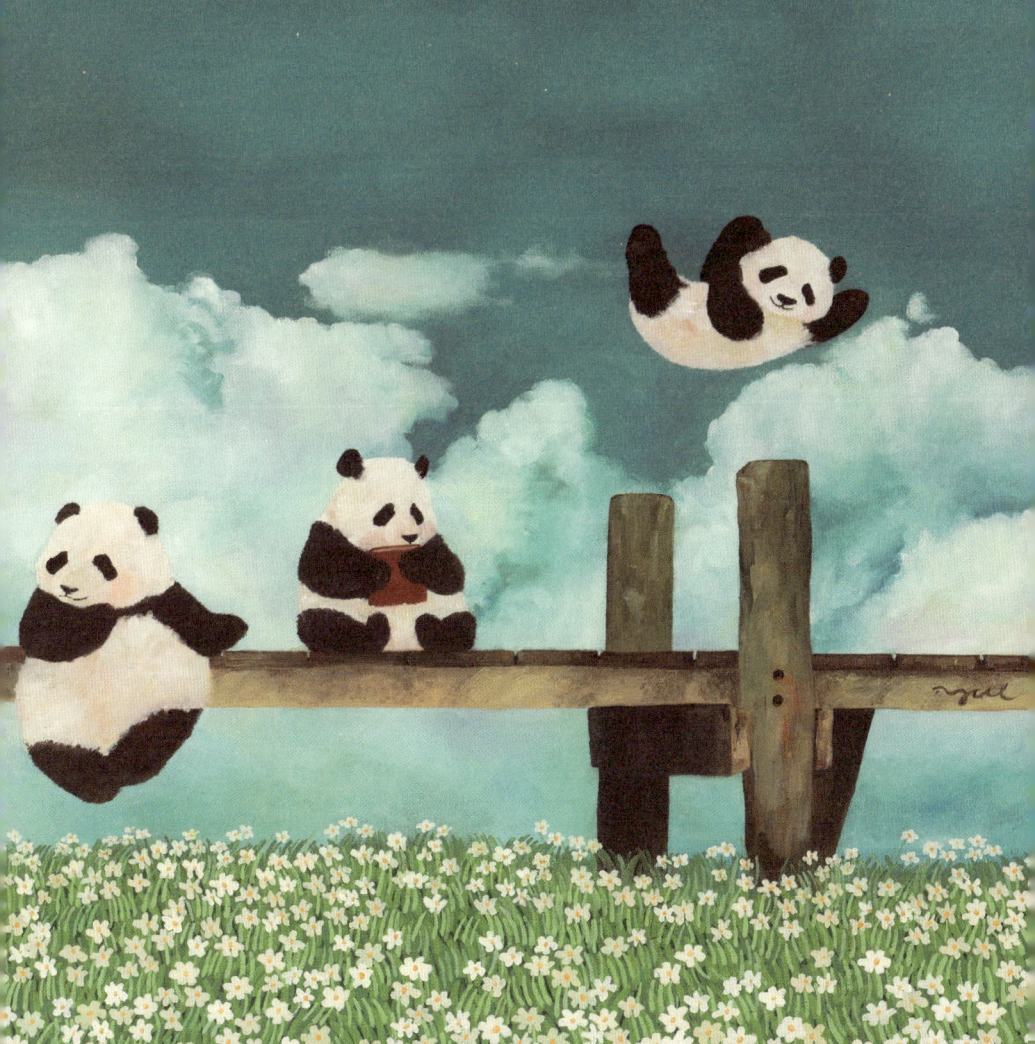

힘든 건 힘든 거고,
신난 건 신난 거지!

폭염이 시작된 8월, 하필 그 무더운 여름에 동생이 조카를 데리고 서울로 놀러 왔다. 차가 없는 나는 막막했다. 저질 체력인 동생, 유모차를 타기엔 크고 오래 걸어 다니기엔 어린 조카. 이 조합을 데리고 서울 구경을 어떻게 시켜줘야 할까?

일단 실내 위주로 코스를 짜고, 이동할 때는 무조건 택시를 타기로 결정했다. 욕심 내서 많은 곳을 가지도 않고, 롯데월드와 어린이민속박물관, 아이가 좋아할 만한 곳을 하루에 한 군데만 제대로 즐기면 나름대로 괜찮을 거라 생각했다.

그러나 8월의 서울은 만만치 않았다. 사상 초유의 폭염에, 설상가상으로 집 에어컨까지 고장이 났다. 택시를 타기에 애매한 거리들은 어쩔 수 없이 걸어야 했는데, 5분만 걸어도 땀이 줄줄 흘렀다. 실내에서 에어컨 바람을 한참 쐰 다음에 나와도 문을 여는 순간 말짱 도루묵이었다.

어찌저찌 서울 투어를 마치고 모녀를 부산으로 돌려보낸 후, 모처럼 조용해진 집에서 지난 며칠의 사진을 넘겨 보는데, 광화문 앞에서 찍은 사진 속 조카의 얼굴이 발갛게 익어 있었다. 그 조그맣고 빨간 얼굴을 보는 순간, 마음에 돌덩이가 내려앉는 것 같았다. 세종대왕과 이순신 동상, 광화문을 보여주겠다고 그 광장을 걷게 한 것이 나의 지나친 욕심이었나보다. 여름 내내 식혀지지 않는 더위처럼 후회가 따라다녔다.

추석이 되어 엄마 집에 모였을 때 다시 조카를 만났다. 마냥 해맑게 인사하는 조카에게 떨리는 마음으로 물었다.

"여름에 이모 보러 서울 왔던 거, 기억나?"

조카는 바로 대답했다.

"응, 너무 힘들었어."

숨이 멎는 것 같았다. 그래, 역시 그랬겠지. 더운 날씨에 그렇게 걷게 했으니 힘든 게 당연하지. 마음속에 쌓였던 후회와 미안함이 홍수가 되어 눈물이 날 것 같았다. 그런데 그다음 말이 휘몰아치던 내 감정을 단번에 멈춰 세웠다.

"근데, 너무 신났어!"

무척 덥긴 했지만 그래도 신나게 놀았던 날. 조카가 기억하는 서울 여행이었다. 무더위를 뚫고 간 박물관에서 본 달나라 토끼는 되게 귀여웠고, 아이스크림을 먹으러 걸어간 길은 힘들었지만 맛은 최고였단다. 광화문 광장의 분수는 부산에도 있으면 좋겠다고 했다. 거리는 뜨거운데 택시는 잡히지 않는 끔찍한 기억 속에 갇혀 있던 나와는 전혀 다른 장면들을 기억하고 있었다.

조카의 말 한마디 한마디가 나를 끌어안았다. 이모는 서툴렀지만, 그래도 덕분에 행복했다고. 그렇게 말해주는 것 같았다. 금방이라도 나를 잠식할 것 같던 후회와 반성이 스르르 씻겨 내려갔다.

나는 종종 후회나 수치심 등 부정적인 감정에 사로잡혀 안 좋은 기억을 곱씹고는 한다. 초등학생 때 어린 남동생을 집에 혼자 두고 과자를 사왔더니 동생이 엉엉 울고 있던 장면, 20대에 어리숙한 연애를 끝내던 이별의 날, 함께 야근까지 하며 야심 차게 만든 홍보 영상이 대차게 까여서 팀원들 앞에 얼굴 들기 어려웠던 일 등…….

그렇지만 생각해보면, 분명 남동생과 그 과자를 나눠 먹으며 즐거웠고, 남자친구와 사귀던 기간만큼은 로맨스 드라마가 부럽지 않았으며, 팀원들과 합심하여 야근하던 시간은 결과와 상관없이 팀워크를 단단하게 만들어줬다.

이제는 단편적인 기억 하나로 나 자신을 괴롭히는 일을 멈추려한다. 조카의 솔직한 말이 마음속 깊숙이 자리한 오래된 기억들을 다정하게 다독여주었다. 힘들기도 했지만, 정말 신났어!

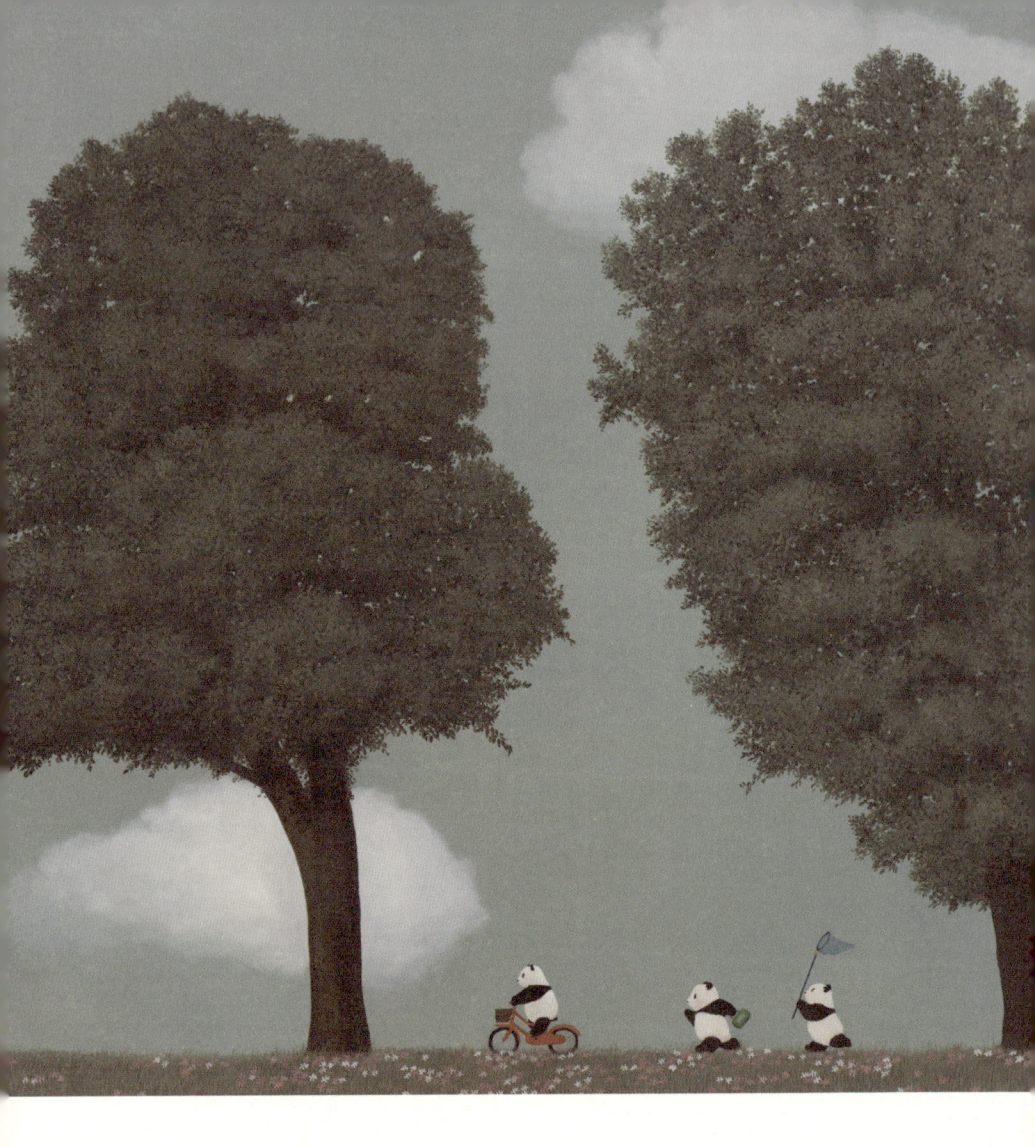

힘든 건 힘든 거고,
신나는 건 신나는 거지!

엉망이어도 괜찮아,
난 귀여우니까

나의 오래된 추구미는 아침형 인간이다. 새벽 6시에 일어나 창문을 열어 환기하고, 러닝을 한 뒤 따뜻한 차 한 잔으로 하루를 시작하는 여유로운 아침, 얼마나 아름다운가!

하지만 나는 원체 잠이 많아 알람을 수십 개 맞춰도 잘 일어나지 못했다. 몇 번 출근 시간 직전에 깨 지각의 위기를 간신히 넘긴 후, 결국 유료 앱까지 동원했다. 돈을 내고 설정한 미션에 성공하면 환급을 받는 구조였는데, 돈이 걸리니 신중해져서 이상향인 새벽 6시는 포기하고 현실적으로 7시 기상 챌린지를 신청했다.

첫날, 잠에서 깨니 7시 5분이었다. 평소보다 빠른 기상에 기분이 좋아 콧노래를 흥얼거리며 치약을 짜다가 앱이 떠올랐다. 7시 9분까지 인증 사진을 올려야 하는데, 이미 늦었다! 부랴부랴 앱을 켜보니 '실패'라고 적힌 빨간 도장이 화면 가득히 찍혔다.

'하, 역시 내가 그러면 그렇지. 정말 엉망이야!'

기분이 상해 양칫물을 탁 뱉고 거울을 본 순간, 피식 웃음이 나왔다.

세상에 심각한 일이 얼마나 많은가. 기후위기, 전쟁, 질병처럼 중대한 문제도 아닌데 7시에 못 일어났다고 '실패'라니. 더 웃긴 건, 그걸 보고 심장이 철렁 내려앉은 내 자신이었다. 누가 내 인생에 '불합격' 도장이라도 찍은마냥 양치하다 말고 좌절하는 내가, 세상 하찮고 귀여웠다.

사실 내가 잘 못하는 건 아침 기상뿐만이 아니다. 자주 덜렁거려서, 출근할 때 가져가려고 현관 앞에 둔 아이패드를 무심코 분리수거 쓰레기와 함께 버린 적도 있었다. 또 한 번은, 아침에 신발을 신으며 문을 짚으니, 현관문이 '쏙' 하고 열렸다. 문을 제대로 안 닫고 잔 것이었다. '다음부터는 꼭 확인하자' 해놓고도 몇 번은 더 그랬다.

칠칠맞은 실수를 할 때마다 내 자신에게 정말 짜증이 났다. 부끄러워 그대로 사라지고 싶었던 순간이 한두 번이 아니었고, 지나간 실수가 불쑥 떠올라 잠들기 전 이불킥을 했던 날도 많았다. 나름대로 신경을 써도 자꾸 뭘 흘리고 빠뜨리니, 민폐 캐릭터가 될까봐 걱정이 되고 움츠러들었다.

가족 여행을 갔을 때였다. 호기롭게 내가 모든 계획을 담당하겠노라고 선언한 여행이었다. 첫 행선지는 호텔이었는데, 택시에서 한숨 자고 일어나니 글쎄, 엉뚱한 곳에 도착한 것 아닌가!

"역시 우리 집 칠칠이네……."

엄마가 고개를 저으며 말하는데, 머쓱해진 나는 괜히 더 뻔뻔하게 대답했다.

"그래도 나 좀 귀엽지 않나?"

부끄러운 마음에 가족들에게 응석을 부리듯 한 말이었지만, 생각해보니 그랬다. 다른 누군가에게 큰 피해를 준 것도 아니고, 내 인생을 망칠 만한 거대한 잘못을 저지른 것도 아닌데, 이 정도는 그냥 귀엽게, 인간적인 면모로 넘어갈 수 있지 않나? 다른 누군가가 나와 같은 실수를 했다면, 아마 나도 웃으며 그를 몇 번 놀리고 넘어갈 터였다.

분명 나다운 실수는 계속될 것이다. 오늘도 커피를 사겠다며 카페를 갔지만 카드를 두고 오는 바람에 대리님이 계산해줬다. 벌써 두 번째였다. 예전 같았으면 대리님이 날 어떻게 생각하겠냐며 쥐구멍을 찾겠지만, 이젠 그냥 '나 좀 귀엽네' 하고 넘긴다. (물론 대리님에게는 바로 계좌이체를 해줬다.)

혹시 사소한 실수로 오늘 하루를 망친 것 같다면, 당신에게 해주고 싶은 말이 있다. 당신은 하루를 망친 게 아니라 인생에 재밌는 이야깃거리를 하나 더한 것뿐이다. 그리고 꼭 한 마디 더 덧붙여주겠다.

"너무 귀여운 거 아닙니까?"

엉망이어도 괜찮다. 귀여우니까. 귀여우면 다다.

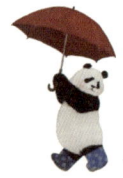
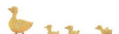

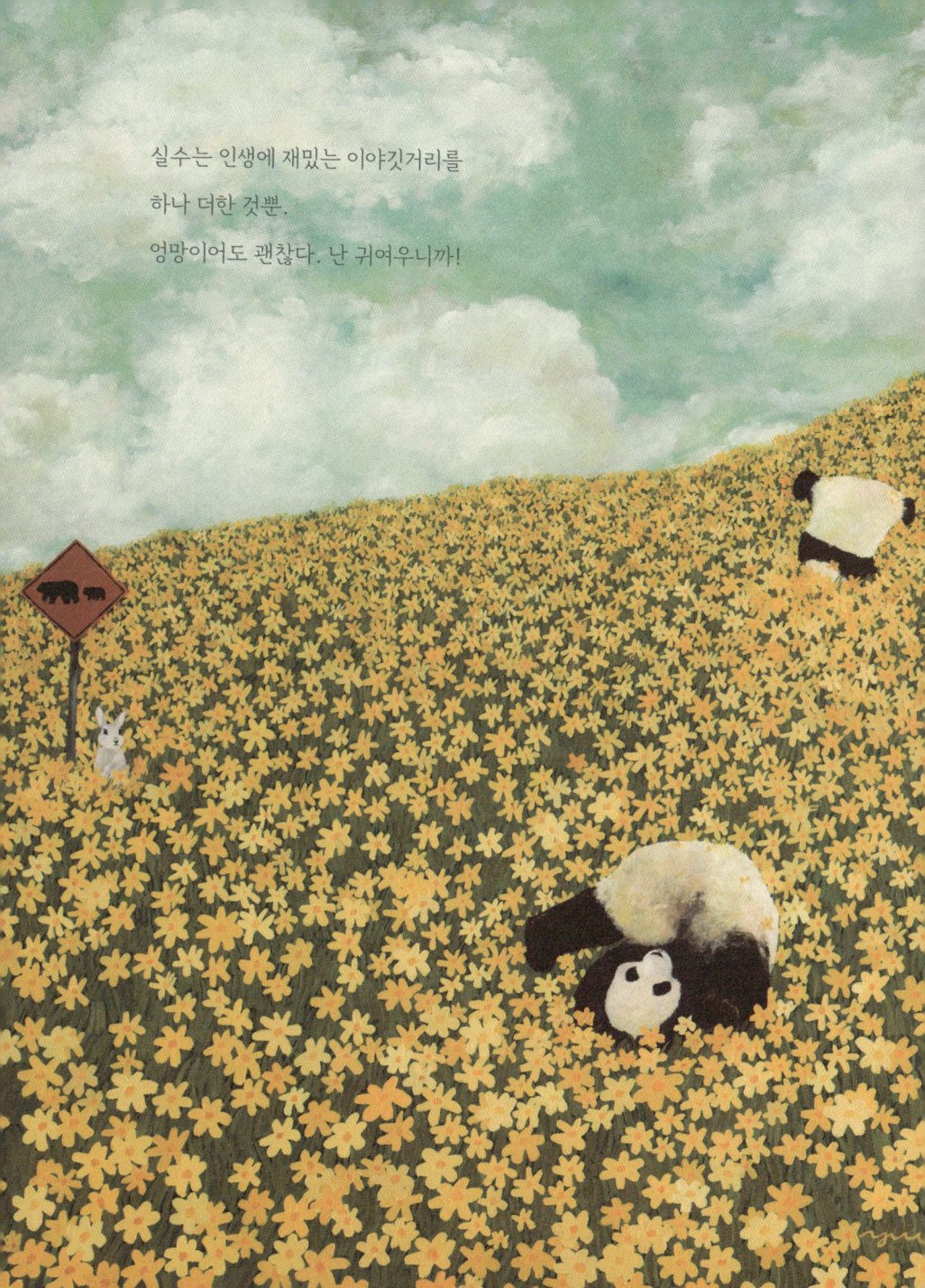

실수는 인생에 재밌는 이야깃거리를
하나 더한 것뿐.
엉망이어도 괜찮다. 난 귀여우니까!

나를 움직이게 하는
질투의 힘

내 안에는 메기들이 살고 있다. 주인을 닮아 활발하지 않아서 평소엔 구석에 조용히 숨어 있지만, 멋진 사람을 만나면 갑자기 툭 튀어나와 정신없이 헤엄친다. 그러면 내 속이 마구 울렁거린다. 가만히 있을 수가 없다.

지인이 출근 전 아침에 수영을 한다는 말을 듣고는 메기가 불끈해, 오랫동안 다니지 않던 수영장을 다시 찾았다. 틈틈이 영어를 공부한다는 개그맨의 영상을 보고는 모든 OTT의 자막을 영어로 변경하기도 했다. 완벽한 일자로 다리를 찢는 요가 강사를 보고 한 번 꿈틀한 메기는, 한 뼘도 안 될 것 같은 말랑한 다리를 쭉쭉 늘리는 조카에게 크게 자극받아서 스트레칭 학원을 등록하게 만들기도 했다.

질투, 부러움, 경쟁심······. 잘난 누군가를 볼 때마다 내 속을 어지럽혀 기어이 안 하던 일을 하게 만드는 감정에 이런 이름들을 붙였을 때는, 불끈 도전 의식이 솟았다가도 허탈함을 느꼈다. 평소에 관심도 없던 분야인데 왜 남이 하면 멋져 보이고, 따라 하고 싶은지 내 마음을 나도 모르겠다는 생각이 들기도 했고, 누군가는 쉽게 해내는 듯한 그 일이 왜 내가 하면 이렇게나 어려운지 내 자신의 무능함에 짜증이 나기도 했다. 그러다가 '내가 꼭 그들과 같아야 할 이유는 없잖아?' 하는 반발심에 이르면 돌연 도전을 포기했다.

내 안에 있는 동력에게 새로운 이름을 붙여주기로 한 건, 어느 책을 읽고 나서였다. 옛날 노르웨이 사람들이 미꾸라지를 잡으면 육지로 돌아가는 길에 미꾸라지가 자꾸만 죽었다고 한다. 그러다가 수조에 미꾸라지를 잡아먹는 메기를 한 마리 같이 넣었더니, 미꾸라지들이 긴장하여 활발하게 움직이면서 생존 확률이 높아졌다는 것이다.

그러고 보니, 멋있는 사람을 동경하는 내 기질이 꼭 나쁘지만은 않았다. 잘 모르던 분야에 호기심을 가지게 만들기도 하고, 해야 한다고 생각하면서도 미루던 일에 마침내 뛰어들게도 했다. 나를 다그치고 누군가를 따라 하게 만드는 마음이 아니라, 나를 움직이게 하고 다른 사람의 장점을 배워 익히게 만드는 힘이라고 여기니, 불현듯 찾아와 내 속을 뒤집던 '메기'를 은근히 기다리게 되었다.

물론, 메기에게 완전히 잡아먹혀버리면 안되겠지만, 이제는 그의 힘을 활용하며 공존하는 법을 익히는 중이다. 너무 멋져서 부러운 사람을 만나면, 이제는 막연히 그가 하는 것을 흉내내기보다는 좀 더 세세하게 그에게 관심을 갖는다. 어떤 철학을 가졌는지, 무슨 루틴을 지키는지, 지금 하는 일을 하게 된 계기는 무엇인지 등을 물어보는 것이다. 그리고 그중에서 내가 도전할 수 있는 것, 유독 닮고 싶은 것을 골라서 따라 해본다. 일상이 지루해질 때는 일부러 멋진 이의 인터뷰 영상을 찾아 메기를 깨우기도 한다.

오늘도 나는 메기 덕분에 10분이라도 일찍 일어나 책을 읽었고, 퇴근길에 영어 방송을 들었다. 잘 안 풀리는 날에는 축 늘어져 있다가도 SNS 게시물 하나, 유튜브 영상 속 명언 하나에 또 꿈틀거리니, 내 메기 제법 귀엽지 않은가?

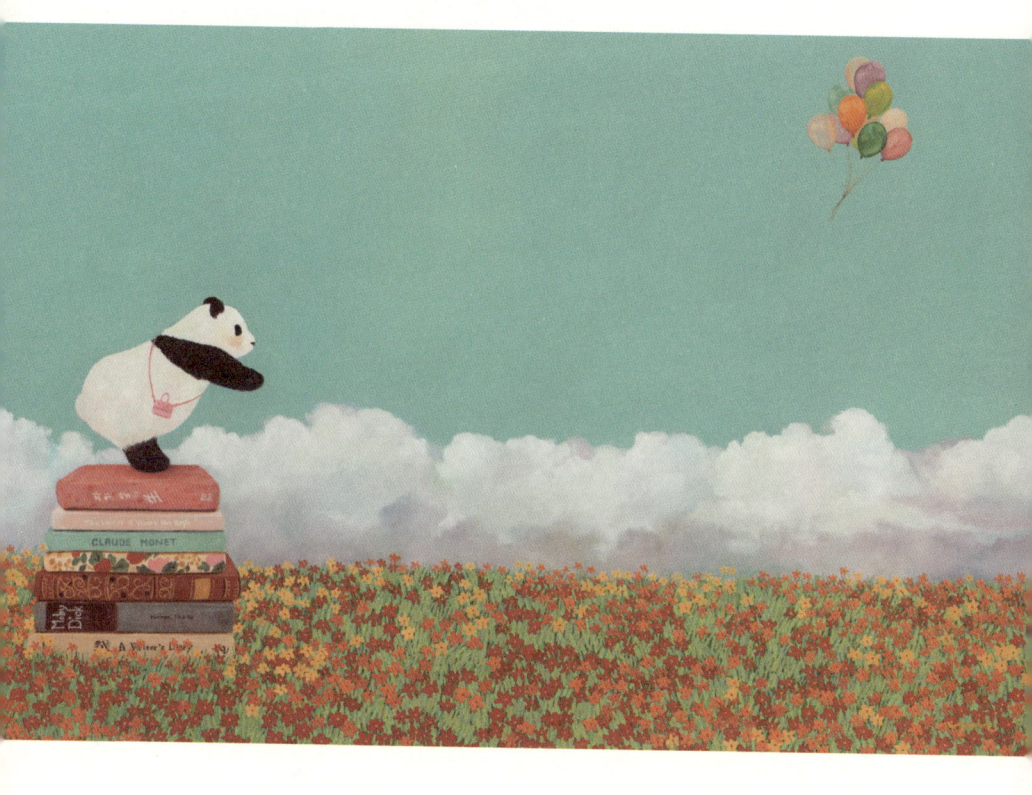

나를 움직이게 하고
다른 사람의 장점을 배우게 만드는 힘.
내 안의 메기, 제법 멋지고 귀엽다.

거절의 여왕이 알려주는
'거절의 품격'

토요일 오후마다 늘 초코파이를 사서 화실에 오던 50대 학생이 한동안 보이지 않았다. 늘 먼저 다가와 따뜻하게 말을 건네던 분이라, 그녀의 빈 자리가 뚜렷히 느껴졌다. 무슨 일이 있는 건가, 슬슬 신경이 쓰일 때쯤, 오랜만이라며 그녀가 화실에 나타났다.

바쁘셨냐고 물으니, 자꾸 약속이 생겨서 못 나왔다고 했다. 말 끝에 속상한 표정이 스쳤다. 화실에 오고 싶은 마음이 더 컸지만, 누군가가 불러내면 거절하기가 어렵단다. 다음 달에도 패키지여행 인원을 맞춰야 해서 화실에 나올 수 없다고 했다.

그분의 푸념을 함께 듣던 선생님이 갑자기 내 쪽으로 손짓하며 말했다.

"그러면 얘한테서 거절하는 방법을 좀 배워보세요."

놀라 선생님을 쳐다보는 나를 보며 선생님은 재차 강조했다.

"유미 쟤가 거절의 여왕이잖아요."

살다 보니 내가 거절을 잘 한다는 말을 듣는 날이 다 온다. 거절하지 못해 고통받았던 지난 날이 떠오르며 웃음이 새어 나왔다.

예전의 나는 금방 밥을 먹고도 '같이 점심 먹자'는 말에 밥을 또 먹곤 했다. 꾸역꾸역 2차 점심을 먹은 후엔 결국 소화제를 사야 했다. 분위기에 휩쓸려 생각지도 못한 여행에 끌려간 적도 있다. 퇴근하고 누울 생각에 설레고 있었는데, 갑자기 훅 들어온 약속 있냐는 물음에 '약속은 없는데……' 하며 우물쭈물하다가 회식에 끌려 간 일은 허다했다.

그렇게 거절을 못해서 마지못해 나간 자리는 아무리 분위기가 좋아도 집중이 잘 안 되었다. 앞 사람의 말을 들으면서도 머릿속에서는 오늘 보려던 넷플릭스 시리즈가 자꾸만 아른거렸다.

어느 날 또 그렇게 밍숭맹숭하게 앉아 있다가 집으로 돌아오는 길에, 날 불러낸 사람을 원망하는 마음이 들었다.

'괜히 시간 아깝게 이게 뭐야. 오늘 하려던 일도 있었는데, 왜 나를 불러서는!'

그 생각을 하고 바로 다음 순간, 뭔가 잘못되었다는 걸 깨달았다. 내가 오늘 혼자 무슨 계획을 세웠는지 상대방은 알 방도가 없다. 그도 그의 소중한 시간을 내게 내어주기로 선택한 것인데, 내가 거절하지 못해놓고 그의 호의와 초청을 탓하고 있었던 것이다.

그날부터 거절을 연습했다. 먼저 시간을 끄는 것부터 시작했다. 분위기에 휩쓸려 얼떨결에 대답하지 않기 위해서 '일정을 확인해보고 알려주겠다'라고 말하며 시간을 벌었다. 그리고 찬찬히 내 기분을 탐색하고 내 시간을 점검했다. 물리적으로 시간이 되는지 안 되는지만 따진 것이 아니라 심적 여유가 되는지를 자문했다. 만나면 즐거운 자리인지, 부탁이라면 내가 보상의 기대 없이 들어줄 만한지 생각했다.

물론, 거절을 시작하니 쓴소리도 들어야 했다. 회사에서는 애사심이 없다는 말을 들었고 친구들은 내가 변했다고 했다. 하지만 그런 반응도 잠시뿐, 이내 그들도 내 거절에 익숙해졌고, 내가 두려워했던 것보다 훨씬 가볍게 그것을 받아들였다.

연습을 하다 보니 빈도만 늘어난 것이 아니라 거절의 품격도 생겼다. 정말 보고 싶지만 바빠서 못 보는 친구들에게는 '5월에 전시가 있어 바쁘니 이후에 보자'라는 식으로 구체적인 미래를 약속했다. 아무 이유 없이 누구도 만나기 싫은 날에는 그대로 솔직하게 말하기도 했다.

생각보다 많은 이가 내 거절의 이유를 이해해줬고, 그것을 계기로 내 안부를 더 섬세하게 물어보기도 했으며, 자신도 그런 적이 있다며 대화가 시작되기도 했다. 단절일 줄 알았던 거절은 서로를 더 깊이 들여다보게 했다.

거절을 못하던 시절에 나는 거절이 무례이고, 비싼 척이라고 여겼던 것 같다. 내가 거절을 하면 상대방의 기분이 상할 것이고, 날 다시는 찾지 않을 것이라고 생각했다. 그러나 적절하게 진솔하고 정중한 거절은 오히려 나와 상대방의 시간을 모두 소중히 여기는 존중의 표현이다. 한층 신중하게 나간 약속에선 그 만남에 더욱 집중할 수 있다. 또한, 서로가 귀한 시간을 내서 왔다는 것을 알기에, 나와 만나준 상대방에게 더 고마움을 느끼게 된다.

그러니 오늘도 거절을 못해 곤란한 자리에 다녀온 사람이 있다면, 조금씩 연습해보기를 권한다. 누가 알겠는가. 당신도 '거절의 제왕'이 될 수 있을지도! 물론, 이 제안을 거절해도 좋다.

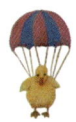

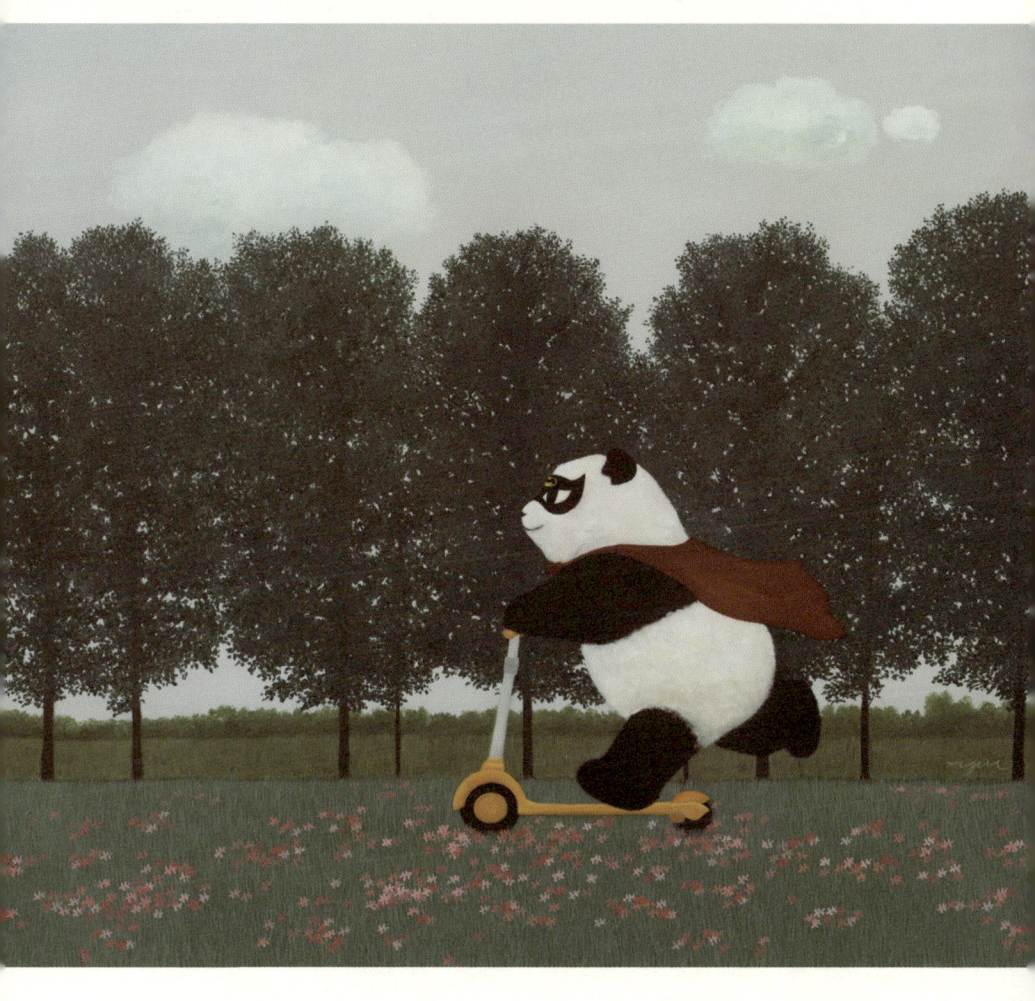

적절하게 진솔하고 정중한 거절은
나와 상대방의 시간을 모두 소중히 여기는 존중의 표현이다.
오늘도 거절을 못해 곤란했다면 품격 있는 거절을 연습해보자.

아빠의
멋없는 유언에
담긴 의미

나는 게으른 사람이다. 설거지는 물론, 내 얼굴 씻는 일조차 귀찮아 미루고 미룬다. 학생 때 시험이나 과제는 당연히 벼락치기였고, 요즘도 요리가 귀찮아 분식점 김밥으로 끼니를 때우곤 한다. 온종일 누워 있어도 허리가 아프거나 두통이 없는 걸 보면, 아무래도 타고난 게으름뱅이 체질인 것 같다. 무엇을 좋아하냐고 물으면, 여름에는 에어컨을 튼 채 이불을 덮고 누워 있는 것, 겨울에는 전기장판을 틀고 이불을 덮고 누워 있는 것이라고 답한다.

이렇게 게으름 피우기를 좋아하면 편하게라도 쉬어야 하는데,

내 인생의 비극은 게으른 사람치곤 열심히 살아야 한다는 강박증이 심하다는 것이다. 가만히 누워 있다 보면 누가 뭐라 하지 않아도 죄책감이 몰려온다. 아무래도 '열심히 살아라'라는 아빠의 말씀 때문인 것 같다.

'어쨌거나 열심히 살아라.' 아빠가 내게 남긴 유언이다. 마흔 살에 암으로 삶을 마감하며 남긴 말이라기엔 참 멋이 없었다. '인생은 짧으니 즐겨라, 딸아!' 같은 말을 남겼으면 내 삶이 좀 달라졌을까? 유언이라며 타투로 새길 만큼의 임팩트는 없었지만, 그래도 아빠의 마지막 말이니 잊지는 않고 있었다.

십여 년이 지나, 내가 30대가 되었을 때 아빠의 유언은 비로소 진가를 발휘하기 시작했다. 아침에 일어났는데 감기 기운으로 몸이 으슬거려서 병가를 쓸까 말까 고민하던 중, 문득 아빠 생각이 났다. 아빠는 30대에 암 선고를 받아 10년 동안 투병 생활을 했다. 항암치료를 받고 온 날이면 안방에서 아빠의 구역질소리가 들려와 나와 동생들을 침묵하게 만들었다. 그렇게 며칠을 토하고 나면 아빠는 아무 일도 없었던 것처럼 다시 출근했다. 자신이 죽은 뒤에도 우리가 굶지 않도록, 아침마다 부지런히 몸을 일으켰다.

자신한테 얼마나 남았을지 모르는 시간의 대부분을 회사에서 쓴다는 건 역시나 별로 멋있지는 않다. 영화를 보면 시한부 판정 받은 이들이 재미있고 스릴 넘치는 버킷리스트를 작성해서 하나씩 해치우며 남은 인생을 마음껏 즐기던데, 아빠는 버킷리스트도 없었을까. 아픔을 견디면서 6일 동안 근면히 일하고 일요일이면 피곤을 이기지 못해 점심 때까지 늦잠을 잔 삶이, 죽는 순간 후회되지는 않았을까.

아빠의 마음을 내가 알 길은 없다. 그렇지만 확실한 것 하나는 아빠에겐 시간이 소중했다는 사실이다. 아빠는 삶이 영원히 끝나지 않을 것처럼 성실했고, 동시에 내일이 오지 않을 것처럼 하루를 열심히 살았다.

그런 아빠의 시간을 생각하면 시간을 낭비하는 것에 대해 죄책감을 안 가질래야 안 가질 수가 없다. 아빠는 내게 부자가 되라고 하지 않았고, 좋은 남자를 만나라고 하지도 않았으며, 심지어 그 흔한 훌륭한 사람이 되라는 말도 하지 않았다. 그저 열심히 살라고 했다. 무엇을 하든지 주어진 시간에 최선을 다하라는 말이었으리라고 뒤늦게 이해해본다.

워낙 오래전에 아빠와 헤어져서 아빠를 자주 생각하지는 않는다. 그러나 가끔, 의욕 없이 뒹굴며 시간을 죽이고 있으면, 아빠의 목소리가 들려온다. 함께 시간을 보내지는 못하지만, 그래도 나의 시간을 기억해달라며 아빠는 잔소리한다. 그러면 별뜻 없이 그냥 흘려보내던 시간이 갑자기 엄청나게 소중해진다. 덕분에 나는 오늘도 이불을 박차고 나와 다짐한다. 무엇을 하든 어쨌거나 한번 열심히는 해보자고.

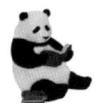

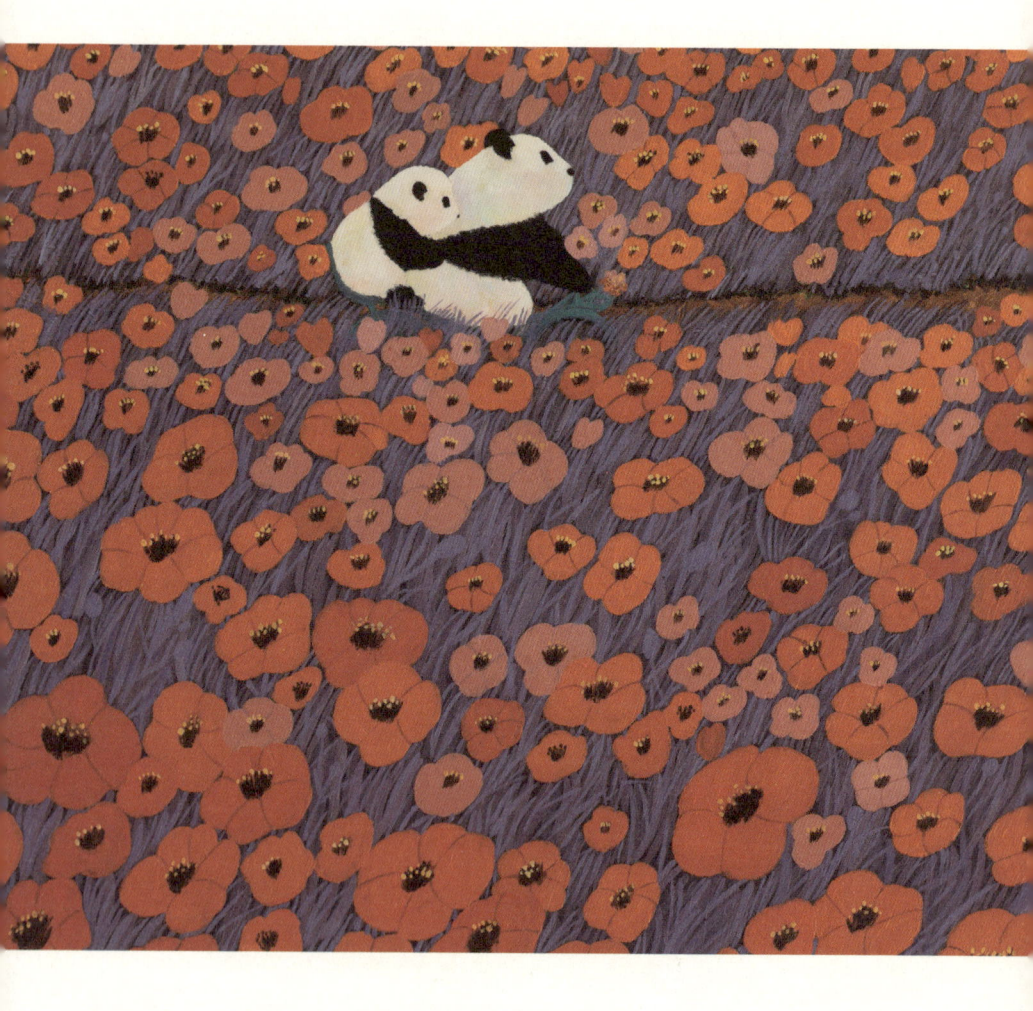

삶이 끝나지 않을 것처럼 성실했고,

내일이 오지 않을 듯이 열심히 살아낸

당신이 선물해준 시간

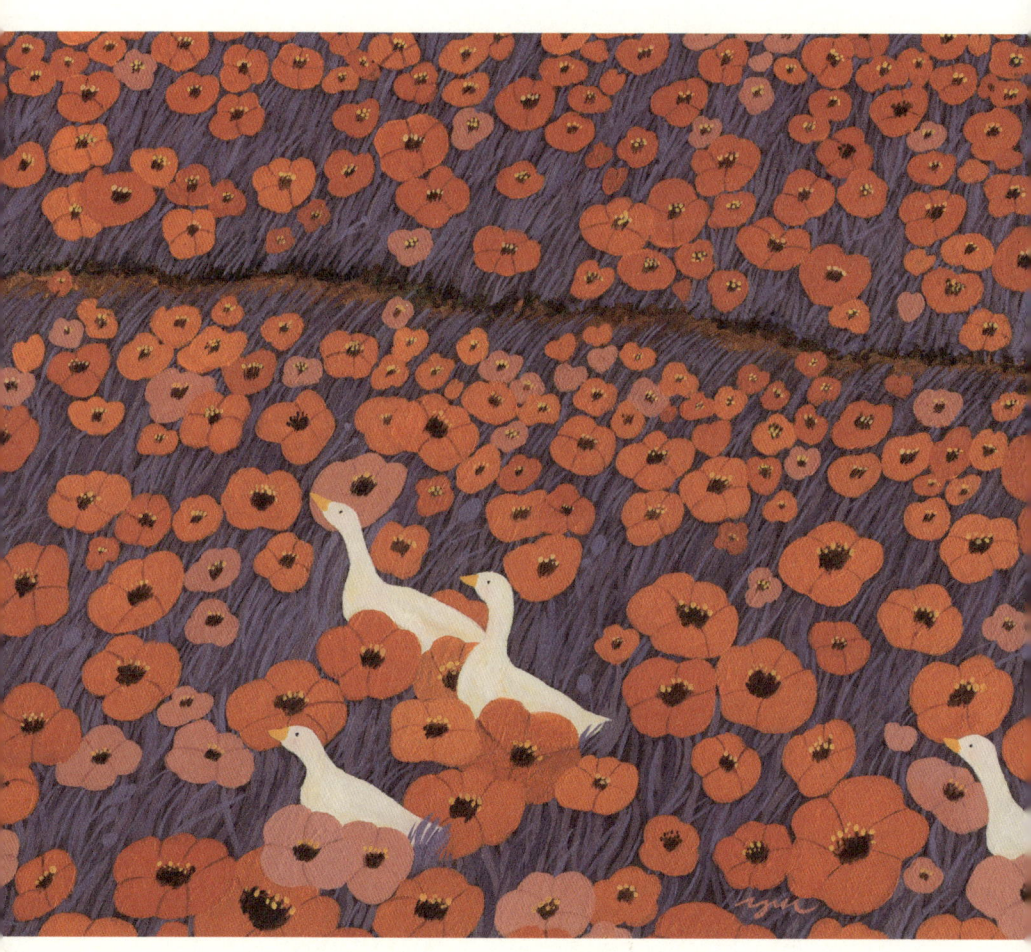

쓸데없는
말들의 쓸모

나이가 들수록 말수가 준다. 시시콜콜 일상의 이야기를 나누던 친구들에게도 아무 용건 없이 연락하기가 왠지 어색해졌다. 고민이 생겨도 어차피 누가 해결해줄 수 있는 것도 아닌데 혼자 알아서 하자, 라는 생각에 메신저 창을 닫는다.

친구들과 아무 말 대잔치를 즐기던 내 입이 무거워진 계기는 단순했다. '나 어제 지하철에서 졸다가 한강 건널 뻔했잖아' 하며 던진 톡에 '안물안궁'이라고 답한 친구의 농담이 의외로 깊이 박혔다. 그 뒤로 급격히 말이 없어졌다. 회사에서는 "주말에 뭐 했어요?"

같은 인사조차 조심스러운 시대이니 차라리 아무 말도 하지 않는 게 편했다. 말을 아끼다 보니 나는 '잘 들어주는 사람'이 되었다. 실상은 침묵의 미덕을 지킨 게 아니라 그저 말을 잃어버린 거였다.

하루는 옆 부서 과장님이 나를 찾았다. 업무 협조 요청이라더니, 탕비실에 가보니 주말 사이 있던 재미난 일을 얘기하고 싶어서 입이 근질근질했던 모양이다. 지난주, 남편과 싸우고 며칠 동안 말도 안 섞었다고 했다. 그러다 주말이 되어 어쨌든 밥은 먹어야 하니 마주 앉았다고. 그런데 '싸우니까 너무 불편하다'며 웬일로 남편이 먼저 화해를 청했다고 했다.

남편의 불편함은 아주 소소했다. 다툰 다음 날, 회사 화장실에서 자신이 팬티를 뒤집어 입은 걸 알아차렸는데, 그 얘기를 하고 싶어서 미치는 줄 알았다는 거다. 일상 모든 일을 항상 아내에게 공유하던 그였다. 하필 냉전 중이라 이 웃긴 이야기를 말할 수가 없으니 얼마나 답답했을까. 화해하자마자 제일 먼저 꺼낸 말이 그거였단다. "아니~ 팬티를 뒤집어 입은 거야!"

"그쵸, 팬티 이야기를 회사에서 하면 큰일 나죠. 진짜 이런 얘기를 어디 가서 해요!"

"그러니까, 나는 이렇게라도 말하지. 우리 남편은 진짜 말할 데가 없거든요."

정말 우스운 화해였다며, 오늘 아침 내 얼굴을 보자마자 얘기해주고 싶었다는 과장님의 말에 우리는 한참 같이 웃었다. 그러다 그녀는 뭔가 생각난 듯 말했다.

"이렇게 쓸데없는 걸로 수다 떠는 거, 참 좋지 않아요?"

그러게 말이다. 무용한 수다의 시간이 이렇게나 재밌는데, 요즘 나는 쓸데없는 이야기를 하며 시간을 보낸 적이 있었던가. 출근길에 지하철을 두 번이나 보낸 일, 아아를 시켰는데 뜨아가 나왔던 일, 밤늦게 집에 들어갔더니 에어컨이 하루 종일 틀어져 있던 일……. 답답하거나, 황당하거나, 웃겼던 일들을 누군가에게 이야기하려다 말았다. 그러다 보니 다른 사람도 나한테 사소한 일화들을 공유하는 일이 적어졌다. 말을 아낀 만큼 관계도 벌어지고 있었다.

퇴근길에 동네 친구에게 용기를 내 메시지를 보냈다. 봄이 왔는데, 무얼 하고 지내냐고. 한걸음에 나와준 친구 앞에서, 오랜만에 편하고 시시콜콜한 내가 되었다. 과장님 남편 팬티 이야기부터 월요일에 연차까지 내고 작업했건만 퇴근하고 그릴 때보다 덜 그렸다는 셀프 디스, 요즘 벚꽃은 아파트 단지가 명소라는데 나는 언제쯤 아파트에 살아보냐는 투덜거림까지. 미주알고주알, 밀린 말들을 쏟아냈다.

"나 너무 TMI니?"

실컷 떠들다가 눈치를 살폈다. 친구는 한마디로 나를 안심시켰다.

"TMI가 뭐야?"

말을 아끼려 꽁꽁 싸맸던 입이 탁 하고 풀리며 웃음이 터져나왔다. 우리가 쓸모없는 말을 하며 함께 웃던 봄밤은 결코 쓸데없지 않았다.

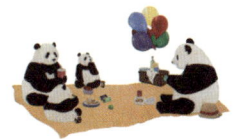

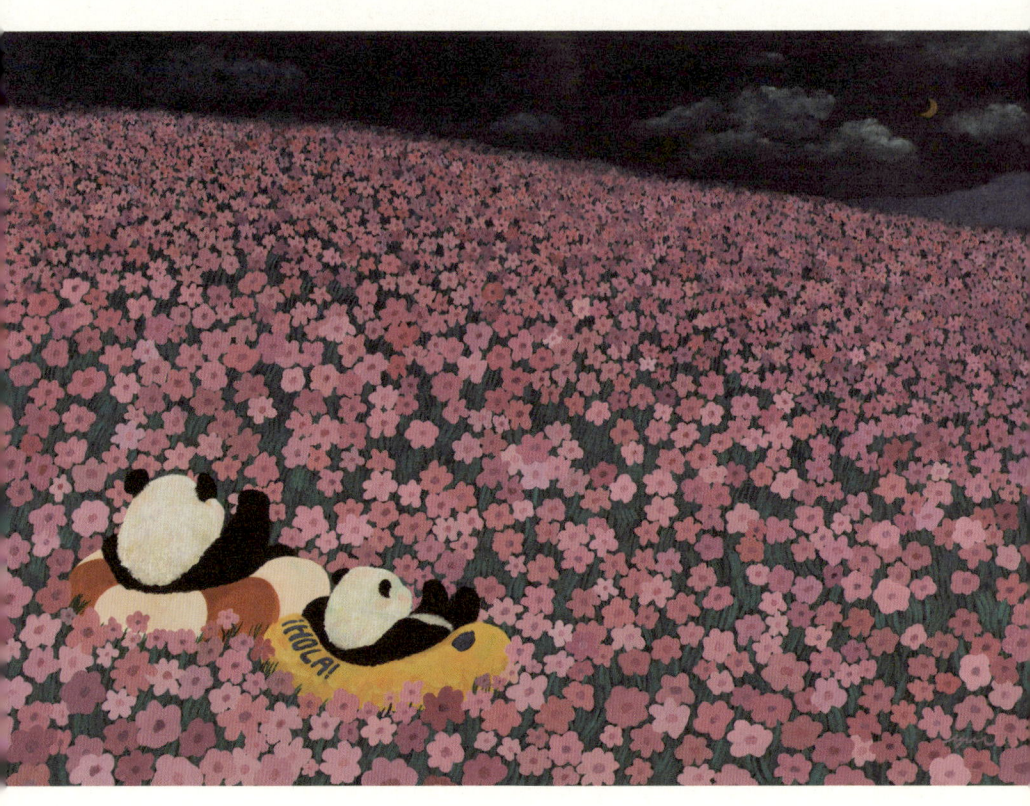

우리가 쓸모없는 말을 하며

함께 웃던 봄밤은

결코 쓸데없지 않았다.

우리는 누구나
불안하다

"저를 사로잡았던 건 예술이 아니라 제 환상 속에서 다소 부풀려진 자유로운 예술가의 삶이었습니다. 저는 무슨 수를 써서라도 일상의 단조로움에서 벗어나고 싶었습니다."

프랑스 화가 피에르 보나르가 남겼다는 이 말을 보고 나는 무릎을 탁 쳤다. 어쩌면 나도 화가가 되고 싶었다기보다는 예술가의 삶을 탐했는지도 모른다. 그처럼 나도 일상의 단조로움을 벗어나 자유롭게 살고 싶었다.

그러나 자유로움에는 두려움이 따른다는 것을 미처 고려하지 못했다. 본격적으로 화가 일을 시작한 이후로 난 난생처음 겪는 낯선 일들 속에서 우왕좌왕하고 있다. 아무런 가이드라인도 없이 나만의 그림을 그려야 하는 것은 매 캔버스마다 쉽지 않고, 전시를 준비하고 여는 일도 매번 어렵다. 관객과 갤러리라는 새로운 관계를 어떻게 관리하는 게 좋을지 고민이고, 그림 판매가 어느 정도가 되어야 내가 월급이 없어도 살아남을 수 있을지 계산기를 두들기고 또 두들긴다.

초반엔 처음 겪는 모든 일이 더욱 낯설고 불확실했다. 불확실함은 결국 불안으로 이어졌다. 생각이 자꾸만 일어나지 않은 미래로 새어 나갔다. 불안감이 심해질 땐 대화에도 집중하지 못했고 밥을 먹어도 맛이 나지 않았다. 이대로 주저앉아서 어제와 같은 하루를 사는 것이 낫지 않을까 싶기도 했다.

한창 불안과 씨름하고 있을 때 대기업을 관두고 좋아하는 일을 찾아 고향으로 내려간 그림 선배를 만났다. 요즘 드는 막연한 걱정들을 늘어놓고, 과연 이렇게 계속 꿈을 좇아도 될지 모르겠다고 털어놓았다. 그는 한참 이야기를 들어주다가 대답했다.

"나도 불안해. 일을 관둘 때도, 새로 시작한 지금도, 계속 불안해.

그런데 말야, 사실 회사 다닐 때도 불안함이 있었어. 언제까지 이 일을 할 수 있을까, 승진할 수 있을까, 이직할 수 있을까……. 예전 동료들을 만나면 그 사람들은 내가 부럽대. 월급쟁이는 미래가 없다나."

잠시 웃던 그는, 내게 아주 깊은 심호흡이 된 한 마디 말을 덧붙였다.

"우리는 누구나 불안해."

남들도 그렇다는 것. 그 말인즉슨 내가 그리 유별나지 않다는 것이다. 좋은 인생이란 무엇인지, 내가 원하는 삶이 어떤 것인지 정답이 없는 채로 살아가는 우리가 불안하고 초조한 것은 어쩌면 당연한 일이다. 그러니 그냥 그 사실을 인정하고 불안은 설렘으로, 조급함은 추진력으로 바꾼다면 언젠가 조금은 자유로워지지 않을까?

우리 뇌는 어떤 문제를 떠올리지 않으려고 하면 오히려 그것에 꽂힌다고 한다. '왜 이렇게 불안할까? 불안을 없애고 싶다'라고 생각하는 순간, 뇌는 불안의 이유를 찾느라 온갖 불안한 생각으로 머릿속을 채우게 된다.

그러니 불안을 피해야 하는 것이 아니라 그냥 자연스러운 것으로 받아들이자. 그리고 뇌에게 다른 질문을 던져보자. '어떻게 해야 잘 해낼 수 있을까?' 그럼 뇌는 떠돌던 생각을 불투명한 미래에서 건설적인 오늘로 가져와, 실질적으로 불안을 타파할 수 있는 행동을 찾아줄 것이다.

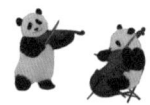

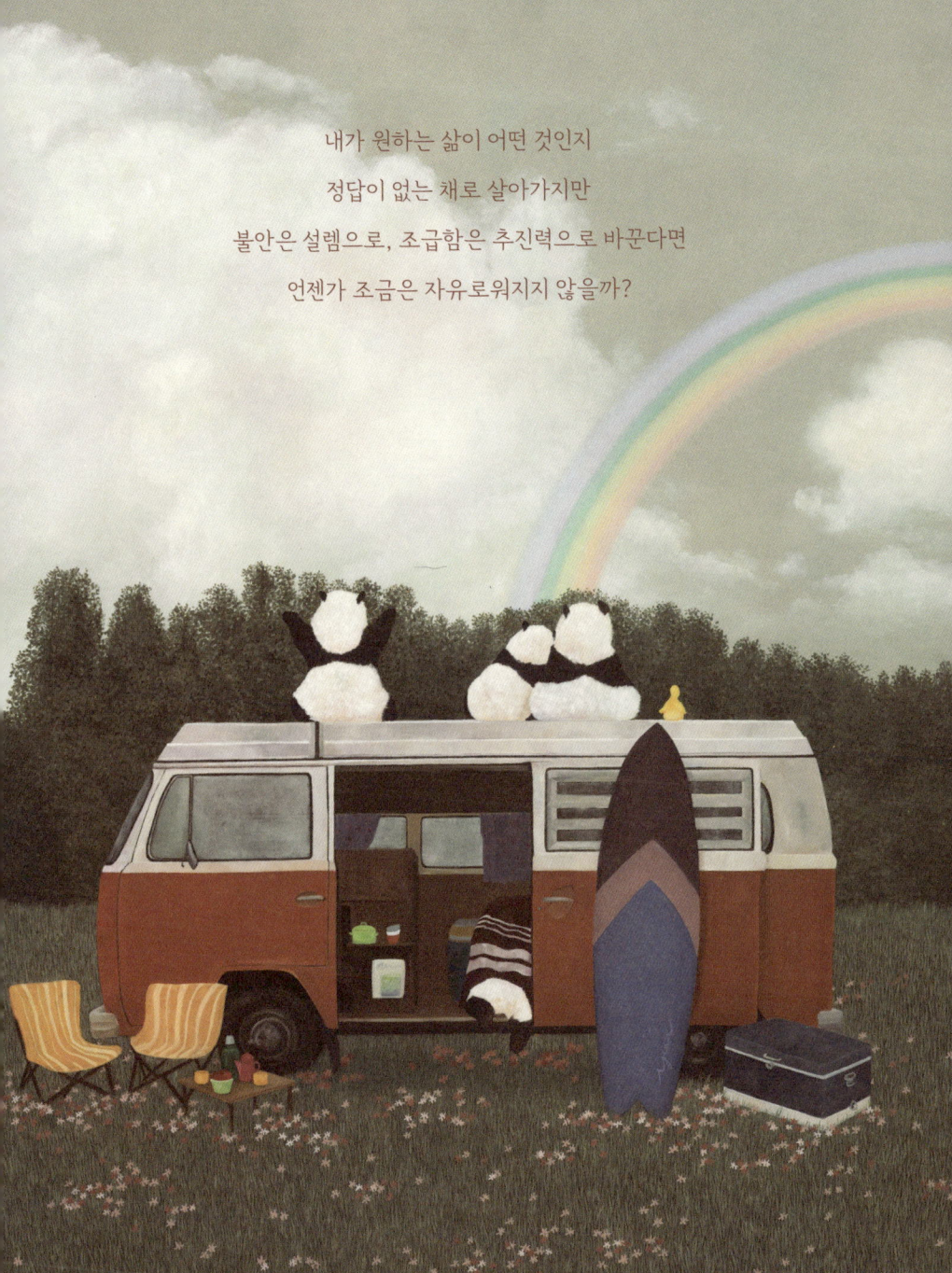

내가 원하는 삶이 어떤 것인지

정답이 없는 채로 살아가지만

불안은 설렘으로, 조급함은 추진력으로 바꾼다면

언젠가 조금은 자유로워지지 않을까?

괜찮지 않아도
괜찮습니다

어느 날, 대표님 호출로 갑작스럽게 회식 자리에 끌려갔다. 번개 회식은 잘 거절하는 편이지만, 팀장급 이상 전원 참석을 요망한다는 말에 어쩔 수 없이 참석했다. 막상 가보니 업무와는 관련 없는, 지극히 사적인 모임이었다. 대표님과 부장님들은 다음 등산은 어디로 갈지, 지난 골프는 어땠는지를 두고 크게 웃으셨다.

대화에 끼기도 어렵고, 내가 왜 여기 앉아 있어야 하는지 회의감만 들었다. 머릿속으로는 딴생각을 하면서 부장님들이 웃는 타이밍에 맞춰 애써 어색한 웃음을 짓다 보니 얼굴에 경련이 일어날 것 같았다. 시끄러운 식당에서 술 마시는 시간이 길어지자 결국 표정 관리가 안 되고 있었다.

"어, 너 염미정이지?"

문득 나와 눈을 마주친 대표님이 뭔가를 발견한 듯 말했다. 당시 드라마 〈나의 해방일지〉에 푹 빠지셨던 대표님은, 어색하게 앉아 있는 날 보고 사람들과 어울리는 걸 버거워하는 주인공 염미정을 떠올리신 거였다. 내 불편함이 그렇게 티가 났나? 화들짝 놀란 난 뒤늦게 입꼬리를 올려보려고 했다.

우리 팀 부장님은 아니라고, 얘가 뚱해 보여서 그렇지 사실 이런 자리를 좋아한다고 말했다. 아마 날 도와주려고 한 말씀이었겠지만, 한 번도 싫은 티를 낸 적이 없으니 정말로 내가 이 상황을 즐긴다고 착각하는 것도 같았다. 나는 무던한 사람이고 싶어서 늘 괜찮은 척하며 불편한 자리에 앉아 있었고, 그런 나를 오랫동안 봐온 부장님은 그렇게 오해할 만도 했다.

오히려 날 구해준 것은 날 잘 모르는 대표님이었다.

"아냐~ 표정을 보니까 딱 염미정 과가 맞아. 얘는 지금 이것도 일이야. 들어가, 들어가! 얼른 들어가서 쉬고, 내일은 연차 써!"

사회생활에서 표정 관리를 못 한 것이 민망하긴 했지만, '사실은 이런 자리를 좋아하는 애'라는 오해를 더 공고히 하면 안 될 것 같았다. 계속 이렇게 끌려다니며 살 수는 없었다. 난 대표님께 감사 인사를 한 후 냉큼 가방을 챙겨 집으로 돌아갔다.

묵묵하기로 소문난 판다도 수틀리면 앞구르기로 의사 표현을 한다. 큰 소리를 내는 것도 아니고, 이빨을 드러내는 것도 아니고 앞구르기라니. 하찮은 발끈이지만 그렇게라도 의사를 표출하는 판다가 나는 바람직하다고 생각한다.

물론, 곤란하거나 무례한 상황에서 불편하다고 조리 있고 분명하게 말할 수 있다면 더 좋을지도 모르겠다. 하지만 모든 사람이 그렇게 똑 부러지는 것은 아니다. 나처럼 소심하고, 웬만하면 조용히 넘어가고 싶은 사람도 있다.

그러니까 티라도 내보자. 나는 모든 상황을 다 웃어넘기는 사람이 아니라고, 나도 싫은 것이 있다고 티를 내보자. 어색한 입꼬리, 의자 끝에 걸터앉은 불안한 자세, 갈 곳 잃은 눈빛 같은 작은 신호도 알아차려주는 사람들이 분명 있다. 티 내는 용기만으로도 충분하다.

나는 모든 상황을 다 웃어넘기는 사람이 아니라고,

나도 싫은 것이 있다고 티라도 내보자.

그 용기만으로 충분하다.

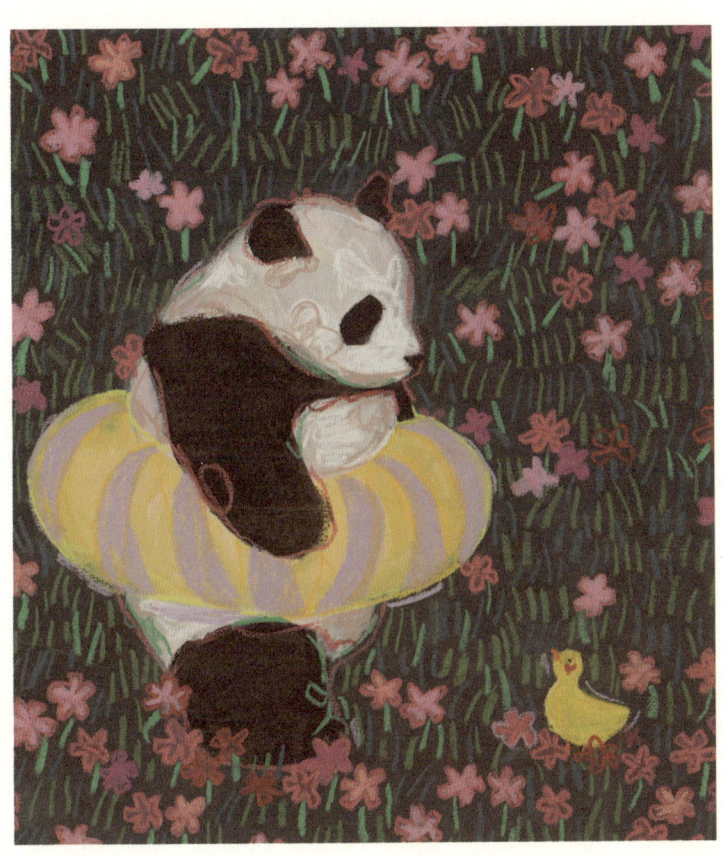

지친 하루의 끝,
나를 일으킨 한마디

서울살이가 고단할 때면 고향으로 돌아가고 싶은 마음이 불쑥 솟는다. 2년마다 혼자서 이고 지고 이사를 해야 할 때, 먹고사는 문제가 막막해 어디론가 숨어버리고 싶을 때, 단단한 안정감을 찾아 '집'으로 가고 싶었다. 그렇지만 매번 체면이 발목을 잡았다.

'서울 갔다더니 취업도 못 하고 내려왔대', '시집도 못 가고 내려와서 결국 엄마랑 산다더라' 같은 말이 두려웠다. 그래서 '부산 소녀 상경 성공기'라도 써보자는 마음으로 원룸에서 투룸으로, 월세에서 전세로 옮겨 다녔고, 퇴사와 이직을 반복하며 버텼다.

하지만 정작 나를 무너뜨린 건 이사도, 생계도 아닌 사랑이었다.

이제는 웬만한 실연쯤 '자니?' 문자가 와도 혹하지 않게 되었지만, 그 사랑은 달랐다. 정말 아팠다. 마음이 너무 아파서 몸까지 병이 나버려 결국 긴 휴가를 내고 부산 집으로 내려갔다. 밥도 안 먹고 하루 종일 누워만 있자, 엄마가 조용히 내 등을 쓸어주며 말했다.

"힘들면 돌아와."

서울에서 독립적이고 멋진 여성으로 우뚝 서려고 꽉 쥐고 있던 주먹이 스르르 풀리는 기분이었다. 엄마의 손길과 말이 무너진 나를 다시 세웠다. 제아무리 애틋했던 사랑도 엄마의 사랑보다 더 클 수는 없었다. 잃었던 입맛도 단번에 돌아와 엄마가 싸준 반찬을 야무지게 챙겨 서울로 왔다.

이후 또 다른 인생의 암흑기에 난 무단 퇴사를 했다. 그것도 마흔이나 먹고 말이다. 평소 무책임한 퇴사자를 보면 혀를 차던 내가, 몰래 사직서를 놓고 나와버렸다.

변명하자면, 이유는 직장 내 괴롭힘이었다. 점심시간에 나만 빼고 식사를 가거나 커피를 마시는 것으로 시작되었는데, 처음엔 눈치채지 못했다. 밥은 혼자 먹어도 괜찮고, 커피는 애초에 잘 마시지 않으니까. 그다음엔 업무 파일과 자료가 내게 오지 않았다. 일이 되지 않았다.

그래도 세 달은 버티자 다짐하며 잘 지내려고 노력해봤지만, 계속되는 신경전은 급기야 불면증을 유발했다. 눈만 감으면 잠들던 내가 잠을 못 잔다는 건 위험 신호였다. 월급보다 내가 중요한 나는, 한 달을 채우지 못하고 조용히 도망쳤다.

며칠을 집에 틀어박혀 있다가, 답답함을 견디지 못해 화실로 향했다. 평일 낮, 불쑥 나타난 나를 보고 학생들은 놀란 눈치였다. 사정을 들은 화실 어르신들은 입을 모아 내 편을 들어주며 아깝다고, 왜 너가 그만두냐고, 안타까워하셨다. 단 한 사람, 선생님만은 무책임한 날 꾸짖었다.

"얘, 지금 화실 믿고 퇴사도 지른 거야. 다시 취직해! 하기 전까진 화실 출입 금지다."

틀린 말이 아니었다. 그러고 보니 나는 화실을 제2의 고향처럼 여기고 있었다. 직업이 없고, 만날 사람이 없어도, 갈 곳과 할 일이 있다는 안정감을 주는 장소였다. 화실에서 어르신들과 과자를 까 먹고, 하루 종일 그림을 그리다 보니 회사에서 쌓였던 서러움이 물감과 함께 씻겨 내려갔다. 다시 회사 생활로 돌아가서 그 살얼음 같은 관계를 감당할 수 있을까 싶었던 두려움도 붓질에 실려 흘러내렸다.

무엇이 되지 않아도, 무언가 내보일 것이 없어도, 언제든 돌아갈 곳이 있다는 확신은 내게 가장 든든한 버팀목이다. 버티다가 버티다가 부러지더라도 부산과 화실에서 나는 새 힘을 얻는다. 돌아올 곳이 있기에 떠날 수 있고, 출발점에 돌아왔기에 다시 또 시작할 수 있다. 그래서 오늘도 '힘들면 돌아와'라는 엄마의 말을 마음속에 품고 한층 용감하게 살아본다.

무엇이 되지 않아도,

무언가 내보일 것이 없어도,

언제든 돌아갈 곳이 있다는 확신은

가장 든든한 버팀목이 된다.

인생에선 매일이
신입입니다

　

종종 대표님이나 부장님의 피드백을 듣고 나면 팀원들이 나를
찾아온다.

"과장님, 부장님이 심플하지만 화려하게 수정하라고 하시는데
그게 대체 무슨 말이에요?"

"대표님이 지난번엔 집행하지 말라고 말씀하셨는데 방금 언제
시작하냐고 찾으셨어요. 제가 뭘 어떻게 해야 하는 거예요?"

직장 생활을 한 지도 17년, 이제는 웬만한 직장인 언어는 다 해
석할 수 있는 능력이 생겼다. 윗분들의 말을 다시 설명해주면 팀
원들은 역시 과장님은 다르다며 감탄하고는 한다. 그러면 나는 짐

짓 여유롭게 웃어 보이며 나도 처음엔 외계어 같았다고 너희도 시간이 지나면 다 알아듣게 될 거라고 말한다.

그런데 최근 몇 년은 다시 신입으로 돌아간 것만 같다. 작년에 있던 개인전 첫날, 점심 무렵 갤러리에서 전화가 왔다.
"작가님, 언제 오세요?"
실장님의 목소리엔 날이 서 있었다. 당황하여 숨이 턱 막혔다.

분명 평일에는 참석이 어렵다고 미리 말씀드렸다. 게다가 하필 그날은 부서장 회의와 회식까지 예정되어 있어 도저히 전시장에 갈 수 없는 상황이었다. 그렇지만 내 사정이 제대로 전달되지 않았는지 실장님은 계속 재촉했다. 작가 활동이 회사 일에 영향을 끼치는 건 정말 피하고 싶었지만, 가보지 않으면 상황이 악화될 것 같았다. 부장님께 사정을 설명하며 한 시간만 자리를 비우겠다고 했더니 부장님이 의외의 말을 하셨다.
"지금 내 차로 다녀오자."

선배 등 뒤에 숨어 선배가 해결해주길 바라는 신입의 마음이 불쑥 들었다. 그래도 내 일은 스스로 수습하자고 마음을 다잡고 택시를 타고 전시장에 갔다. 상황을 확인하고 실장님께 오늘 참석할 수 없는 이유를 설명하며 양해를 구했다.

회사에 와서는 다시 김 과장 모드로 복귀했다. 회의 자료를 빠짐없이 챙기고, 지난달 부서별 주요 업무와 성과를 보고했다. 누락된 건에 대해서는 구체적인 사유를 들어 설명했다. 다행히 미리 중간 보고를 해두었던 덕분에 무리 없이 설득할 수 있었다.

회의를 끝내고 나와서 정리를 하다가 문득 내 전시에도 이렇게 했어야 한다는 생각이 들었다. 중요한 내용을 미리 상세하게 공유하고 예상되는 질문에 대비하는 것. 그것이 협업의 기본이다. 그런데 정작 내 전시 준비에서는 그러지 못했다. 회사에서는 익숙한 일인데, 전시장에선 그걸 왜 못 했을까.

다음 날 연차를 내고 전시실에 가보니 그림은 한 점 한 점 돋보이게 걸려 있었고 실장님은 오신 관람객들에게 작품을 설명하고 있었다. 나라면 아무리 노력해도 그렇게 훌륭하게 배치할 수 없고, 그렇게 자연스럽게 큐레이션을 할 수도 없었을 테다. 나와는 다른 분야에서 너무나 뛰어난 그들을 경이로운 마음으로 지켜보며 감사 인사를 할 뿐이었다.

이제 꽤나 베테랑이 되었다고 생각한 직장 생활에서도 아직 선배의 배려와 격려가 필요할 때가 있고, 이제 갓 발을 들인 화가의 영역에서는 유능한 경력자들에게 하나부터 열까지 도움을 받는다. 그렇지만 이런 어리숙함과 어색함이 나쁘지만은 않다. 어쩌면 우리는 인생에서 언제나 신입이지 않을까. 신입이라면, 억지로 능숙한 척을 할 것이 아니라 도움을 청하고, 질문하고, 열심히 배우면 된다. 아직 조언을 받을 수 있는 선배가 있다는 것이 다행스럽고, 내가 좋아하는 분야를 새로이 배워갈 수 있다는 것이 설렌다.

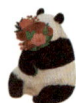

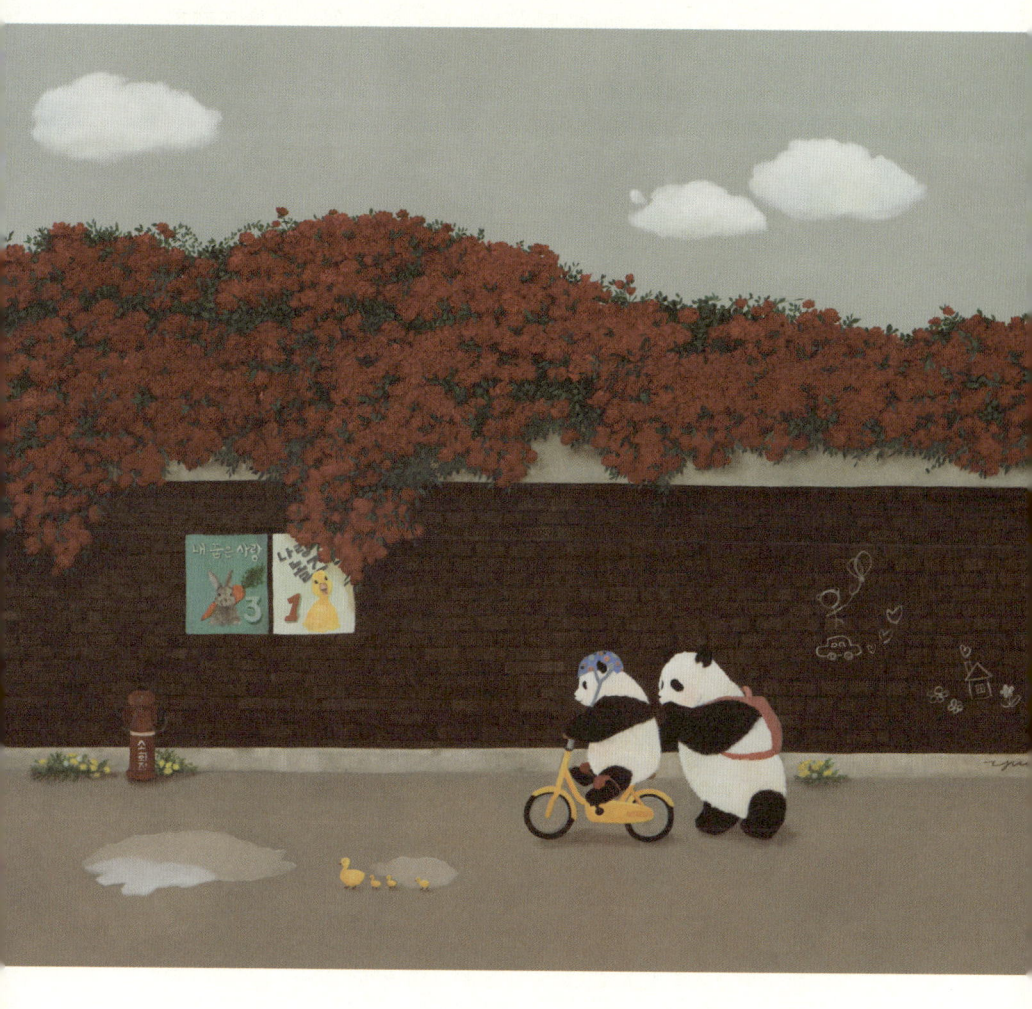

우리는 인생에서 언제나 신입이다.
도움을 청하고, 질문하고, 배워나가자.
새로이 배워갈 수 있다는 게 설레지 않나!

오늘도 이불 속으로
도망쳤습니다

온통 어둠으로 덮인 하루였다. 회사 일은 엉망이고, 연애는 뜻대로 되지 않았다. 프로이트는 사랑과 일이 삶의 전부라고 했는데, 내게는 둘 다 도무지 만만치 않았다.

누구라도 만나고 싶어, 핸드폰을 켰다. 매번 찾는 친구에게 연락하려다 아침에 생리통이 심해 연차를 썼다는 말이 생각났다. 사업이 어렵다던 지인은 메신저 상태 메시지가 심상치 않았고, 또다른 친구는 며칠째 야근이라 죽겠단다. 위로가 필요한 건 나 혼자만이 아니었다.

이럴 때는 타인에게 의존하지 않는 나만의 해소법이 필요하다. 저녁에 고기를 구워 먹고 장바구니에 담아둔 원피스를 주문했다. 그러나 고기와 택배로도 슬픔이 사라지지 않아, 결국 모든 감정의 스위치를 끄고 잠을 잤다. 이불 속은 꽤 괜찮은 피난처다. 전기장판까지 틀면 근심 걱정이 모두 잊히는 꿀잠이 가능하다.

누군가는 우울할 때 잠을 자는 걸 회피라 말할지도 모른다. 전문가들은 잠들기 직전의 감정은 고스란히 뇌에 각인되니, 가능한 한 문제를 해결하고 잠들라고 한다. 하지만 비용도 체력도 거의 들지 않는 잠이, 감정을 토로할 기력조차 없을 때 아무것도 하지 않아도 되는 잠이, 내게는 가장 쉬운 위로다.

잠이 스트레스 해소에 도움이 된다는 과학적인 근거를 댈 순 없지만, 경험적으로 잠은 일단 우울함에 일시정지를 눌러준다. 어두움이 날 덮치는 날에는 깨어 있어봤자 계속 부정적인 생각만 떠오르고, 잘못된 모든 것을 하나하나 짚어보게 되며, 자기 비난을 멈추기 어려워진다. 그러나 눈을 딱 감고 이불을 덮으면 그 어둠이 날 완전히 잠식해버리기 전에 생각을 그만둘 수 있다. 그렇게 일시정지를 누르고 나면, 자는 동안 망가진 감정은 조금씩 정리되고 지쳤던 몸과 마음이 어느 정도 회복된다.

아침이 와도 아마 골칫거리는 그대로일 것이다. 하지만 적어도 불어났던 자괴감은 덜어졌고, 바닥을 치던 자존감은 지켜냈다. 그리고 다시 눈 뜰 힘이 생겼다. 채워진 힘으로 다시 내 자신을 일으킨다.

언제나 싸우며 살 수는 없다. 때로는 피하는 것이 가장 현명한 선택이 되기도 한다. 그것은 회피가 아니라, 스스로 회복하는 나름의 방식이다.

우리는 각자의 방식으로 삶을 버틴다. 누군가는 단맛에 기대고, 누군가는 몸을 움직이며 생각을 떨쳐낸다. 때로는 먼 곳으로 여행을 가기도 하고, 점괘 속에서 마음의 실마리를 얻기도 한다.
그것이 도망이든 충전이든, 자신이 덜 다치는 방법이면 된다. 어떤 방식이든 자신을 돌보려는 그 마음 하나면 충분하다.

사실 우리는 이미 알고 있다. 하늘 아래 풀지 못할 실타래는 없고, 이 또한 지나가리라는 것을. 그동안 당신이 가장 안전하길 바란다.

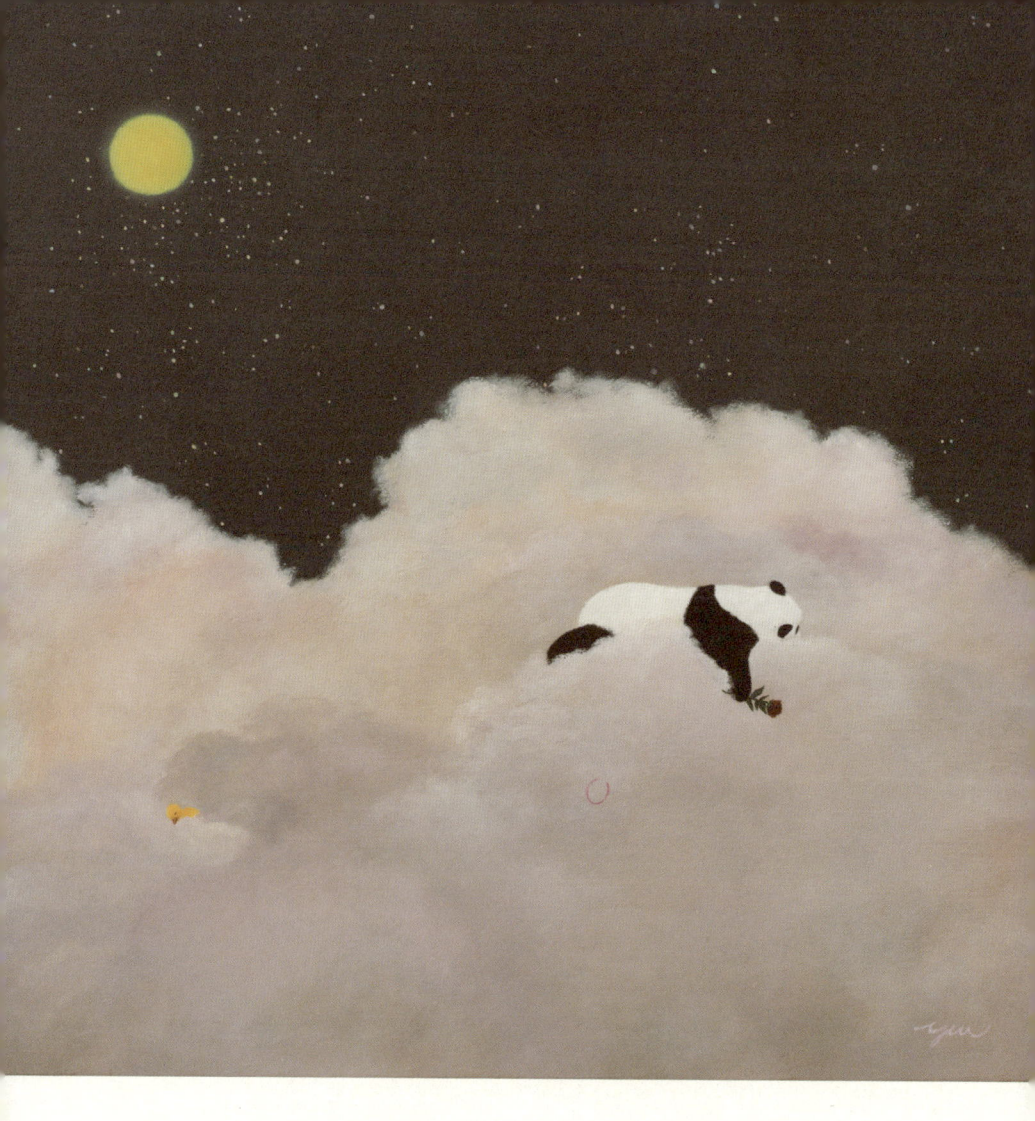

지친 나의 하루에 일시정지 버튼을 눌러주자.
하늘 아래 풀지 못할 실타래는 없고, 이 또한 지나갈 것이다.
그동안 당신이 가장 안전하길 바란다.

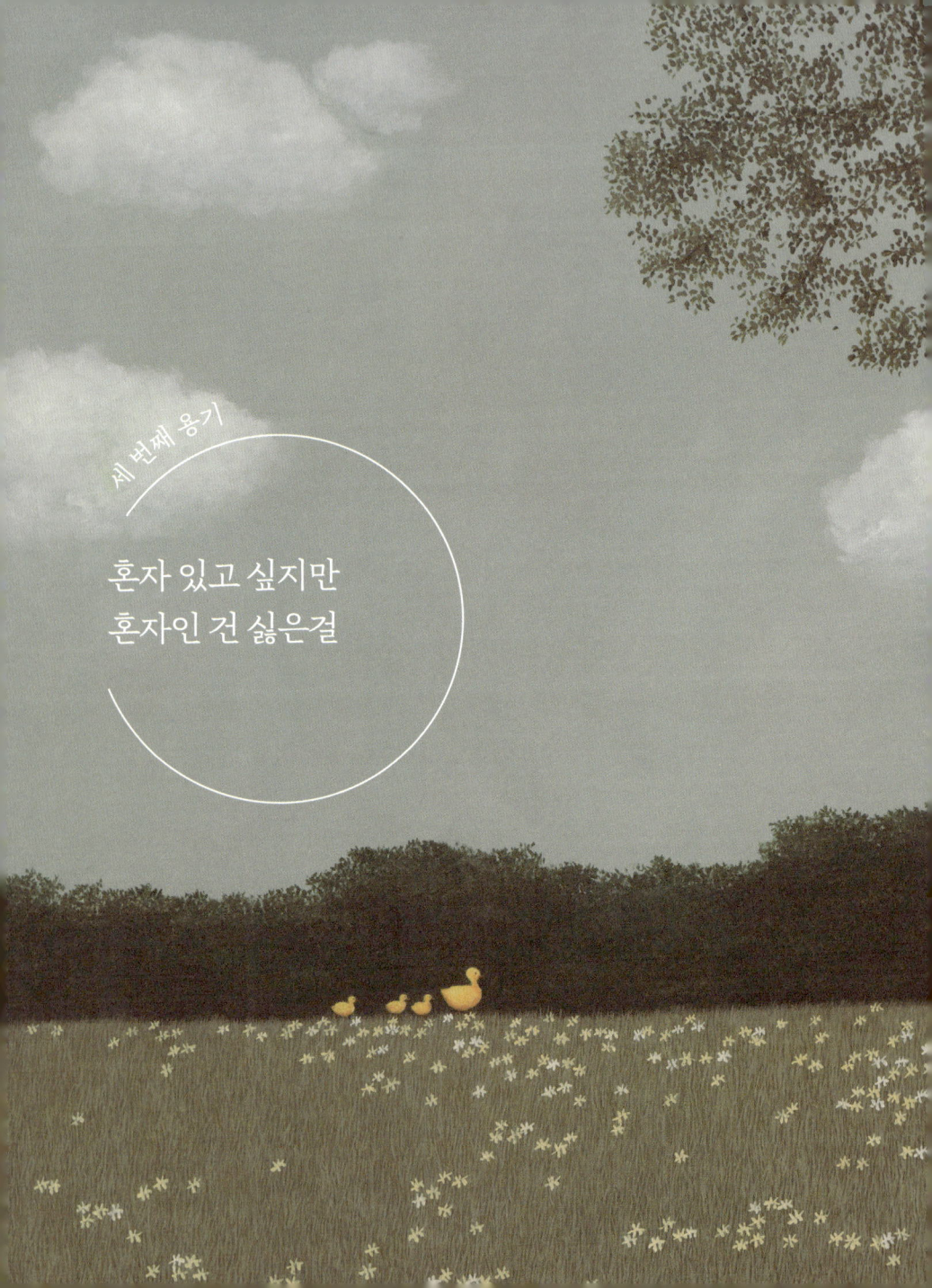

세 번째 용기

혼자 있고 싶지만
혼자인 건 싫은걸

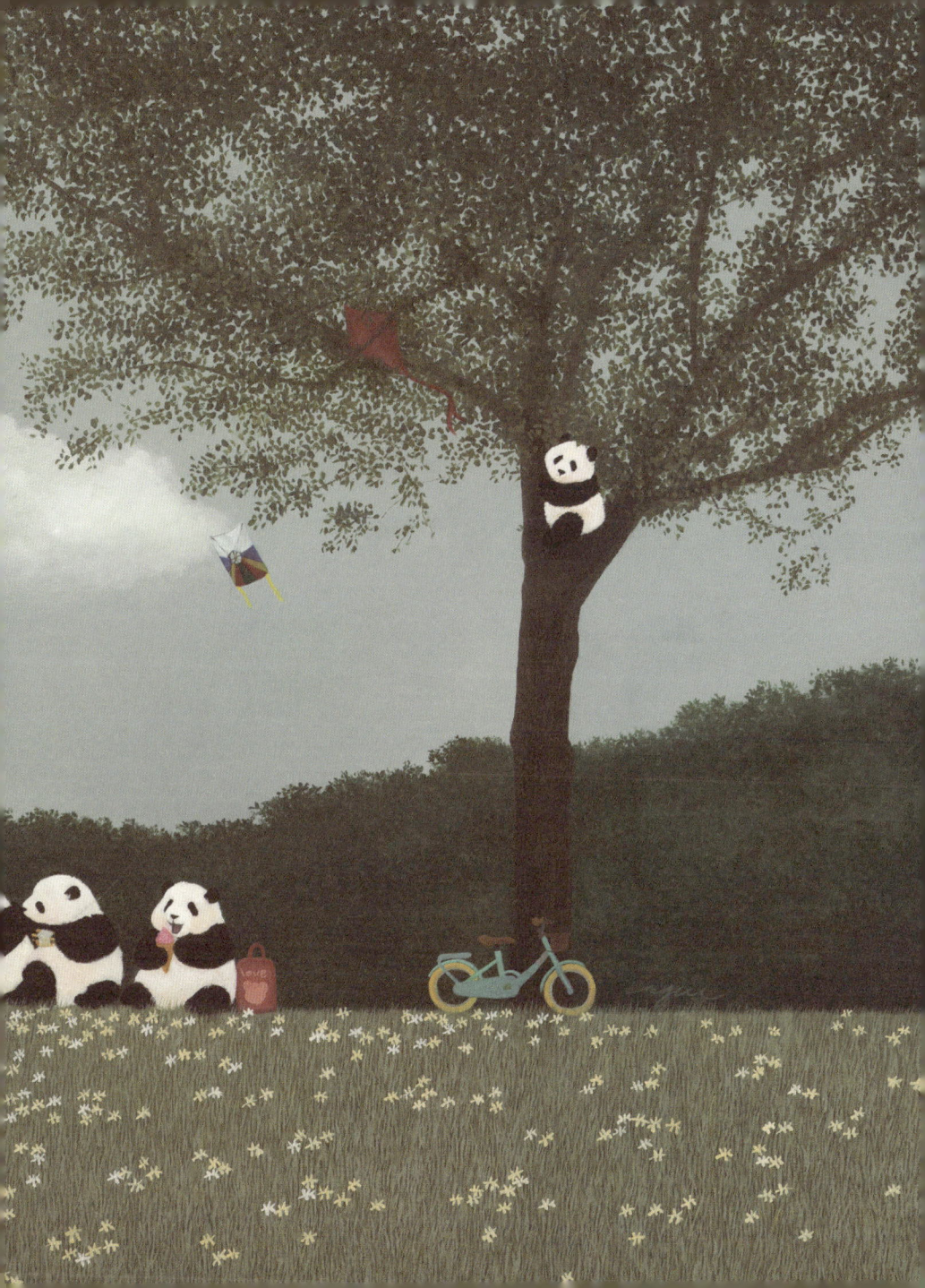

당신의
인생 응원단이
되어줄게요

드라마 〈무빙〉에서, 소년이 소녀에게 응원한다고 말한다.
소녀는 묻는다.
"뭘?"
"너."
소년의 대답 위로 잔나비의 노래 '투게더'가 울려 퍼진다.

응원은 지금 너의 모습을 계속 보고 싶다는 마음이다. 주말에
달리기를 하다 보면 지나가는 러너나 행인들이 종종 "파이팅!"을
외쳐주곤 한다. 뭐 대단히 빠르게 또는 오래 달리고 있는 것도 아

니고, 대회를 나간 것도 아닌데 모르는 사람의 파이팅씩이나 받을 일인가 싶었다. 그런데 날아오는 파이팅에 나도 모르게 굴리는 발에 힘이 들어가는 걸 느낀 순간부터, 받은 파이팅을 돌려주기 시작했다. 파이팅!

누군가 왜 그림을 시작했느냐고 물으면, 외로워서 그랬다고 답했다. 아무리 사람을 만나도 채워지지 않던 외로움이 그림을 그리면서 조금씩 사라졌던 것이다. 혼자서 이젤 앞에 앉아 있는 시간은, 오히려 나를 외롭지 않게 했다. 그림을 그리며 판다와 노는 동안, 혼자여도 괜찮겠다는, 아니 혼자라서 좋다는 생각이 들었다.

성수동으로, 이태원으로, 누군가를 만나러 가던 시간을 모두 아껴 혼자 그림을 그렸고, 덕분에 개인전을 열었다. 무명 작가의 개인전은 아무래도 지인들이 많이 찾는 전시가 되기 마련이다. 그렇지만 친구 만나기를 마다하고 작업한 그림으로 채워진 곳에 친구들을 부르는 것이 조금 이기적으로 느껴졌다. 전시장이 휑하고 쓸쓸하면 어떡하나, 혼자가 좋고 그림만이 내 외로움을 채워준다고 말했으니 아무도 안 와도 할 말은 없지⋯⋯. 첫 개인전이 열리기 전날 밤은 걱정이 가득했다.

하지만 전시는 '투게더'의 현장이었다. 오래된 친구들이 화환처럼 자신을 힘껏 꾸미고, 자기처럼 예쁜 꽃다발을 안고 나타났다. 다른 단체전에서 내 작품을 보고 개인전도 찾아왔다는 사람들도 있었다. 어떤 분은 코코아를 선물하며 우리 사이를 '인친'이라고 소개했다. 그 인스타그램 친구는 SNS에 올리는 내 그림들에 빠짐없이 '좋아요'를 눌렀고, 심지어 자신의 강연에서 나를 직장인의 좋은 예로 소개하기까지 했다.

방명록에는 나를 향한 응원의 말들이 가득했다. 매일 봄이길 바란다는 한 문장의 시를 남겨주신 분, 삐뚤빼뚤한 귀여운 손 글씨로 자기도 이렇게 그림을 그리고 싶다는 소망을 비친 어린이. 예상치 못하게 회사 분들도 찾아와 대표님은 멋진 작가가 되기를 바란다는 말을 쓰셨고, 내게 제대로 세뇌당한 대리님은 '미녀 과장님'으로 과분한 칭찬의 글을 시작했다.

혼자서 괜찮다던 나는, 나도 모르는 사이 응원을 먹고 살고 있었다. 정신을 차려 보니 벌써 여섯 번째 개인전을 치렀다. 어떻게 계속 그림을 그릴 수 있냐는 질문에, 이제 나는 주저 없이 응원 덕분이라고 답한다.

누군가 잘되길 바라는 마음은 결코 쉬운 마음이 아니다. 잘 안
된 일에 위로하고, 잘된 일에 형식적으로나마 축하를 전하는 건
쉬워도, 상대가 잘될 때까지 곁을 지켜주며 계속 나아가도록 힘을
주는 건 생각보다 어렵다.

다정하고 따뜻한, 크고 작은 응원들이 모여 오늘 우리를 여기
에 있게 한다. 그래서 나도 이제 응원을 하려고 한다. 뭘? 앞이 보
이지 않는 시간도 견디며 꿈을 향해 묵묵히 걸어가는 당신을!

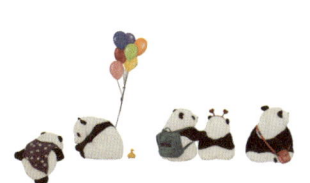

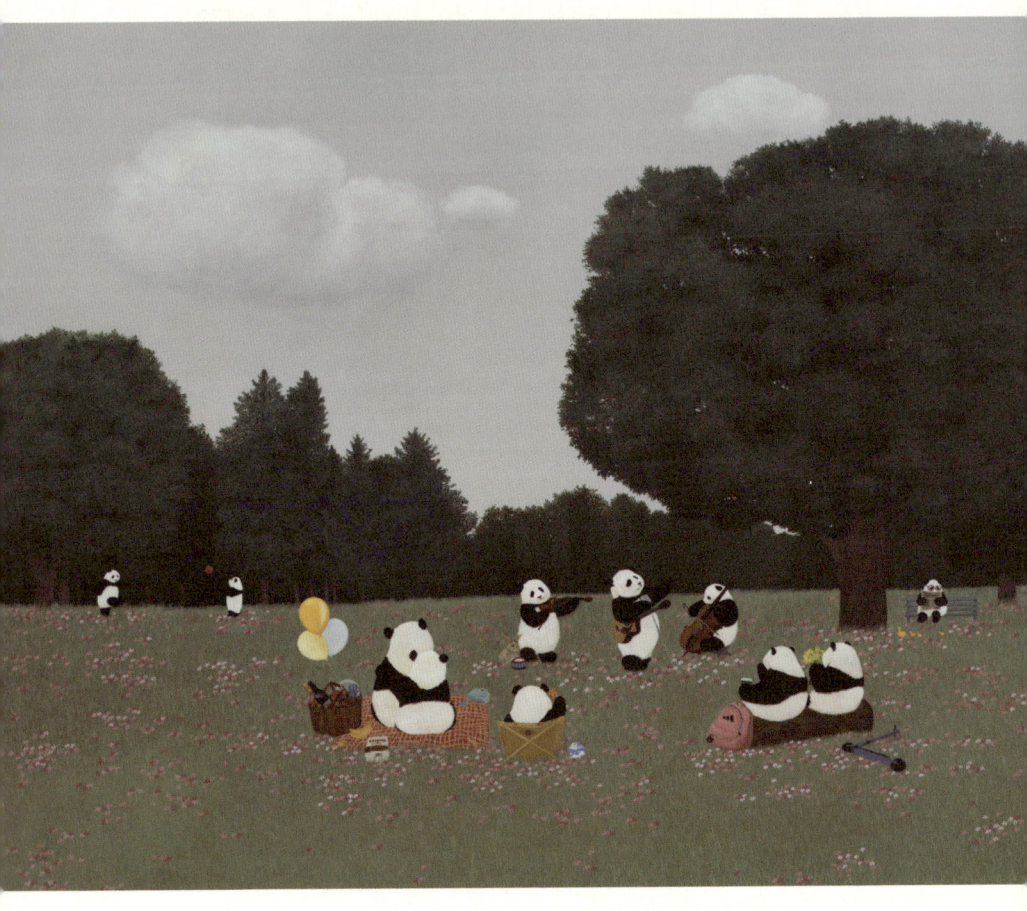

상대가 계속 나아가기를 바라고

잘될 때까지 곁을 지켜주며 힘을 주는 응원.

그런 따뜻한 응원들이 모여 우리가 지금 여기 있다.

그들의 다정함으로
살아남았습니다

여섯 살 터울, 말수도 숫기도 없는 막냇동생이 있다. 나이 차이가 많이 나니 싸울 일이 별로 없었지만, 하루는 집안일로 다투다 내 언성이 점점 높아져 엄마 귀를 피해 집 밖으로 이동했다. 내 주장과 논리를 다다다 펼치는 동안 동생은 말없이 듣기만 했고, 나는 오히려 그 모양새가 더 답답하고 얄미웠다. 때마침 비까지 내리기 시작하자 짜증이 치솟은 나는 결국 그에게 윽박질렀다.

"대답하라고! 쫌!"

그 순간 동생이 두 손을 들어 올려 내 이마 위로 손 우산을 만들었다. 느닷없는 다정함에 나는 그만 넉다운되었다.

그가 초등학생일 때부터 우리는 떨어져 지냈다. 그는 서울에서 사건 사고가 생겼다는 뉴스를 보면 서울 어느 동네인지도 모르면서 무작정 나에게 전화를 걸었다. 그리곤 변성기가 시작된 목소리로 안부를 물었다.

"누나야, 별일 없제?"

막내는 그렇게 늘 내 곁을 지켰다.

가족과 떨어져 혼자 지내는 서울살이를 버틸 수 있었던 건, 막내동생의 전화 그리고 그와 비슷한 사람들의 친절 덕분이었다. 코로나 바이러스 자가격리 중에 문 앞에 놓인 따뜻한 반찬, 판다를 보면 내 생각이 난다며 보내주는 사진, 고기가 익으면 내 밥 위에 먼저 올려주는 사랑이 곁을 지켰다.

다정한 것이 살아남는다고 했던가. 아니, 나는 그들의 다정함으로 살아남았다.

나는 좀처럼 먼저 다가가는 일이 드물고, 따스한 감정을 표현하는 일이 어색하다. '널 위해 준비했어'보다는 '오다 주웠다' 식의 무심함이 몸에 맞았다. 그런데 다정함의 부드럽고도 단단한 힘을 경험하고 나서는 나도 그런 사람이 되고 싶어졌다. 내게 다정함을 가르쳐준 이들을 따라서 나도 다정함을 천천히 연습하고 있다.

직접 해보니, 다정함은 결코 저절로 되는 일이 아니었다. 상대를 살피고 디테일을 기억해야 했고, 마음을 내어 행동이나 말로 옮기는 에너지가 필요했다. 그러니 다정과 공감 능력도 지능이고, 체력이라고 하나 보다.

동생의 손 우산처럼 고난이도(?) 다정함은 아직 내게 어려워서, 따뜻한 안부 인사부터 시작해보기로 했다. 그런데 그조차 쉽지 않았다. '네가 꿈에 나왔다'라며 가볍게 안부를 묻는 것도 용기가 필요하다는 걸, 내가 해보고서야 알았다.

소식이 뜸한 친구가 생각나도, 무슨 말을 어떻게 꺼내야 할지 몰라 한참을 망설이다가 관둔 날이 많았다. 잘 지내냐는 무난한 말 한마디가 처한 상황에 따라서는 상대에게 부담이 될까봐 걱정되기도 했다. 그래서 작전을 바꿔보기로 했다. '잘 지내?'라는 물음표로 답을 고민하게 만드는 대신, '그냥 생각나서'라고 보냈다. 부담은 덜고 낭만을 담았다. 그렇게 작은 다정함이라도 건네는 내가 되기로 했다.

내가 누군가의 다정함으로 살아남았듯, 언젠가는 나도 누군가의 하루에 위로와 용기를 줄 수 있는 사람이 되고 싶다. 그렇게 다정함으로 서로를 살리는 우리가 되길.

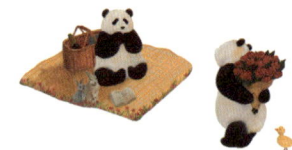

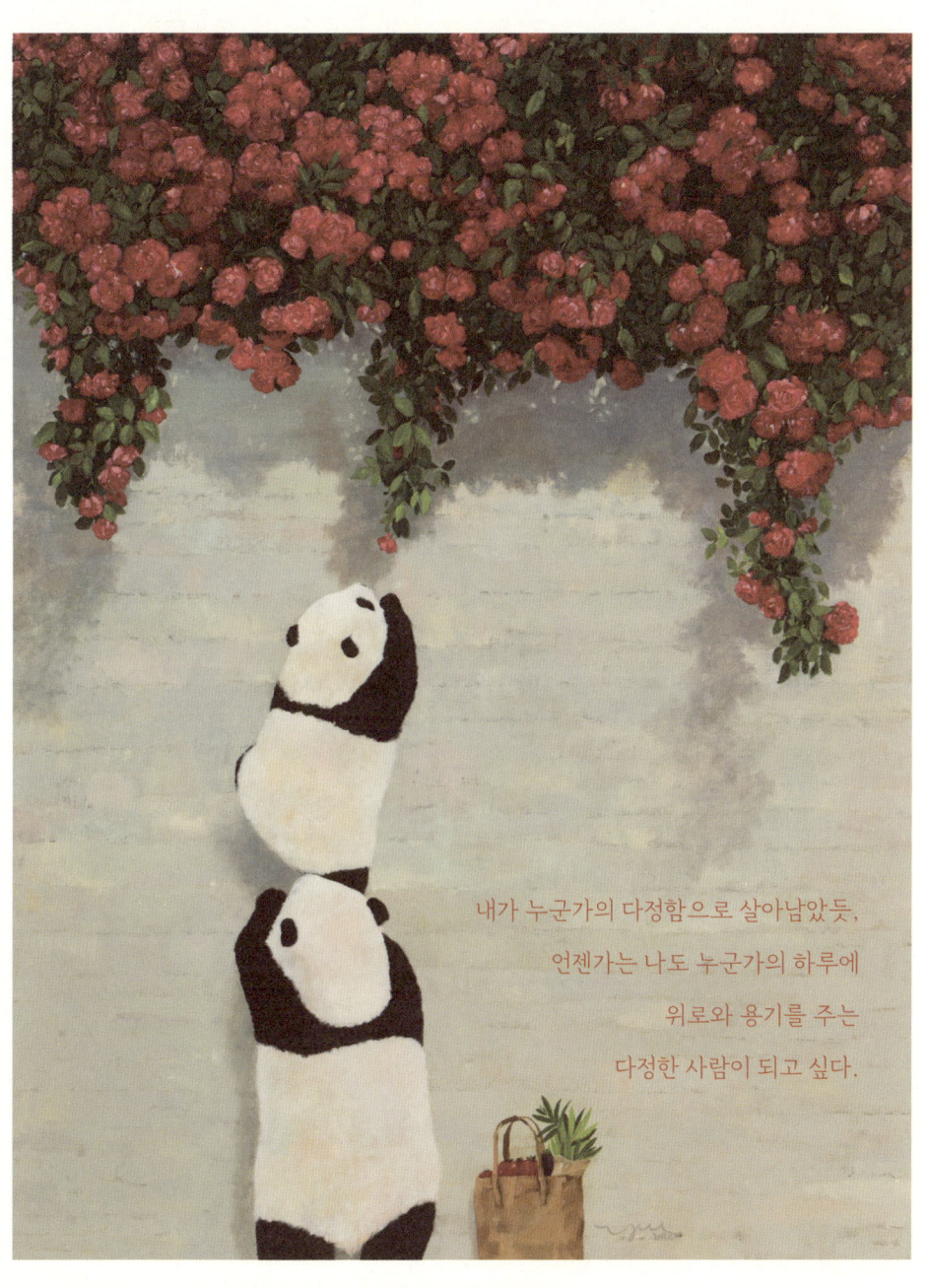

내가 누군가의 다정함으로 살아남았듯,

언젠가는 나도 누군가의 하루에

위로와 용기를 주는

다정한 사람이 되고 싶다.

그녀가 가르쳐준
매일의 감탄력

동네에서 친구와 저녁을 먹기로 했다. 평소처럼 식당에서 만나려 했지만, 웬일인지 친구는 명품관 앞에서 보자고 했다. 무더운 여름 저녁, 해가 져도 식지 않는 더위에 그냥 식당에서 보자고 할까 망설였지만, 무슨 이유가 있겠지 싶어 따랐다.

명품관 앞에 서 있던 친구는 나를 보자 멀리서부터 손을 흔들며 이쪽으로 빨리 오라고 했다. 얼른 밥이나 먹으러 가자고 할 참이었는데, 손짓이 심상치 않았다. 친구가 날 이끈 곳은 팝업 전시장이었다. 검은 상자 구조물 위에 골드 레터링이 빛나는 샴페인 브랜드의 전시였다. 28주년을 기념한 리미티드 에디션이 멋들어지게 진열되어 있었고, 미국 현대미술 작가 다니엘 아샴과의 협업 전시도 함께 진행 중이었다.

친구는 이걸 꼭 보여주고 싶었다고 했다. 아름답지 않냐며 연신 감탄했다. 우리는 샴페인 병을 본뜬 조각에 시선을 빼앗겼다. 블랙과 골드의 조화, 절제된 빛, 우아한 리플릿까지. 친구는 레퍼런스로 쓰라며 내게 리플릿을 챙겨줬다.

팝업 전시장을 지나 매장들이 있는 복도를 지나다가 친구는 또 흥분해 외쳤다.
"유미야, 유미야, 저기 봐봐."
마음에 드는 가방이라도 발견한 줄 알았는데, 아니었다. 가방이 올려진 장식장이 멋지다는 거였다. 또 다른 팝업스토어의 벽면을 보고는 "패턴 진짜 예쁘지 않아?" 하며 탄성을 질렀다. 장식, 패턴, 소재, 조명까지. 친구는 명품보다, 그 주변을 이루는 장치들의 아름다움을 보는 사람이었다. 반짝이는 조명만큼이나 친구의 눈이 빛나는 저녁이었다.

아름다움을 발견하는 것은 평범한 풍경을 다르게 보는 능력이다. 조선시대에 지어진 《석보상절》이라는 불경 언해서에서는 아름다움의 '아름'을 '나'로 해석했다고 한다. 아름다움은 나다움과 맞닿아 있는 감각인 것이다. 그래서일까. 저마다 아름다움을 발견하는 순간이 다르다.

엄마는 함께 여행을 가서도 크게 놀라거나 좋아서 사진을 찍는 법이 없다. 그런 엄마가 경주 여행에서는 핸드폰을 꺼내 연신 사진을 찍었다. 첨성대를 다양한 각도로 서너 장 촬영하더니 첨성대 앞에 선 자신의 모습을 찍어달라고까지 하셨다. 찍어준 사진을 들여다보면서는 저 작은 게 몇천 년 동안 서 있는 게 신통방통하지 않냐고 했다. 그저 돌로 만든 탑이라고만 생각했던 난 새삼 첨성대의 견고함과 균형감을 다시 바라보게 되었다.

아름다움은 자기만이 알아볼 수 있는 언어다. 그래서 나다움이 고민될 때, 내가 감탄하는 순간을 들여다보면 된다. 그리고 그 감탄을 누군가와 나눌 때, 아름다움은 순간을 넘어 추억이 된다. 아름다움은 그냥 존재하는 것으로는 미완성이다. 발견되고 공유될 때 비로소 빛을 발한다.

아름다움은 자기만이 알아볼 수 있는 언어다.
아름다움은 그냥 존재하는 것이 아니라,
발견되고 공유될 때 비로소 빛난다.

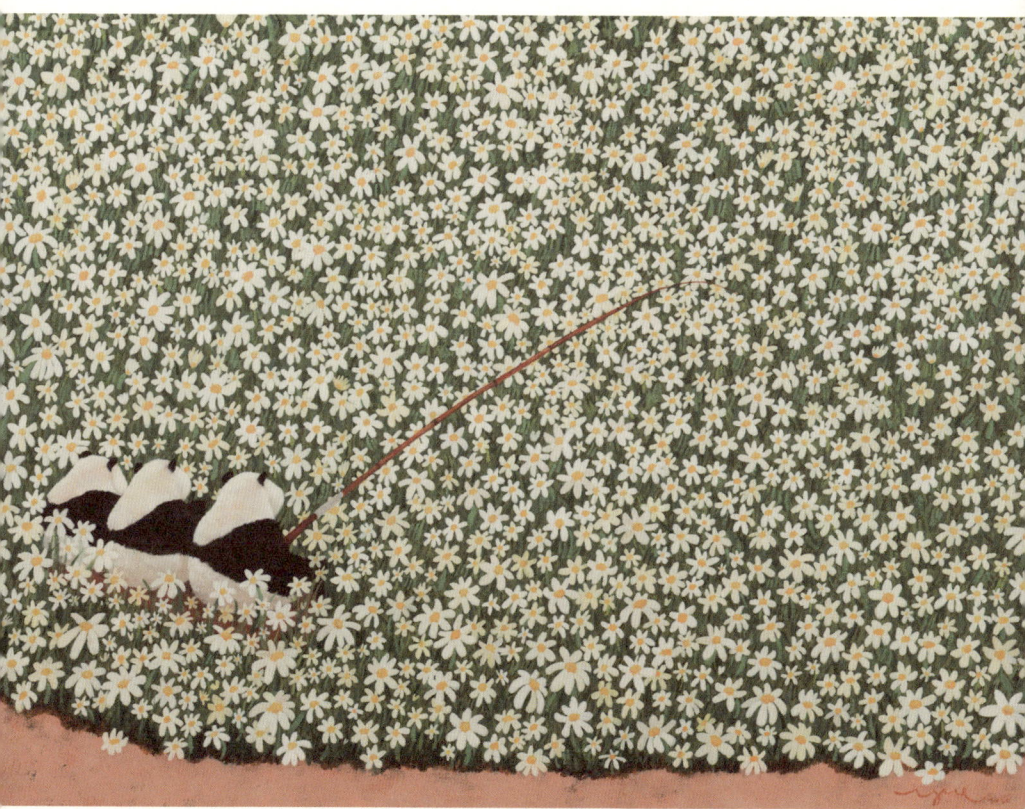

애정표현의
가장 적절한 타이밍은
지금이다

내가 꽤 잘하는 일 중 하나는 고백이다. 자주, 아무렇지 않게 말한다. 방금도 엄마에게 사랑한다고 고백했고, 얼마 전에 조카에겐 '예쁜 이모가 사랑해'라며 카드를 썼다. 친구들에게도 '네가 있어서 내가 있다'라고 고마운 마음을 자주 전하는 편이다. 분위기를 띄우려 애쓰는 팀 막내에게는 오늘 점심시간은 덕분에 평생 기억에 남을 것 같다고 하트를 보냈다.

문제는 이 모든 게 서면으로만 가능하다는 점이다. 직접 얼굴을 보고 말하거나 행동으로 표현하는 일은 몹시 서툴다. 선물이라도 받는 날이면 마음은 하늘을 나는 것 같은데, 입 밖으로는 겨우 "고… 고마워요"를 어색하게 내뱉는다. 그 반응이 최선이었나 후회하다가 뒷북으로 마음을 전하곤 한다. 예전엔 편지나 이메일을 썼지만, 그나마 지금은 각종 메신저가 있어 일이 쉬워졌다. 나를 대신해 이모티콘이 하트를 보내고 윙크를 날린다.

서면으로 이미 애정표현을 잔뜩 해놓고 막상 만나면 입이 떨어지지 않는 경우도 허다하다. 서울을 떠나는 친구에게 감동적인 손편지를 써놓고 환송 식사 자리에서는 변변한 말 한 마디를 못 했다. "네가 없는 서울 하늘은 상상조차 할 수 없어" 같은 말이 목구멍에서만 수없이 맴돌았다. 한번 꽉 안아주고 싶은 마음도 굴뚝 같았으나, 마지막까지 담담히 손만 흔들 뿐이었다.

반면, 판다는 애정을 숨기지 않는다. 사육사 장화에 매달려 사랑을 온몸으로 말한다. 나는 애정을 듬뿍 받는 사육사도 부럽지만, 망설임 없이 애정을 표현하는 아기 판다들이 훨씬 더 부럽다.

그런 면에서, 내 조카는 마치 아기 판다와 같다. 단순하고 솔직한 조카의 표현은 종종 나의 미련함을 깨뜨리고는 한다.

추석 연휴 마지막 날, 동생네가 나를 기차역까지 바래다주겠다고 했다. 엄마는 이번에도 기어이 주차장까지 내려왔고, 나는 빨리 들어가라고 자꾸 엄마를 혼냈다. 우리가 가야 엄마도 들어갈 거 같아서 얼른 차에 올라탔다.

그렇지만 동생 부부와 인사하고 있는 엄마를 자동차 창문으로 보고 있자니 아쉬움이 몰려왔다. 설이나 되어야 얼굴을 또 볼 텐데……. 창밖을 보며 혼잣말처럼 중얼거렸다.

"엄마 손 잡고 싶다."

그때, 옆자리에 앉아 있던 조카가 말했다.

"잡고 싶으면 잡으면 되지."

도대체 뭐가 문제냐는 듯이 날 쳐다보는 조카에게 설명하기엔 내 부끄러움과 어리숙함이 너무 구구절절했다. 그렇다고 정말 조카의 말대로 엄마 손을 잡자니, 기껏 빨리 들어가라며 매정하게 차에 타놓고 다시 내리는 내 모양새가 괜히 낯뜨거웠다.

이러지도 저러지도 못하는 사이 엄마와 인사를 마친 제부가 운전석에 탔고, 나는 마지막 인사를 하려고 창문을 내렸다. 그 순간, 조카가 외쳤다.

"이모, 지금이야! 할머니~!"

조카 목소리에 엄마가 무슨 일이냐며 다가왔다. 나는 그제야 차창 밖으로 손을 내밀었다. 엄마 손을 오래, 꼭 잡았다. 엄마는 내 눈을 바라보며 내 손을 두 손으로 잡아 도닥여주었다.

소중한 사람을 잃고 가장 후회하는 일이 '사랑해', '고마워', '미안해'라는 말을 하지 못한 거라고 한다. 그걸 잘 알기에 항상 표현하려고 애썼지만, 텍스트는 늘 한발 늦었다. 늦게라도 표현하고 있으니 괜찮다고 생각해왔지만, 감정을 느낄 때 바로 표현하면 좀 더 진한 진심을 전하게 되었다. 게다가 내 표현에 대한 상대방의 따뜻한 반응을 생생하게 느낄 수 있으니 내가 애정표현을 하고도 오히려 사랑을 더 받는 듯했다. 매번 조카가 옆에서 대신 외쳐줄 수 없으니 앞으로는 스스로 되뇌야겠다.

"유미야, 지금이야!"

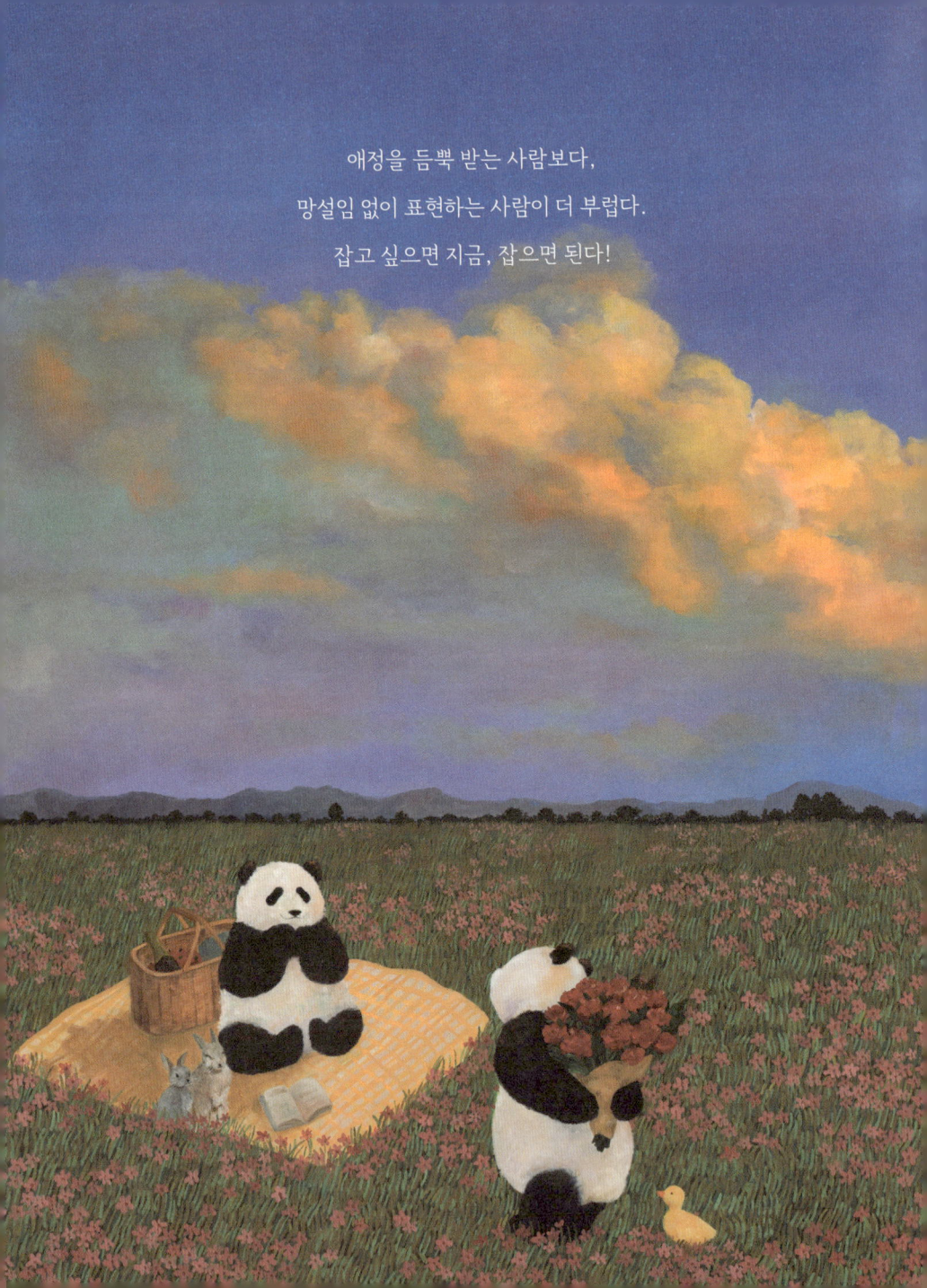

애정을 듬뿍 받는 사람보다,
망설임 없이 표현하는 사람이 더 부럽다.
잡고 싶으면 지금, 잡으면 된다!

심각한 인생에
웃으며 대처하는 법

　고등학생 때 유독 시험을 망쳐서 거의 꼴찌를 한 적이 있다. 선생님은 부모님을 모셔 오라고 했고, 얼굴 보고 얘기하기가 무서웠던 나는 미리 분위기를 엿볼 겸 하교길에 집에 전화를 걸었다. 상황 설명을 들은 아빠는 단단히 화가 난 목소리로 말했다.

　"너, 나한테 아빠라고 부르지도 마라."

　아, 큰일났다, 진짜 많이 화난 모양인데 이걸 어떻게 무마하지. 짧은 순간에 수많은 생각이 머리를 스쳤고, 최종적으로 내 입에서 튀어나온 말은 이거였다.

　"네, 엄마."

어렸을 때부터 나는 진지한 분위기를 잘 견디지 못했다. 개그 욕심이 있어서가 아니라, 무거운 공기가 불편해서다. 어색한 침묵이 이어지거나 누군가 거북해하는 기색이 보이면 참지 못하고 엉뚱한 말이 툭 튀어나오곤 했다.

심각한 분위기에서 잘못 장난을 쳤다가 상황이 더 악화되거나, 분위기는 풀렸지만 혼자서 왜 그런 말을 했을까 후회한 경험을 몇십 년 동안 겪고 나니, 이제는 나름대로 위트 노하우가 생겼다. 어떤 타이밍에, 누구에게, 무슨 말을 하느냐에 따라서 농담은 모두를 구해주기도 한다.

언젠가 화실에서 누군가 나에 대해 뒷담화를 했다는 소리를 들었다. 괜찮은 척하며 이젤 앞에 앉았지만, 속은 부글부글 끓었다. '말도 없이 그림만 그리는 나를 뭘 씹을 게 있다고? 아…… 말을 너무 안 해서 그런가?' 습관처럼 나를 반성하면서 모두에게 사랑받지 못하는 슬픔에 잠식되어 가고 있었다.

그때 옆자리의 시선이 느껴졌다. 머뭇머뭇 말을 걸려는 눈치였다. 곤란했다. 애써 유지하던 포커페이스가 말 한마디로 무너져 눈물이 새어 나올 게 뻔했다. 괜히 의자를 앞으로 당겨 앉았지만,

옆자리 분은 다정을 참지 못했다.

"아니, 이렇게 성실한 유미 씨를 누가 뭐라고 해요!"

눈물샘 비상이었다. 그가 내 편을 들어주니 나도 맞장구치고 싶었지만, 이 작은 화실에서 악순환을 만들고 싶지는 않았다. 눈물도 참고, 턱 밑까지 올라오는 욕도 참기 위해 내 최고의 무기를 꺼내들었다.

"셀럽의 삶이란 이런 걸까요? 악플도 제가 감당해야 할 몫이죠."

능청스럽게 도도한 표정을 지으며 농담을 던지고 나니, 주변에 있던 모든 사람과 함께 나도 웃을 수 있었다. 힘들 때 웃으면 일류라고 했던가. 나는 셰익스피어가 인정한 일류였다.

내게 농담은 상처를 감추는 효과 만점 반창고다. 상처는 드러내고 치료해야 마땅하지만, 굳이 모두에게 공개할 필요는 없다. 모두가 내 상처를 들여다보면 작은 상처가 괜히 더 커지기도 하고, 영영 지워지지 않는 흉터가 되기도 한다. 그래서 나는 농담으로 적당히 눙친다. 가볍게 넘겨온 덕분인지, 다행히 누군가가 들여다봐줘야 하는 상처가 그리 많지 않다.

불편한 상황을 부드럽게 풀어가는 데도 농담은 약효가 좋다.

화실에서 가끔 나이 든 남자분들이 커피를 타달라고 부탁할 때가 있다. 세대 갈등, 성 인지 감수성 등 각종 싸움으로 번질 수 있겠지만, 나는 그저 웃으며 "아, 커피는 형님이 타줘야 꿀맛인데!" 하며 능청을 부린다. 내게 부탁했던 '형님'은 어이가 없다는 듯 웃고, 우리는 평화롭게 서로의 커피를 타준다.

여유 있고 위트 있는 사람으로 기억되고 싶다. 힘든 순간에도 웃으며 남의 기분까지 풀어줄 수 있는 사람, 갈등 상황도 유하게 넘길 수 있는 사람, 만나면 즐거운 사람이 되고 싶다. 비록 세계평화를 이루진 못해도, 실없는 웃음으로 주변에 평화와 위로를 전파할 수 있다면 골목평화상 정도는 기대해볼 만하지 않겠는가?

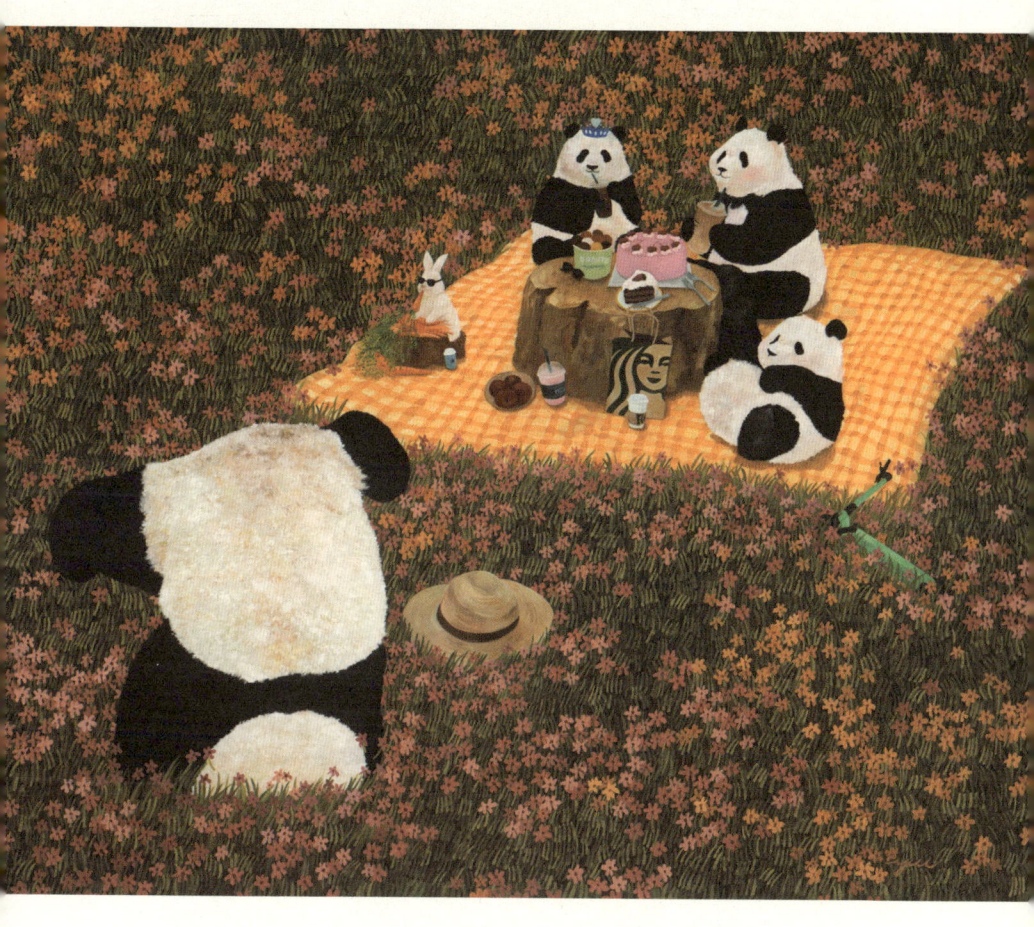

힘들 때 웃으면 일류라고 했던가.

나는 셰익스피어가 인정한 일류다.

다시,
위로받는 법을
배운다

영화 〈원더〉의 주인공 어기는 선천적인 안면 기형으로 인해 학교에서 놀림을 당한다. 상처받은 어기는 방에 틀어박혀 누나 비아의 대화 시도를 모두 거부한다. 위독한 반려견과 마지막 인사를 시켜주려던 시도조차 실패하자, 결국 비아의 설움이 폭발한다. 어기의 아픔에만 집중하는 가정 속에서 자기의 힘듦은 늘 간과당해 왔던 누나 비아는 소리친다.

"세상은 너를 중심으로 돌아가지 않아!"

나도 어기처럼 군 적이 있다. 세상 모든 어려움이 내게만 벌어지는 것 같아 친구를 붙잡고 하소연한 날들이 많았다. 그러다 한 친구가 '너만 힘든 건 아니야'라고 공감 대신 사실을 말했다. 징징 거리던 내 모습이 머쓱해지면서 정신이 번쩍 들었다. 비아의 말처럼 세상은 나를 중심으로 돌아가지 않는데, 내 상처만 보느라 지친 친구의 마음을 헤아리지 못했다.

그렇게 나는 우울을 스스로 다룰 줄 아는 어른이 되었다. 말하지 않고 혼자서 해결했다. 잠을 자거나, 가만히 시간이 지나길 기다렸다.

그런데 잘 다스리던 우울이 어느 날 친구 앞에서 튀어나왔다. 동료 화가인 그와 요즘 진행 중인 작업에 관해 이야기하던 중이었다. 내 일정과 그림 구상을 듣던 그는 문득 힘들지 않냐고 물었고, 그 사소한 말에 마음속 깊이 묶어두었던 고충이 그만 터져 나오고만 것이다. 내가 화가로서 자질이 있는지 의심스럽고, 이번 전시를 마치면 그림을 접을까 고민 중이라고 친구에게 고백했다.

별다른 대답이 없던 친구는 다음 날 장문의 문자를 보내왔다. '네가 왜 그런 감정 변화를 겪었는지 생각해봤는데,'라고 시작된 친구의 말은 최근 내 작품 변화와 주변의 반응, 전시를 준비하며 체력적으로 부칠 수밖에 없는 상황 등을 짚어내며 내 우울의 원인을 예리하게 분석했다. 그리고는 힘들지 않으면 오히려 이상할 거라고 공감을 해줬다. 일단 전시를 끝내고 잠시 쉼표를 찍어보라는 마무리까지, 완벽한 위로였다.

나도 내 마음이 어떤 상태인지, 왜 그런지 잘 알지 못했는데, 그는 자신의 시간을 들여 정성껏 나를 들여다보고 위로해줬다. 이런 동료가 있는데 어떻게 그만둘 수가 있을까?

혼자 해결하고 있다고 생각한 순간들에도, 사실 난 다양한 방식으로 위로받고 있었다. 공모전에 연이어 탈락해 울적한 내게 선생님은 "나도 그랬었다"라고 담담히 말해줬다. 완성한 그림 위에 모기가 앉는 바람에 스크래치가 생겼을 땐, 조카가 같이 색칠해주겠다며 나를 달랬다. 상사한테 깨지고 오니, 팀원들이 모두 점심을 먹지 않고 나를 기다리고 있었다. 그들의 위로는 내가 도망칠 수 없도록, 무너지지 않도록 다정하게 붙잡아주었다.

혼자서 견디는 법을 겨우 깨우쳤다고 생각했는데, 다시 위로받는 법을 배우고 있다. 내가 세상의 중심은 아닐지 몰라도, 따뜻한 말들은 나를 삶의 중심으로 이끌고 있다.

그들의 위로는 내가 도망칠 수 없도록,
무너지지 않도록 다정하게 붙잡아주었다.

이 관계,
잠시
보류할게요

"어제 김 팀장한테 연락 왔어. 꿈에 내가 나왔다나?"

김 팀장님은 작년에 근태 문제로 퇴사한 직원이었다. 그때 부장님도 치를 떨며 보냈는데, 오랜만의 연락에 부장님은 의외로 덤덤하다. 나라면 전화도 안 받을 텐데. 부장님은 이런 면에서 유난히 관대하다. 뒤통수를 치고 떠난 사람의 연락도 받아준다. 그땐 그럴 수도 있었을 거라고 말한다. 사실 나도 그중 한 명이었다.

10년 전, 난 팀원이었고 부장님은 과장이었다. 불같은 그녀와 미지근한 내가 잘 맞을 리가 없었다. 내게 그녀는 흔히 말하는 '또

라이 상사'였다. 그녀 밑에서 나는 스트레스와 무기력에 시달렸고, 결국 사직서를 내밀었다. 그리고 난 부장님을 끊어냈다. 전화, 인스타그램, 카카오톡 메신저 등 모든 소통 창구를 차단했다.

내게 관계는 대체로 그런 식이었다. 처음에는 불편함을 참았다. 두 번째에는 내가 예민한 건 아닌가 자책하다가, 세 번째쯤 되면 조용히 그 사람의 인생에서 사라졌다. 이유도 설명하지 않았다. 내가 받은 상처를 생각하면, 그들이 이유를 알 자격도 없다고 여겼다. 살다 보니, 몇 번 참는 일조차 점차 없어졌다. 한 번 '쎄한' 느낌은, 대체로 끝이 안 좋았다.

그렇게 부장님과의 관계를 끊은 지 5년쯤 지났을까. 저장되지 않은 번호로 전화가 왔다. 받아 보니 부장님이었다.

"과장님?"

"나 이제 부장이야~ 얼굴 한번 보자."

인스타그램에서 나를 보고 연락했다고 했다. 분명 다 차단했다고 생각했는데, 어떻게 된 일인지 영문을 몰라 얼떨떨한 사이에 얼렁뚱땅 만날 약속을 잡았다.

전화를 끊은 후 고민에 잠겼다. 내가 아는 부장님이라면 이유

없이 만나자고 할 사람이 아닌데, 경계심이 올라왔다. 핑계를 대고 약속을 취소할까 하다가 이내 마음이 풀렸다. 이제 더 이상 상사도 아니고, 겁낼 필요도 없었다.

좀 더 솔직히 말하자면, 사실 나도 과장이 되고 부서장 역할을 하면서 자주 부장님을 떠올렸다. '이럴 때 그녀라면 어떻게 했을까?'라는 생각이 종종 났다. 그 위치에 가보니, 예전엔 이해할 수 없던 말과 행동이 점차 이해되었다.

막상 만나 보니 부장님도 변했고, 만남의 자리는 꽤나 즐거웠다. 그 뒤로 가끔 연락을 주고받다가, 결국 나는 다시 그녀와 함께 일하게 되었다. 친구들은 의아해했다. "아니, 그렇게 힘들어하더니, 그 사람 팀으로 다시 간다고?" 그러니깐 말이다.

지금 부장님은 내 작품 활동을 가장 열렬히 응원해주는 팬 중 하나며, 직장 생활 중에 고민이나 문제가 있을 때 가장 먼저 찾아가는 선배다. 10년 전 내가 원했던 대로 관계가 끊어졌다면, 놓치고 말았을 인연이다.

관계를 정리하고 나면 시원할 때도 있지만, 후회되는 순간도 많았다. 막상 없으니 빈자리가 크게 느껴지는 경우도 있었다. 욱해서 "우리 헤어져!" 해놓고 밤이 되면 "자니?" 하고 문자를 보내는 일이, 꼭 남녀 사이가 아니어도 일어났다.

오늘 마음에 들지 않았다고 해서, 내일도 그럴 거라는 보장은 없다. 그땐 맞았지만 지금은 틀릴 수도, 그땐 틀렸지만 지금은 맞을 수도 있다. 내 기준이라는 것도 변하기 마련이다. 한때는 그 사람을 다신 보고 싶지 않을 정도로 싫었던 행동이, 시간이 지나면 '그럴 수 있었겠다' 하며 이해되기도 한다.

살다 보면 누군가 내 울타리를 침범할 수 있다. 그럴 때마다 이사를 다닐 수는 없다. 다음에 오라고 해도 되고, 잠시 거실에서 기다리라고 해도 된다. All or Nothing으로 결론을 내버리기보다는, 관계를 '보류'해보기로 했다. 보류라는 상태가 주는 가능성이, 나에게 또 다른 소중한 관계를 가져오리라 기대해본다.

오늘 마음에 들지 않았다고,
내일도 그럴 거라는 보장은 없다.
시간이 지나면,
'그때는 그럴 수 있었겠다' 하며
이해되기도 한다.

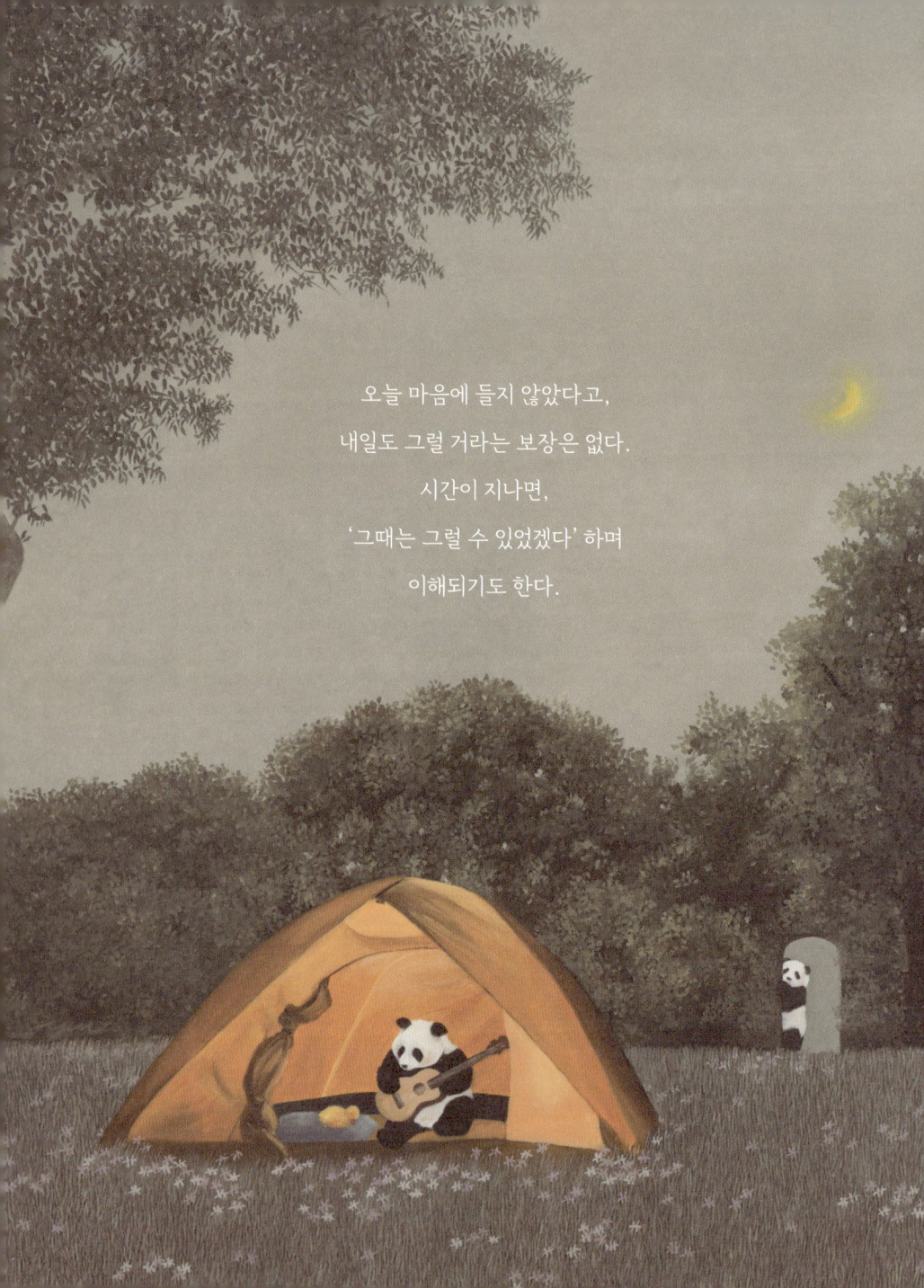

어른에게도 어른이
필요한 이유

아트페어에서 부장님을 화실 선생님에게 소개한 적이 있다. 전시 중이던 선생님을 찾아가 "쌤! 쌤! 우리 부장님이에요!" 하며 두 분을 소개해드렸다. 마치 낮과 밤의 감독관들이 만나는 상견례 같았다. 낮에는 부장님에게 컨펌받고, 저녁에는 선생님에게 자문을 구하는 내 하루가 한 장면에 담겼다. 전시장을 나서며 부장님은, "이 나이에 선생님이 있다는 건 복이야"라고 했다. 나도 안다. 점심시간에 전시를 함께 볼 부장님이 있다는 것도 큰 행운인걸.

이제 누군가의 멘토가 되어야 할 나이지만, 여전히 '쌤, 쌤!' 하고 무엇이든 물어볼 수 있는 어른이 있다는 건 내게 큰 복이다. 선생님은 내게 그림뿐 아니라, 작품을 포장하는 요령, 갤러리와 소통하는 센스, 심지어 인간관계 처세술과 (당신은 해본 적 없는) 직장 생활 노하우까지 알려준다.

그에게는 나처럼 중년을 넘긴 제자들이 많다. 70대 학생도 있어서 화실에서 내가 막내일 때도 종종 있다. 놀라운 건, 연배 높은 학생들이 누구보다도 선생님에게 깍듯하고, 다른 학생들에게도 정중하다는 점이다.

화실 문을 여는 그들의 얼굴은, 아이들이 유치원에 들어설 때의 표정과 닮아 있다. 재료 하나하나에 호기심을 보이고, 서툰 선 하나에도 좌절한다. 선생님의 관심에 일희일비하며, 젊은 학생들의 시력과 손힘을 부러워한다. 그러나 그들은 부러움에 머무르지 않는다. 뒤늦게 발견한 배움의 즐거움을 위하여 운동을 시작하고, 누구보다도 오래 앉아 붓질을 연습한다.

어른의 배움을 방해하는 건 체력만이 아니다. 각자의 분야에서 오랜 시간을 보낸 이들이 무언가를 처음부터 배우려면 익숙한 방식과 기준을 내려놔야 한다. 자신의 무지와 무능을 인정하며 가르

침을 받고, 연습이 변화를 줄 거라고 믿으며 반복을 견뎌야 한다.

　화실에 온 지 몇 주가 지났지만 계속 헤매는 학생이 있었다. 혼자 끙끙 대던 그는 결국 선생님께 도움을 청했지만, 선생님은 혼자 좀 더 해보라며 외면하셨다. 낙담한 표정으로 연필을 내려놓는 그의 모습을 보며, 예전의 내가 떠올랐다. 그때 나는 울컥해 스케치북을 덮고 화실을 나와버렸다. 그러나 어른은 달랐다. 그는 조용히 자존심을 내려놓고 연필을 다시 들었다. 배우려는 마음이 도망치고 싶은 마음을 이겼다.

　선 하나를 제대로 그리기 위해서 선생님의 지도를 구하던 나는 어느덧 전업 화가를 꿈꾸고 있다. 소심해서 필요한 질문도 잘 하지 못하고 우물쭈물하던 나는 이제 "쌤! 쌤!" 부르며 선생님을 귀찮게 한다. 선생님을 롤모델 삼아 작업 방식뿐 아니라 사고방식까지 따라 해보기도 하고, 전혀 알지 못하던 분야에 들어와 새로운 세상을 경험하다 보니 나는 점차 다른 사람이 되었다. 그림을 배우며 무슨 그림을 그릴지만 고민한 것이 아니라, '내 인생을 어떻게 살아야 할까'라는 질문을 하게 되었다. 다시 학생이 된다는 건 내가 누구인지 다시 묻는 일이었다.

함께 그림을 그리던 학생들이 각자의 이유로 화실을 떠날 때면 마음이 흔들린다. 나도 슬슬 졸업해야 하나 고민이 되기도 한다. 그러나 그러기엔 화실에 가서 물어야 할 질문들이 메모장에 아직 한가득이고, 화실의 어른들에게서 오늘도 열정과 용기를 배운다. 그래서 나는 졸업을 또 미룬다.

학생의 타이틀을 달고 화실 앞에 설 때마다 나는 조용히 설렌다. 어떤 배움이 또 새로운 나를 만들어갈지 아무도 모를 일이다.

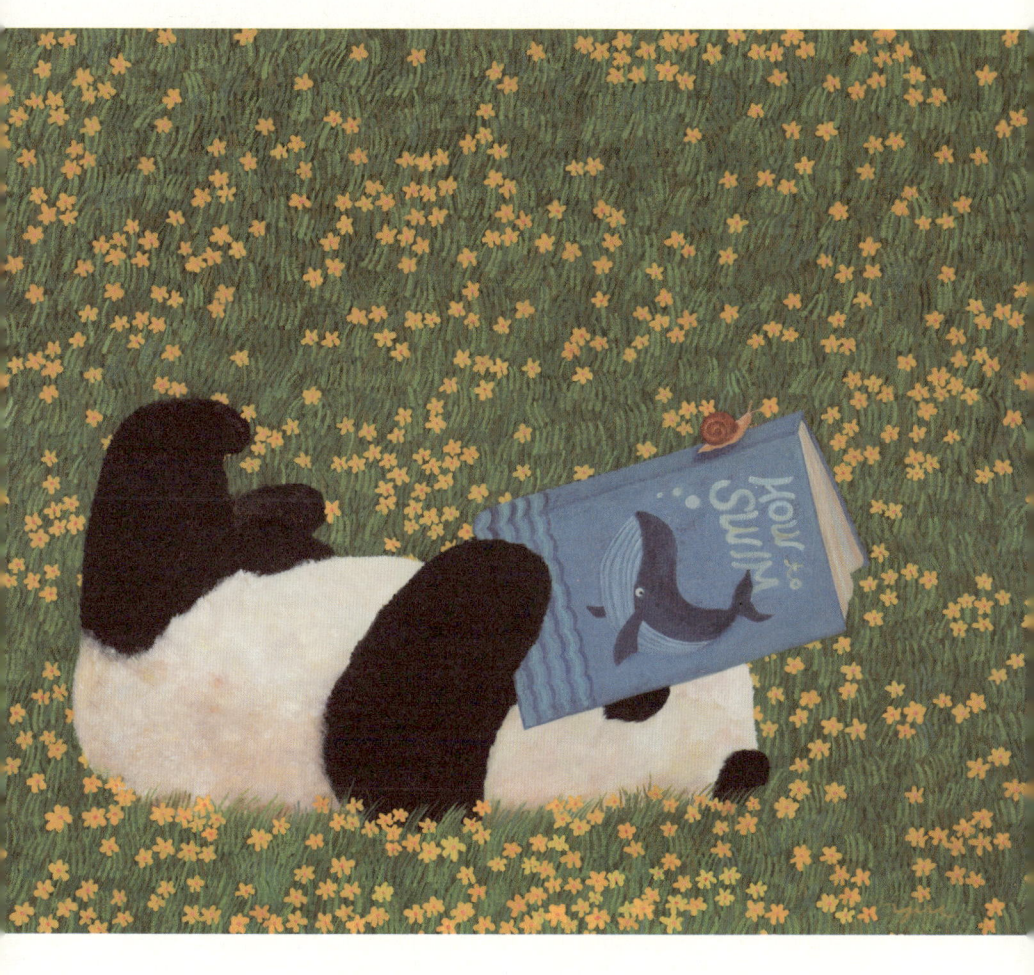

배우려는 마음이 도망치고 싶은 마음을 이길 때

우리는 어른이 된다.

우주에서 내 밥을
가장 걱정해주는 사람

출근길, 2호선 지하철 안에는 경계가 없다. 친구와 산책할 때도 이렇게까지 붙어 다니진 않을 텐데, 바로 턱 아래 타인의 어깨가 있다. 그가 보는 유튜브를 본의 아니게 함께 시청하기도 한다. 삼성역을 지날 때면 앞사람과 더 밀착되어 메신저 내용까지 보인다. 그날도 우연히 봤다. 입꼬리가 올라간 채 연신 자판을 두드리는 분의 상대 대화명이 '너 없이 못 살아'인 걸.

내게도 '너 없이 못 살아'인 존재가 있다. 바로 엄마다. "엄마 죽으면 나도 따라 죽을 거야." 엄마에게 늘 협박처럼 말한다. 처음엔 그러지 말고 빨리 너도 짝을 만나라는 둥, 그러면 엄마가 죽어서도 편히 눈을 못 감는다는 둥 걱정하더니, 이제는 질린 듯 "그래, 꼭 순장해라" 하고 세게 받아친다.

부모가 죽으면 자식이 우는 이유가, 고아가 된 자신이 불쌍해서라던데, 아마도 내가 그렇다.

아빠의 부재를 신경 쓰지 않고 살았다지만, 엄마마저 사라지면 나는 진짜 고아가 된다. 엄마가 세상에 없다는 건, 내 밥을 걱정해주는 사람이 우주에 아무도 없다는 거다. 벌써부터 외로울 내가 너무 안쓰럽다. (아, 오해는 마시길. 엄마는 시한부도, 연로하신 것도 아니다. 이제 겨우 꽃다운 예순다섯이다.)

스무 살에 난 엄마처럼 살지 않을 거라고 다짐하며 기회가 주어지자마자 바로 독립했다. 오랫동안 아픈 남편을 병시중하고, 그를 먼저 보낸 후엔 삼남매를 키우기 위해 억척스럽게 일했던 엄마. 자신의 희망과 감정은 꾹꾹 눌러 묻어두고, 남을 위해 희생만 하는 듯한 엄마의 인생이 어린 나에게는 어찌나 답답해 보였는지 모른다.

시간이 지나면서 나도 엄마의 나이를 따라가다 보니 서른 살의 엄마, 마흔 살의 엄마가 눈에 밟혔다. 해가 뜨기 전에 나가 해가 지고 들어왔다. 어린 딸들과 아들을 먹이고 입히고 재웠다. 외로움에 무너지지도 않고, 인생의 풍파에 좌절하지도 않고, 주어진 삶을 당차고 묵직하게 살아냈다. 지금 보니, 엄마의 반만큼이라도 살아낸다면 그거야말로 성공한 인생이다 싶다.

엄마가 30년 가까이 다닌 공장을 은퇴하던 해, 함께 살던 남동생마저 결혼하며 집을 나갔다. 그해부터 엄마는 하루 종일 집에 혼자 있는 날이 많아졌다. 혼자 지내는 외로움을 익히 아는 나는, 엄마 곁에 닥칠 고요와 쓸쓸함이 걱정되었다. 그래도 나는 그림이라도 그리지, 엄마는 주말드라마 시간만 기다렸다.

마흔 살의 젊은 엄마와 커피 마시고 영화 보는 낭만을 누리지 못한 걸 지금이라도 갚을 겸, 엄마의 외로움도 달랠 겸 여행 가자고, 서울에 놀러오라고 엄마를 꼬셨다. 나가면 다 돈이라며 꿈쩍도 안 하는 엄마에게, 그러면 내가 그냥 부산에 내려가 엄마랑 같이 살겠다고 했다.

그랬더니 엄마는 기겁했다.
"이제 드디어 해방됐는데, 왜 방해하려는 거야?"

내가 오면 또 밥해주고 챙겨야 한다며, 생각만 해도 귀찮다고
했다. 평생을 너네만 쳐다보느라 거울 볼 시간도 없었는데, 어제
목욕탕을 갔다가 거울에 비친 팔에 검버섯이 있는 걸 발견했단다.
이제 엄마도 거울도 보고, 늦잠도 자고, 밥도 대충 해 먹고 싶다고
했다.

마침내 집에 혼자 평화로이 있는 시간을 엄마가 고대해왔다는
걸 나는 미처 알지 못했다. 그동안 늘 누군가를 챙기고, 먹고사는
일에 치이느라 바빴던 엄마에게는 외로움이 아닌 자유가 찾아온
거였다.

다 큰 딸 밥해주기 싫다던 엄마는 내가 진미채가 먹고 싶다고
하자마자 로켓배송처럼 다음날 반찬을 보내줬다. 택배 상자 안에
는 주문하지 않은 반찬들도 잔뜩 들어 있었다. 역시, 난 엄마 없이
못 살 것 같다.

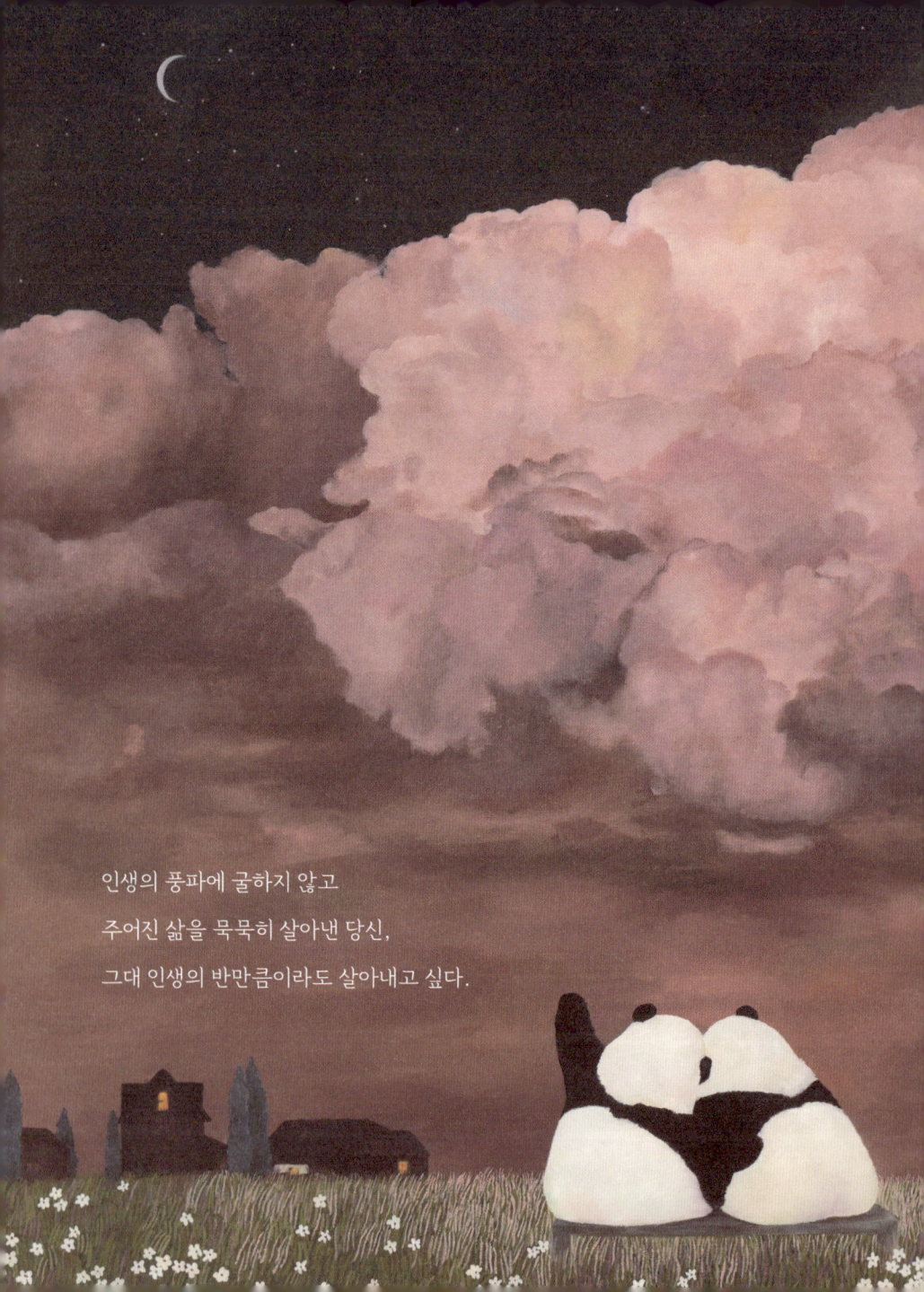

인생의 풍파에 굴하지 않고

주어진 삶을 묵묵히 살아낸 당신,

그대 인생의 반만큼이라도 살아내고 싶다.

귀여움이
세상을 구한다

　점심시간 산책하기엔 올리브영만 한 곳이 없다. 마침 대리님이
치실을 사러 간다기에, 나도 따라나섰다. 그런데 막상 우리의 발
걸음이 멈춘 곳은 치실 앞이 아니라 선크림 매대 앞이었다. 인기
캐릭터와 컬래버하여 선크림을 사면 키링까지 주는 패키지 상품
이었다. 대리님의 눈이 반짝였다.

　"저 이거 살래요!"

　"지난주에 선크림 샀잖아요."

　나는 마치 엄마처럼 잔소리를 늘어놓았다.

　"그치만 너무 귀엽지 않아요?"

대리님은 진심이었다.

그날은 내 잔소리 때문에 사지 못했지만, 대리님은 틈만 나면 귀여운 걸 사서 들고 온다. 핸드폰 키링 DIY 키트를 사와서 함께 만들기도 했고, 어느 날은 급한 일이라도 생긴 것처럼 자리로 부르더니 이끼를 자랑했다. 귀엽긴 한데 아무래도 좀 무용해 보여서 왜 샀냐고 물어봤다.

"그냥요! 보고 있으면 기분이 좋아지잖아요."

언제부턴가 나는 귀여운 걸 소비하지 않았다. 기능과 효율을 따지며 필요한 물건을 샀다. 친구가 연말 한정 캐릭터 접시를 사려할 땐, 유행을 탈 거라며 단호하게 말리기도 했다. 합리적인 소비를 권장하고, 환경을 지켰다는 으쓱한 기분이 들었다.

그러던 중 조카 생일이 다가왔다. 갖고 싶은 선물을 물어보는 김에 조카의 얼굴도 보려고 영상통화를 걸었다. 조카는 산리오 쿠션 의자를 갖고 싶다고 했다.

"산리오가 뭐야?"

조카는 거실로 달려가, 커다란 인형을 들고 왔다. 대리님이 올리브영에서 집어든 그 캐릭터였다. 인형을 끌어안고 볼을 비비적

거리는 모습에, 나는 심장이 아팠다. 전화를 끊고 나서도 웃음이 실실 새어 나오고, 그 귀여운 존재를 위해 뭐라도 해줘야겠다는 생각에 힘이 불끈 솟았다.

동생은 인형이 너무 많다며 절대 사지 말라고 날 말렸다. 왜 쓸데없는 걸 좋아하는지, 처치 곤란이란다. 내가 대리님한테 하던 소리를, 동생에게 듣고 말았다. 하지만 귀여움에 도취된 나는 서른살 대리님도 산리오를 좋아하던데, 아이들은 오죽하겠냐며 그들을 변호했다. 이미 귀여움으로 쓸모를 다한 거라며 적극적으로 항변하기까지 했다.

다음 날, 출근길에 올리브영을 들렀다. 캐릭터 선크림 패키지를 하나 사서 대리님 자리에 뒀다. 잊지 않고 손 글씨로 카드도 썼다. '그래도 대리님이 더 귀여워요.'

9시가 되자마자 대리님의 메시지가 왔다. 점심을 사고 커피도 쏘겠다며 하트 이모티콘을 남발했다. 귀여움이 세상을 구한다더니, 정말인가 보다.

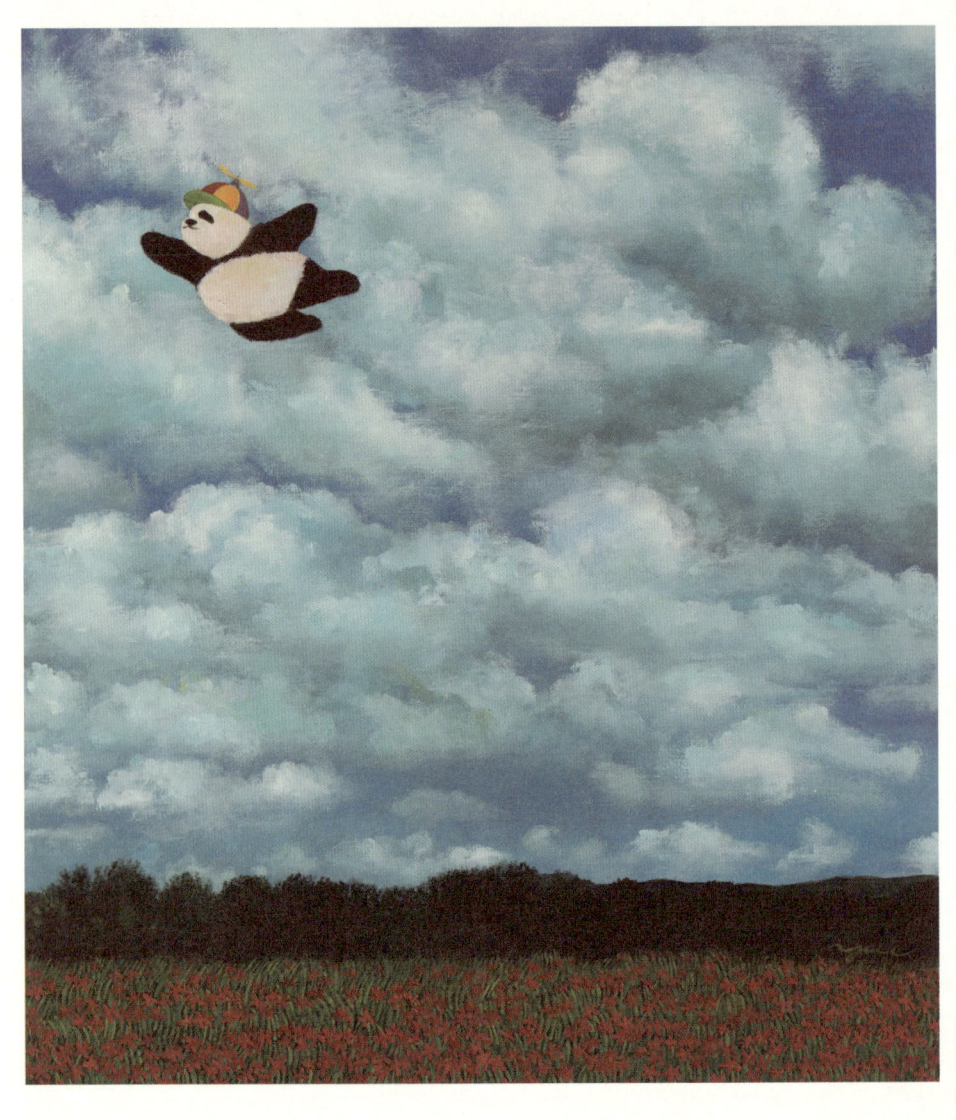

그냥, 보고 있으면 기분이 좋잖아요.

귀여움으로 쓸모를 다한 거예요.

빛을 잘 갚으면
빛이 된다

서울살이가 가장 힘들었을 때를 묻는다면, 주저 없이 이사라고 답하겠다. 매 학기 기숙사 방을 옮겨다니다가, 졸업 후에는 월세와 전세를 오가며 자취방을 이사 다녔다. 신촌에서 송파까지, 부산 소녀의 좌충우돌 상경기가 서울 곳곳에 묻어 있다.

사회 초년생 때의 일이다. 퇴근하고 이삿짐을 나르러 가려는데, 전 집주인이 갑자기 보증금을 다음 날 돌려주겠다고 했다. 새로 들어갈 집에 보증금을 줘야 짐을 옮길 수가 있는데, 이미 다 싸놓은 짐이 쌓여 있는 원래 집으로 돌아갈 수도 없고 새집에 들어갈 수도 없고, 이러지도 저러지도 못하는 상황이었다.

그런데 퇴근길에 내 통화를 들은 직장 상사가 얼마가 필요하냐고 물었다. 그러더니 마침 내가 필요한 만큼의 돈이 있다며 바로 입금해줬다. 비가 오는 저녁이었다. 문제가 해결되었는데도 뭐가 그리 서럽던지 오래된 유행가 가사처럼 하늘도 울고 나도 울었다.

또 다른 이사 날에는 아침 일찍 정신없이 움직이는데, 지나가던 오토바이가 멈추더니 이사를 가는 건지 온 건지 물었다. 이사를 왔다고 하니, 오늘 신고된 게 없다며 도시가스 전입신고를 했는지 물었다. 도시가스 점검원이었던 것이다. 어리둥절한 내 표정을 본 그는 TV, 인터넷 이전 신청도 안 했겠다며 신고해야 할 내용들을 알려줬다. 가스 신고를 현장에서 바로 처리해줬음은 물론이다. 서울에선 눈 뜨고 코 베인다더니 꼭 그렇지만도 않았다.

친구들의 도움은 말할 것도 없다. 이사 때마다 같이 짐을 옮겨주는 친구들이 늘 집에 북적북적 가득했다. 다들 지방에서 온 터라 품앗이처럼 돌아가며 거들었다. 심지어 부산에서 동생이 올라와 도와준 적도 있었다. 참 많은 사람에게 신세를 졌다. 지금의 서울살이가 거저 만들어진 게 아니었다.

여전히 이사는 고달프지만, 이젠 실수 없이 척척 해낸다. 보증금은 은행의 힘을 빌려 미리 준비해둔다. 가스 신고는 물론, 폐기물 처리까지 사전접수는 기본이다. 더 이상 친구들을 부르지 않고 이삿짐센터를 예약한다. 다 같이 고생하고 짜장면을 먹는 낭만은 사라졌지만, 몸과 마음이 한결 편해졌다.

엄마가 늘 입버릇처럼 하는 말이 있다. 신세를 지면 그게 다 빚이라고. 그 말을 귀에 인이 박이도록 들으며 자란 탓일까? 누군가에게 도움을 받는 일이 마냥 감사하기보다는 미안하고 불편했다. 이런저런 계산을 하느니 애초에 도움을 받지 않는 게 깔끔하다고 생각했다. 신세 지는 일을 피하고 싶었고, 어렵게 말을 꺼냈는데 거절당하는 순간이 민망하기도 했다. 그래서 웬만한 일은 스스로 해내는 독립적인 사람이 되려 했다.

첫 개인전을 준비할 때도 오롯이 내 힘으로 해내고 싶었다. 디자이너 친구들이 있었지만, 어설픈 포토샵 실력으로 직접 포스터와 엽서를 만들었다. 미술관처럼 작가 노트를 벽에 붙이고 싶어, 기억을 더듬어 시트지를 주문했다. 회사에서 디자인팀이 작업하는 걸 어깨너머로 본 게 전부였지만, 인터넷을 뒤져서 어떻게든 해결했다. 주변을 귀찮게 하지 않고 주체적으로 움직이는 내가 제법 멋져 보였다.

　개인전 하루 전날, 대관 장소를 꾸미다 시트지가 문제를 일으
켰다. 주문할 때 컷팅 작업을 빠뜨린 탓이었다. 관장님이 나섰다.
"다른 작가들도 그래요. 하나씩 떼면 돼요." 그러곤 바닥에 앉아
글자 하나하나를 떼기 시작했다. 전시 설치 기사님은 작품을 옮기
며 관람 동선과 시선을 고려해 더 나은 위치를 제안했다. 모두가
나를 위해 움직이고 있었다. 커피라도 사고 싶었지만, 시트지를
붙여야 해 발만 동동 굴렀다. 그때, 연차 이유를 눈치챈 동료가 퇴
근길에 커피와 간식을 들고 찾아왔다. 고마움과 미안함에 어쩔 줄
몰라 하자, 그들은 전시를 잘 치르는 데만 집중하라며 웃었다.

　그 놀라운 협력의 광경을 보고 있는데 엄마의 말이 들려왔다.
"미야, 받으면 다 빚이다."
나는 속으로 대답했다.
"엄마, 제가 잘 갚아볼게요."

　상대가 도움을 줄 때 감사히 받고, 누군가 내가 필요할 때 기꺼
이 손을 내미는 것, 어쩌면 그게 정말 독립적인 어른인 듯하다. 빚
을 지면 갚으면 된다. 빚을 잘 갚으면 그 관계는 빛이 될 테다.

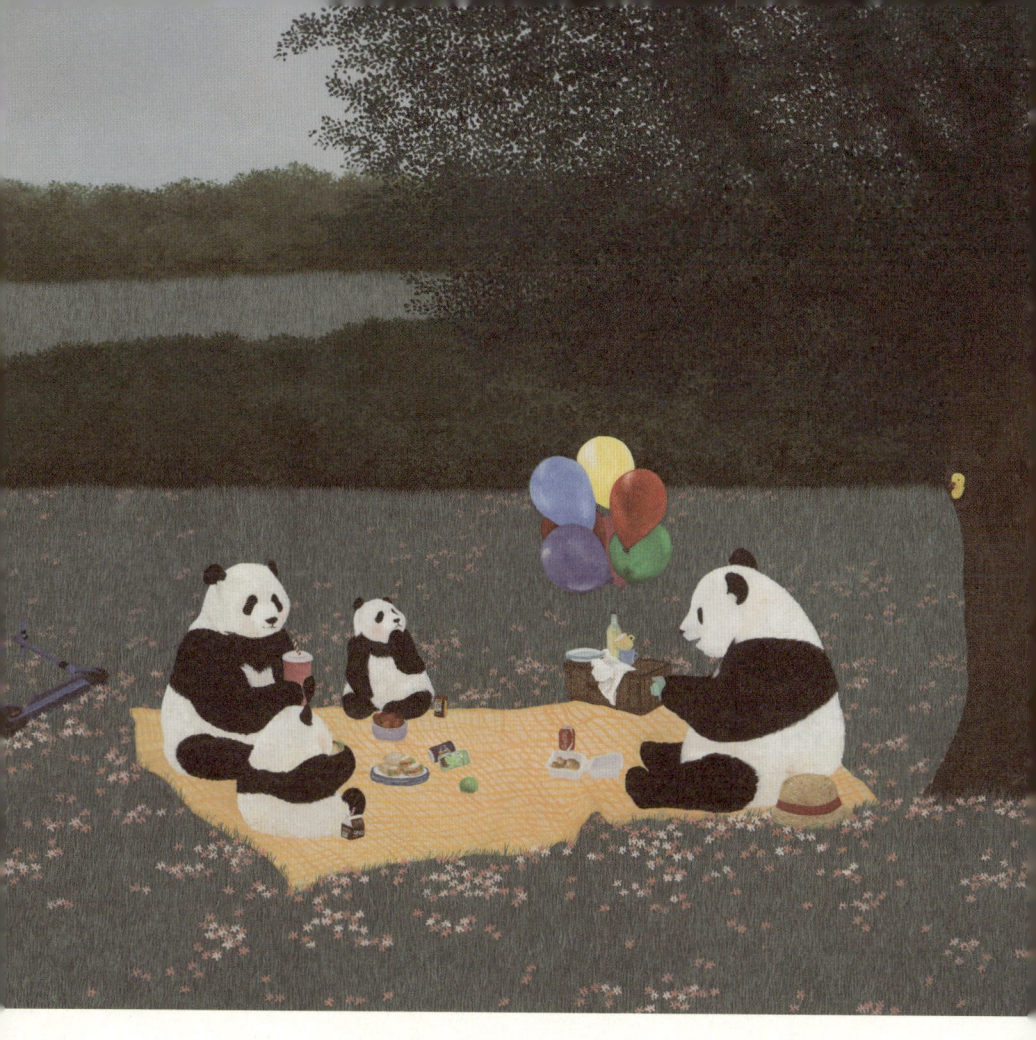

도움을 감사히 받을 줄 알고,

도움이 필요한 누군가에게

기꺼이 손을 내미는 어른이 되고자 한다.

빚을 잘 갚으면 빛이 된다.

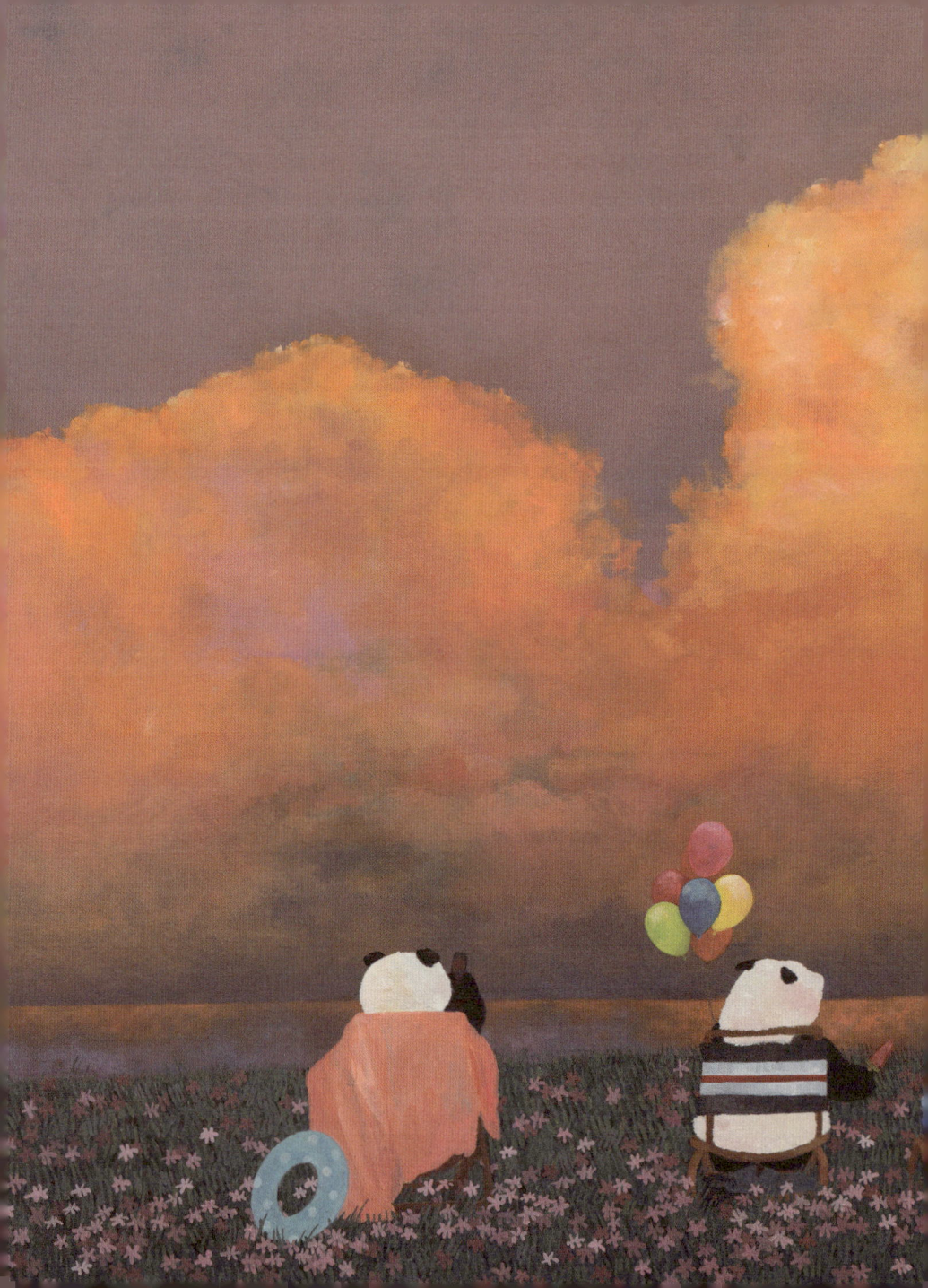

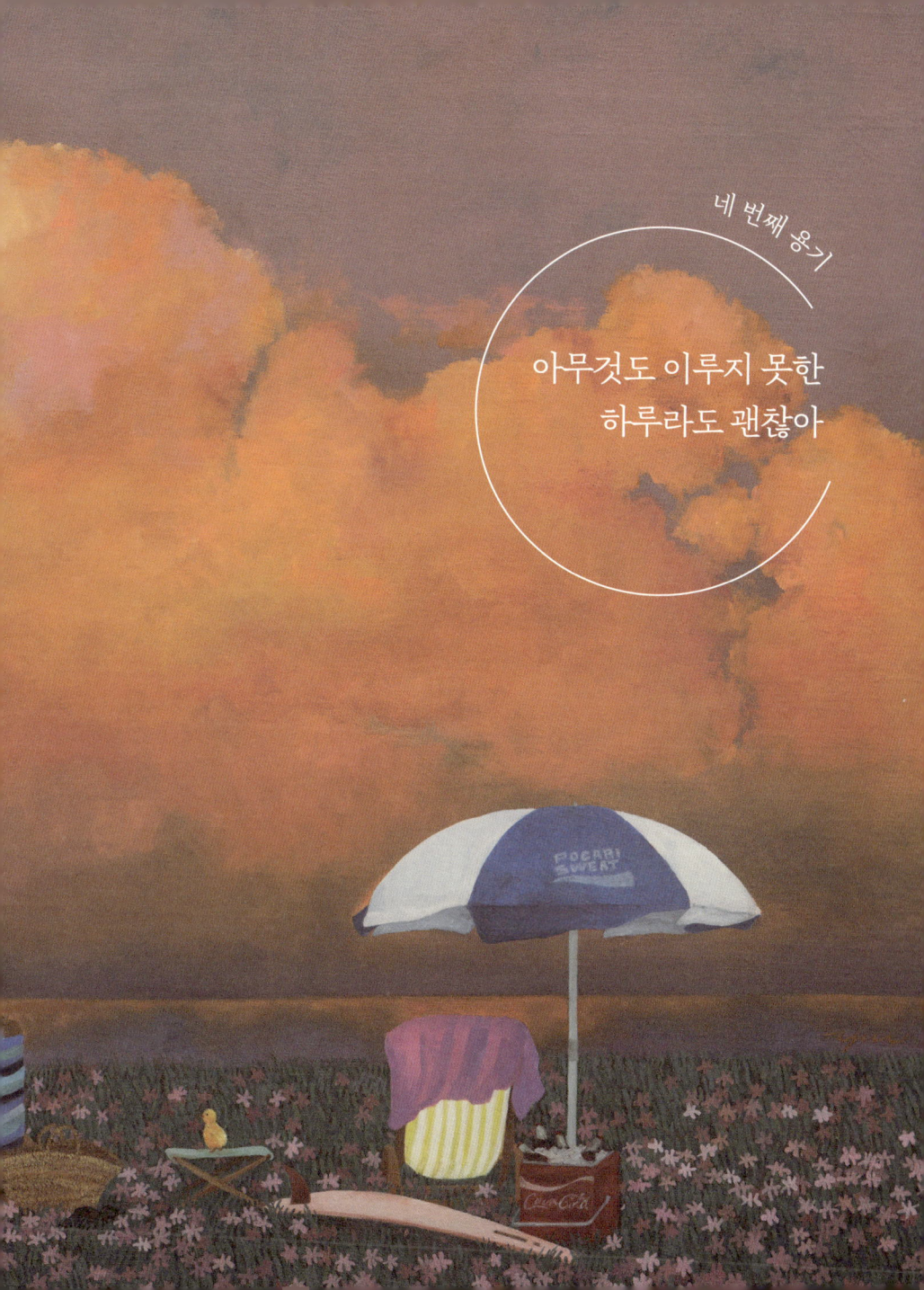

네 번째 용기

아무것도 이루지 못한
하루라도 괜찮아

완벽한 하루보단
충만한 하루를

하루 24시간은 손에 쥔 모래처럼 느껴질 때가 많다. 수면에 7시간, 이동과 준비에 2시간, 회사에서 9시간, 그림을 그리는 데 3시간을 쓰고 나면 분명 3시간이 남아야 하는데 어디론가 사라져 있다. 계산이 안 맞지만, 따지기엔 어느새 자정이다.

어릴 적 그리던 방학 생활 계획표는 나를 돌봐주는 보호자가 있기에 가능한 것이었다. 어른이 된 지금은, 나를 돌보는 일까지 전부 내 몫이다. 침구 정리, 장보기, 분리수거, 공과금 납부, 약 챙기기처럼 사소한 일들이 생각보다 많은 시간과 에너지를 차지한다.

그사이 소중한 사람에게 안부도 전해야 하고, 봄과 가을에는 노을 녘 야장에서 치맥하는 낭만도 놓칠 수 없다. 사라진 시간이 여기 있었다.

그렇게 자잘자잘하게 사라지는 시간이 아까워서 최대한 줄이려고 노력해봤다. 그러면 더 많은 그림을 그릴 수 있을 것 같았다. 화장하는 시간을 아끼고자 톤업크림과 립밤만 발랐고, 머리는 대충 질끈 묶고 다녔다. 요리하는 시간이 낭비 같아서 끼니는 대충 배고픔만 달랠 수 있는 김밥이나 닭가슴살로 때웠다. 매일 아침 침구를 정리하거나 환기하는 것도 포기했고, 청소는 주말에 몰아서 했다. 당연히 좋아하는 사람을 만나거나 그들에게 연락하는 일은 후순위로 밀렸고, 계절이 바뀌면 으레 가곤 하던 물놀이나 단풍놀이 등의 낭만은 사치로 여겼다.

그런데 그렇게 시간을 쪼개고 쪼개서 하고 싶은 일로 채우는데도 어딘가 허전했다. 거울에 비친 내 모습이 마음에 들지 않아서 괜히 위축되었고, 집에 들어와서도 어질러진 방의 모습에 포근함보단 스트레스가 몰려왔다. 인스턴트 음식으로 배를 채우니 몸은 상했고, 사람을 만나거나 혼자 여유 부리는 시간이 없어지니 캔버스 앞에 앉아서도 무엇을 그릴지 영감이 떠오르지 않는 지경에 이

르렀다. 생산성이 대단히 높은 꽉 찬 하루였지만, 나는 오히려 충만함을 잃었다.

나는 하루 24시간을 랩에 싸서 소분하듯 정리해두고, 하나씩 꺼내 쓸 수 있을 줄 알았다. 그게 현명하게 시간을 쓰는 방법인 줄 알았다. 하지만 시간은 단순히 숫자로 나눠 쓰는 것이 아니었다. 인생은 깔끔하게 소분되지 않는다. 계산으로 딱 떨어지게 하루를 채우는 것보다, 약간 낭비가 생기더라도 내가 무언가를 느끼고 누릴 수 있도록 충분히 시간을 들이는 게 더 중요했다.

고대 그리스 철학에서는 시간을 크로노스와 카이로스의 개념으로 구분했다. 하루에 책을 몇 권 읽었느냐가 크로노스적 시간이라면, 그 책이 내 삶에 어떤 흔적을 남겼느냐가 카이로스적 시간이다. 나는 최대한 많은 책을 읽으려고 자기 자신을 몰아붙이지만, 정작 책 내용이 무엇인지는 전혀 기억하지 못하는 사람처럼 행동했던 것이다.

요즘은 카이로스적으로 살아보려고 한다. 하루를 마무리하며 24시간을 얼마나 생산적으로 살았나 셈해보기보다는 오늘 하루가 스스로에게 얼마나 의미 있었는지를 생각해본다. 퇴근길에 내려야 하는 정류장을 지나친 탓에 남의 동네에 내렸지만, 그 덕에 SNS에서 본 소금빵 맛집을 발견했다. 비록 그림 진도는 좀 더뎠지만, 판다 엉덩이에 핑크를 더하다가 내가 그린 귀여움에 쓰러질 뻔했다. 이 정도면, 오늘도 아주 잘 살아낸 하루다.

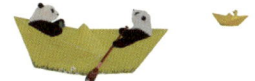

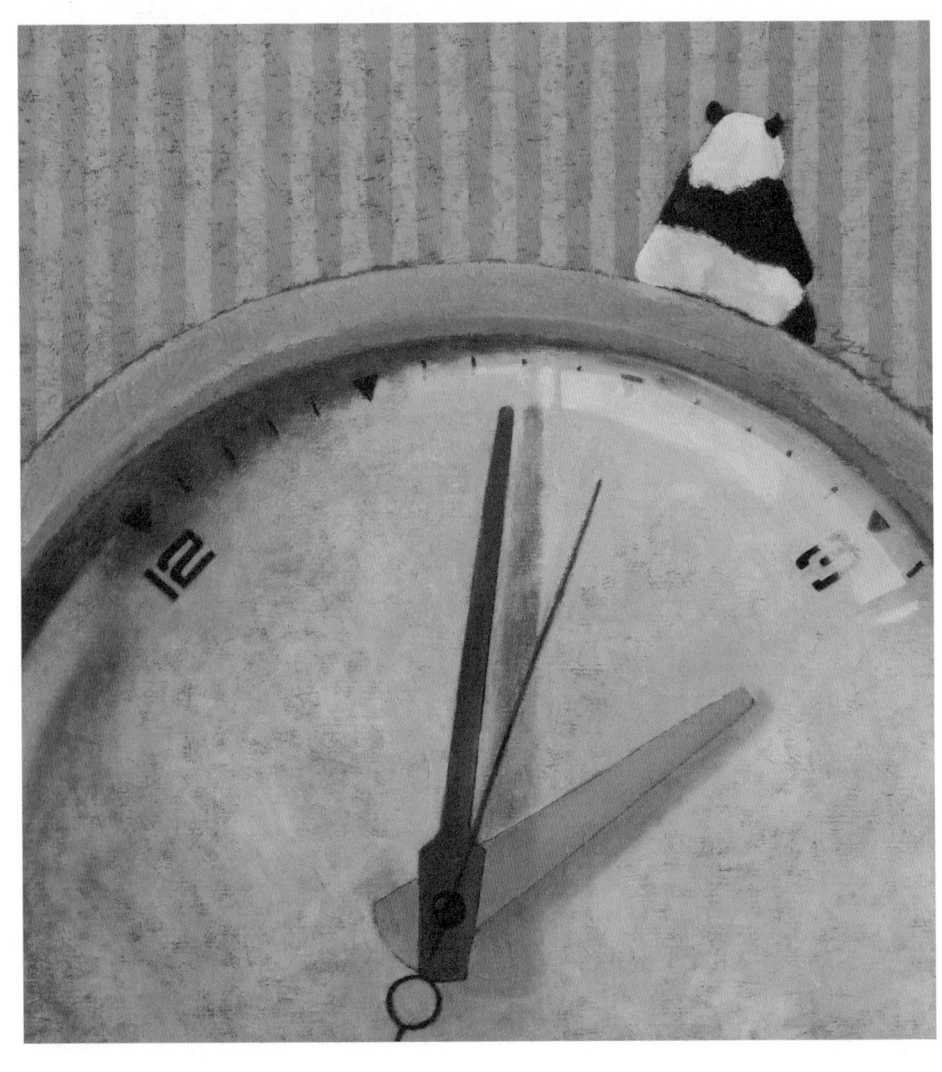

시간은 단순히 숫자로 나눠 쓰는 것이 아니다.

내가 무언가를 느끼고 누릴 수 있도록

충분히 시간을 들이는 게 더 중요하다.

하루의 후반전,
진짜 나로 변신할 시간

막내가 텀블러를 들고 탕비실로 향한다. 다른 손에는 마시다 남은 테이크아웃 커피잔이 있다. 한참 동안 멈춰 있던 사무실 공기가 한순간 휘저어진다. 슬리퍼를 벗고 운동화를 신는 소리, 파우치 지퍼가 열리는 소리, 그리고 팡팡팡 쿠션을 두드리는 소리가 경쾌하게 울린다. 톡톡톡도 아니고 팡팡팡! 하는 소리에 막내가 장난을 건다. "대리님~ 나 두고 어디 가려고요?"

퇴근이 다가오는 시간, 우리는 각자의 방식으로 하루의 후반전을 준비한다. 누군가는 운동복을 챙기고, 누군가는 화장을 고친다. 나는 가방에서 바나나와 두유를 꺼낸다. 오늘은 곧장 화실로 향할 계획이다.

6시. 이 시간은 내게 또 다른 하루의 시작이다. 가방을 들고 일어서던 대리님이 나를 보고는 작게 속삭였다.

"과장님, 이제 작가로 변신할 시간이에요."

나는 하루를 두 번 산다. 회사에서의 하루가 끝나면 화실에서의 하루가 시작된다. 하루의 전반전이 아무리 지치고 엉망이었어도, 화실 문을 여는 순간 처음부터 다시 하루를 살 수 있다. 이젤 앞에 앉는 순간, 생각은 오로지 캔버스에만 머문다. 낮의 나쁜 감정들은 지워지고, 오늘 하루의 의미를 내 마음대로 칠할 수 있다.

그렇게 하루 시즌제를 도입한 지 어느덧 10년이 넘었다. 이제는 하루를 네 번으로 나눠 살기도 한다. 출근 전에 책을 읽고, 업무 시간에는 정시 퇴근을 위해 치열하게 일하고, 퇴근 후에는 그림을 그리고, 그마저 끝낸 깊은 밤엔 나만의 휴식 시간을 누린다.

일본의 뇌과학자 가바사와 시온은 뇌과학에 근거하여 최고의 하루를 보내는 방법을 소개했다. 그에 따르면 오전 7시부터 9시가 집중력이 극대화되는 골든타임, 9시부터 12시는 골든타임은 아니지만 뇌가 활동적인 시간이다. 그리고 오후 6시는 뇌를 리셋하는 시간, 오후 7시부터 9시는 두 번째 골든타임, 마지막으로 9시부터 11시까지는 옥시토신 분비가 활발한 릴렉스 타임이라고 한다.

사실 직장인이라면 어느 정도 익숙한 리듬이다. 그렇지만 전반전에 이미 지친 나머지 퇴근 후의 두 번째 골든타임은 그냥 죽여버리는 경우가 많다. 나 역시 그림을 시작하기 전에는 6시 이후의 시간을 의미 없는 술자리나 생각 없이 보는 콘텐츠로 낭비해버리곤 했었다. 그렇지만 그냥 흘려보내기엔 하루 후반전에 우리에게 주어진 가능성이 너무 아깝다.

이미 전쟁을 치르고 돌아온 저녁 시간, 그 시간만큼은 자신이 좋아하는 일, 자신에게 의미 있는 일을 누렸으면 좋겠다. 그림이든, 요리든, 운동이든 무엇이든 괜찮다. 하루의 후반전에는 전반전에 휘둘리지 말고 자기만의 꿈을 그리자. 하루의 여러 시즌 중 하나만이라도 나를 기쁘게 했다면, 오늘 하루도 대성공이다.

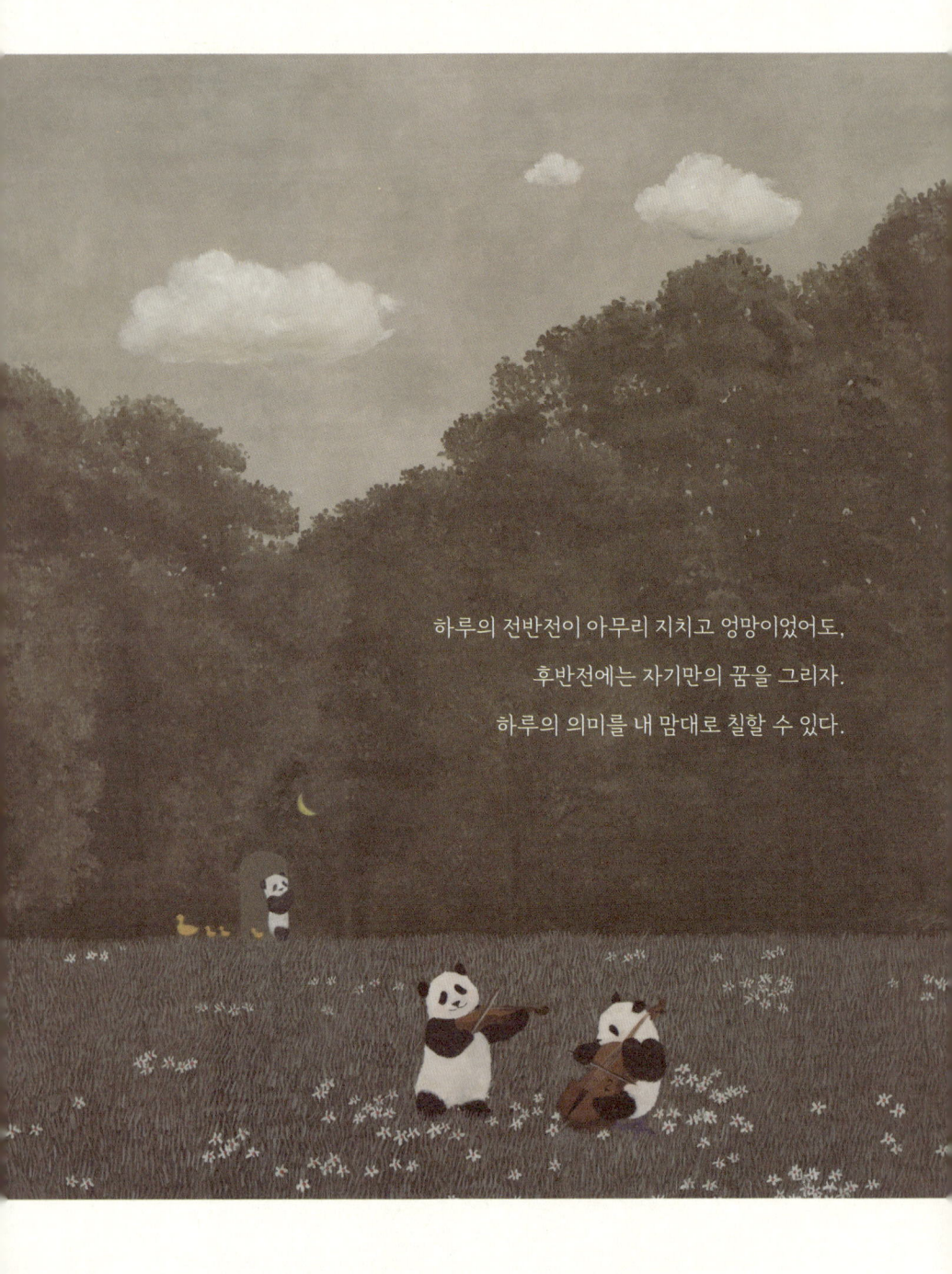

하루의 전반전이 아무리 지치고 엉망이었어도,
후반전에는 자기만의 꿈을 그리자.
하루의 의미를 내 맘대로 칠할 수 있다.

일상을 그림으로
바꾸는 능력

겨울이면 지하철역에 놀라운 광경이 펼쳐진다. 모두가 하나같이 핸드폰만 본 채 계단을 오르고, 열에 열은 검은 패딩을 입고 있다. 그런데 그 무채색의 행렬 속에서 어느 날 핑크색 패딩이 반짝였다. 어느 회사의 누구일까? 그는 선릉역 직장인들의 색을 몽땅 훔쳐간 듯했다. 그날 이후 나는 핸드폰을 보느라 길을 막는 사람들을 째려보는 대신 '오늘의 색' 찾기를 시작했다. 용기가 나는 날엔 빨간 바지를 입고, 내가 그 주인공이 되기도 했다.

원래 나는 주위에 무심하고 세상의 변화에 일희일비하지 않는 편이었다. 누구나 다 알아보는 연예인도 난 모르고 지나치기 일쑤였고, 누가 어떤 가방을 들었는지, 무슨 유행템을 입었는지, 머리를 어떻게 잘랐는지, 별로 깊게 들여다보지 않았다.

그런데 화가가 되니 자연스럽게 주변을 관찰하게 되었다. 관찰하지 않으면, 표현할 수가 없었다. 대상을 오래, 자세히 보아야만 비로소 나만의 방식으로 묘사를 해낼 수 있었다. 사진 자료를 들여다보고, 부족하면 직접 밖으로 나갔다. 나무를 관찰하려고 공원으로 산책을 나가고, 판다를 보러 용인을 찾았다.

관찰의 습관을 들여보니, 세상이 온통 알록달록한 색으로 가득해졌다. 매일 보던 장면도 새롭게 보였다. 무심코 지나쳤던 장면이 반짝이며 눈에 들어오기 시작했다.

집 앞 버스정류장으로 가는 길목에 리어카를 놓고 과일을 파는 할머니가 있다. 운동 가는 아침 7시에도, 야근 끝난 밤에도, 늘 같은 자리에 앉아 꾸벅꾸벅 졸고 계신다. 그런데 문득, 리어카에 쌓인 과일이 시기마다 바뀐다는 사실을 깨달았다.

지난주까지는 아오리 사과였다. 그러다가 복숭아가 중간에 등

장했고, 이내 리어카는 빨간 사과로 가득 찼다. 사과를 상자째로 쏟아낸 듯, 리어카가 온통 붉게 물들었다. 언뜻 마구 섞인 듯 보였지만, 그 안에도 규칙이 있었다. 덜 붉은 사과는 아래에 깔리고, 그 위로 탐스러운 홍로가 겹쳐 있었다. 과일 할머니의 전략이었다.

둥글둥글 쌓인 사과를 바라보는데, 문득 세잔의 정물화가 떠올랐다. 색감과 구도가 절묘했다. 그 순간, 마치 영화 속 한 장면처럼, 버스가 도착했다. 버스에 타서 창밖을 보니, 할머니와 리어카가 창문 프레임과 함께 한 폭의 풍경화가 되었다.

누구나 볼 수 있지만, 누구도 같은 걸 보지 않는다. 같은 시간, 같은 공간에 있어도, 보는 시선은 저마다 다르다. 나는 세잔을 보았고, 어떤 이는 사과값을 셈했을 테고, 또 다른 이는 사과를 좋아하는 아내를 떠올렸을지도 모른다. 같은 시간, 같은 풍경 속에서 우리는 서로 다른 세상을 살아간다.

반복되는 일상 속 틈을 들여다보고, 아주 조금만 다르게 바라보아도, 내가 살아가는 세상에 그림 같은, 영화 같은 순간들이 많아진다. 그 순간들을 멋진 그림으로 그려낼 재능이 있다면 더 좋겠지만, 그렇지 못하더라도 뭐 어떤가. 내 삶이 이미 그림인걸.

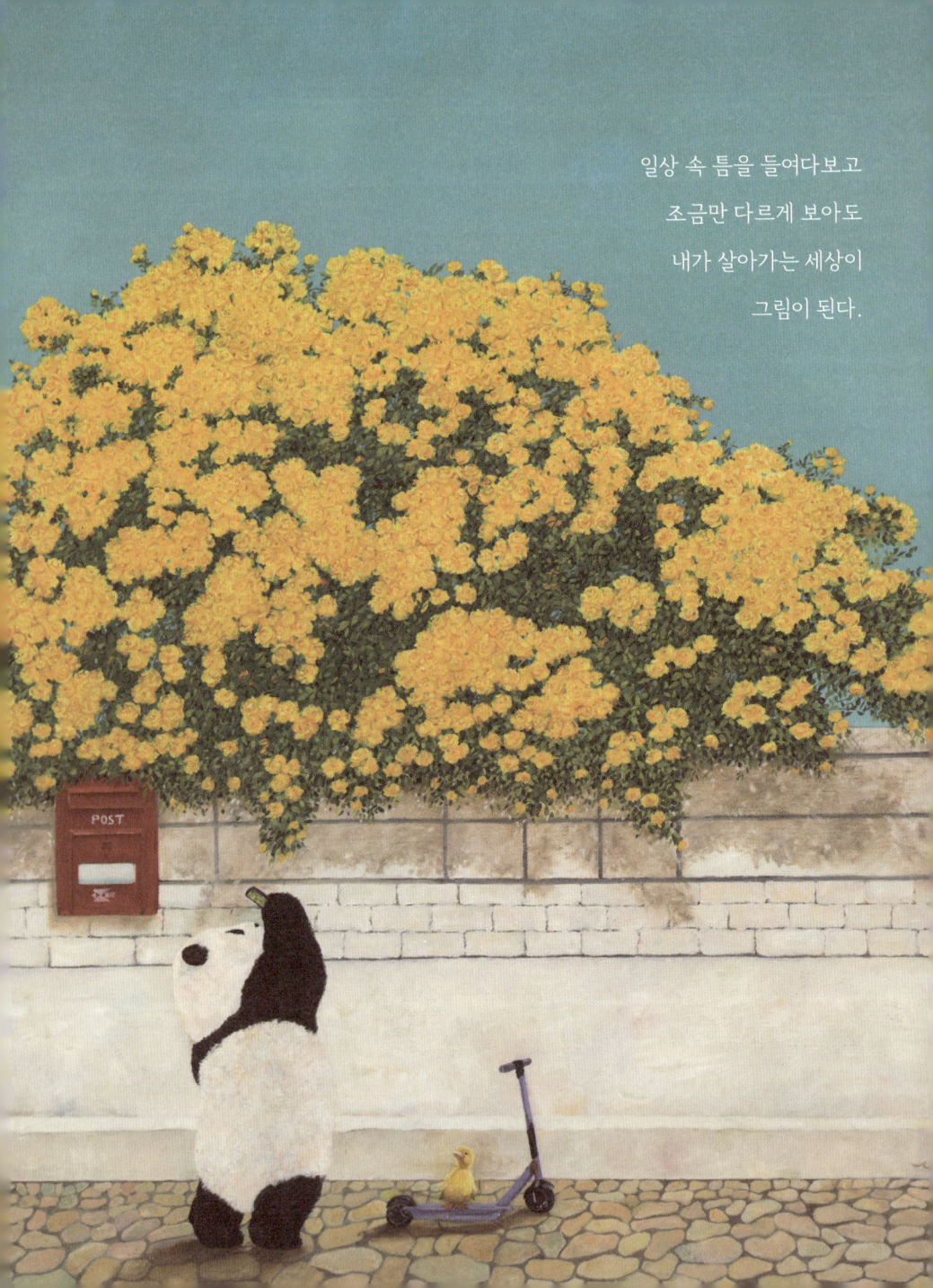

일상 속 틈을 들여다보고
조금만 다르게 보아도
내가 살아가는 세상이
그림이 된다.

오늘 못 했으면
내일 더 하면 되지

나는 계획을 세우고 나면 파워 J형 친구, 즉 굉장한 계획형 친구에게 컨펌을 받는 습관이 있다. 업무 외의 영역에서는 일생 대부분을 무계획에 가깝게 살았기 때문이기도 하지만, 계획에도 지혜가 필요하다는 사실을 그 친구를 통해 배웠기 때문이다.

초대전을 앞두고 마감 시간에 쫓기던 때였다. 퇴근과 출근 사이 시간으로 감당하기엔 작업량이 점점 버거워졌다. 그리는 일 외에도 챙겨야 할 일이 많았지만, 계속 해결되지 않은 채로 쌓이고만 있었다. 결국 하루 휴가를 내고, 신경 쓰이는 일들을 몽땅 처리하기로 결심했다. 아침 7시부터 밤 11시까지 To Do List가 빼곡했다. 필라테스, 액자 조립, 캔버스 픽업, 그림 작업 그리고 친구와 티타임까지. 놀랍게도 다 해내기는 했지만, 무리하게 일정을 소화한 끝에 몸살이 나고 말았다.

몸의 경고를 받고서야 인정했다. 나는 계획을 잘 세우는 사람이 아니라는 걸 말이다. 이후 J형 친구에게 내 계획을 보여줬더니, 그는 내가 계획을 무리하게 세울 뿐 아니라 유연하지 못해서 문제라고 했다.

가령 이번 주에 작품 한 점을 완성하기로 마음을 먹으면, 나는 월요일부터 일요일까지 매일 세 시간씩 화실에 가기로 계획을 세우곤 했다. 그 계획을 들은 친구는 조심스럽게 말했다.
"그냥 이번 주 안에 완성하는 걸 목표로 해보면 어때?"
하지만 나는 단호했다.
"아니, 매일 해야 돼. 그래야 마음이 편해."

그러나 인생은 늘 계획과 다르게 흘러간다. 갑작스러운 야근 앞에서 나는 속수무책이었다. 계획을 지키지 못했다며 또 자책하는 내 모습을 보다 못한 친구가 한 소리했다.

"오늘 못했으면 내일 좀 더 하면 되는 거잖아. 왜 그걸 가지고 스트레스를 받고 있어?"

계획 자체보다, 그걸 무리하게 지키려는 '융통성 없음'이 문제였다. 계획은 가이드일 뿐인데, 나는 자꾸 그것을 '따라야 할 규칙'처럼 굳혀버렸다. 시간을 잘 활용한다는 건 단지 많은 일을 빠르게 처리하는 것이 아니라, 균형을 맞추며 유연하게 사는 것이다. 그런데 나는 자꾸만 빡빡한 시간표에 내 자신을 욱여넣으려고만 했다. 마치 내일이 없는 사람처럼 말이다.

몇 차례 친구에게 혼나고 난 후, 더 이상 계획에 극단적으로 매달리지 않기로 했다. 계획에 유연하게 임하니 한결 편했다. 매일 강박적으로 지켜야 할 것이 없으니 긴장하지 않아도 되었다. 무엇보다도, 계획대로 되지 않는다고 해서 삶이 멈추지 않는다는 걸 알게 되었다.

이제는 큰 방향만 세운다. 이번 달 안에 작업은 세 점 완성하면 되고, 운동은 일주일에 두세 번 가는 것을 목표로 한다. 그런 방향성을 맞추기 위해서 매일의 할당량이 있기는 하지만, 그것에 지나치게 얽매이진 않는다.

오늘도 할 일은 태산이다. 부장님께 드려야 할 보고, 준비해야 할 회의, 그려야 할 작품, 써야 할 원고까지. 한꺼번에 생각하면 머리가 아프지만, 내 계획 원칙을 상기하며 조급함을 달랜다. 오늘 모든 걸 다 끝내지 못해도 괜찮다. 방향만 잃지 않는다면, 결국엔 다 해낼 것이다.

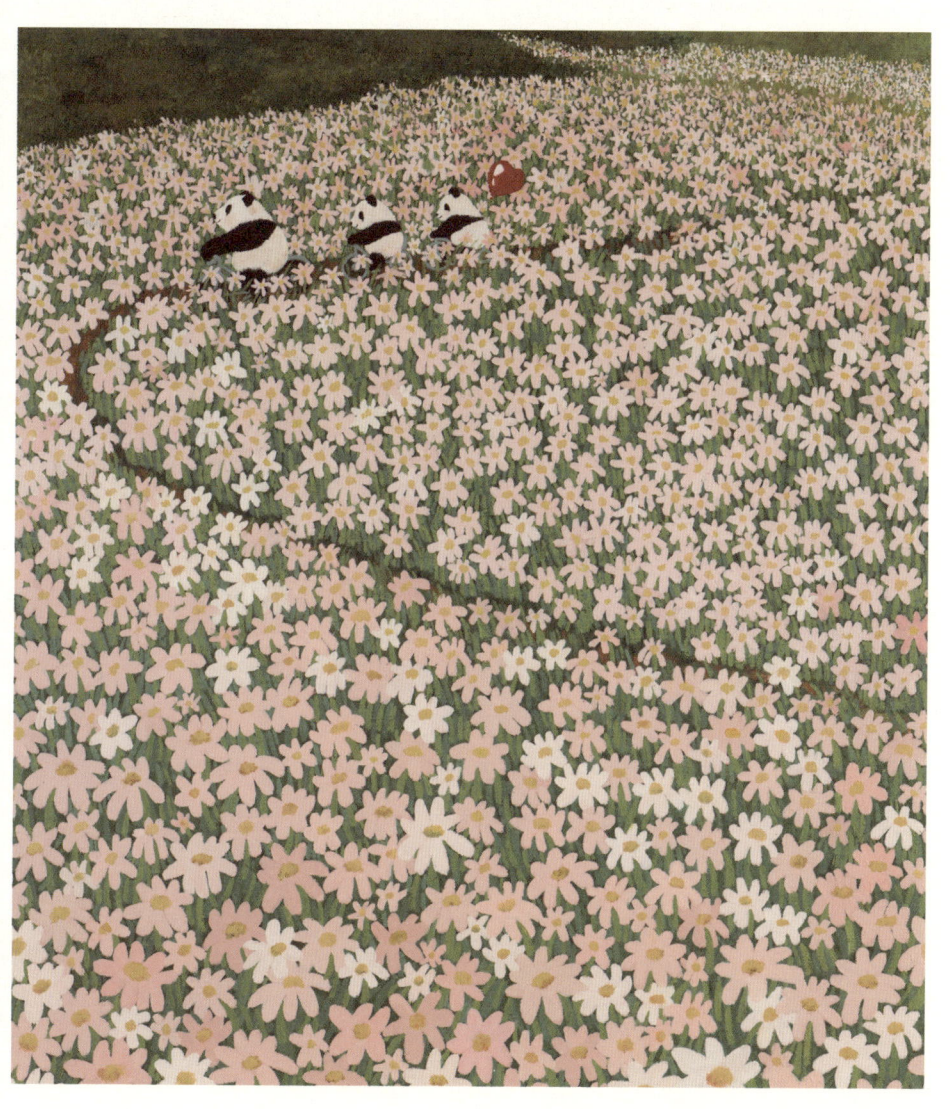

완벽하게 모든 걸 다 끝내지 못했어도 괜찮다.

방향만 잃지 않는다면 결국엔 다 해낼 것이다.

내일은
나와 선약이
있습니다

그 사람이 어떤 사람인지 알려면, 혼자만의 시간을 어떻게 보내는지 보라고 했다. 그런 관점으로 본다면 20대까지의 나는, 도무지 어떤 사람인지 알 수 없었다.

그때의 나는 혼자 있을 때의 외로움과 불안을 견디지 못해서 끊임없이 사람을 찾았다. 주말에 약속이 없으면 사회에서 낙오된 것처럼 느껴졌고, 연인과 가능한 한 많은 시간을 함께하고 싶어했다. 그렇게 해도 시간이 남는다고 느껴질 때는 영어 학원, 독서 모임, 바리스타 학원 등등 시간을 채워줄 뭔가를 찾아 헤맸다.

내가 나만의 시간을 발견한 것은 화실에 다니기 시작하면서였다. 수영도, 여행도 다른 누군가를 따라서 같이했었다. 그런데 오래된 벗이 해외로 떠나버리고 일에도 권태기를 맞아 헤매던 참에 우연히 불시착했다가 안착하게 된 곳이 바로 화실이었다. 그리고 여기에서 마침내, 내가 혼자만의 시간도 온전히 즐길 수 있다는 걸 깨닫게 되었다.

혼자 시간 보내는 법을 배우고 나서, 나의 시간은 완전히 달라졌다. 해야 하는 일, 만나자고 하는 사람에게 떠밀려서 하루 종일 바쁘게 지내면서도 그 시간이 내게 무슨 의미가 있는지를 몰랐다. 그렇지만 혼자 시간을 충만히 채우기 시작하자, 나는 내가 무엇을 좋아하고, 무엇을 하고 싶어 하는지 점차 알게 되었다. 비로소 내가 나를 만났다.

나는 몰랐다. 내가 일요일 아침에 스스로 일어날 수 있는 사람이란 걸. 이전에는 약속이 없는 주말이면 정오가 다 되어서야 겨우 눈을 떴다. 어차피 일찍 일어나봐야 딱히 할 일도 없다는 생각에, 눈을 뜨고도 침대 안에서 밍기적 밍기적 몇 시간을 흘려보내는 날도 부지기수였다. 그냥저냥 시간이 흐르는 대로 내버려두다 보면 어느덧 월요일이 코앞이라, 무익했던 주말을 후회하며 잠드는 일도 흔했다.

요즘은 일요일 아침마다 눈을 뜨면 곧바로 샤워를 한다. 출근할 때는 대충 씻고 나가더라도, 일요일만큼은 개운하게 꼼꼼히 씻고 하루를 시작한다. 설사 샤워하고 다시 낮잠을 자더라도, 씻지 않은 채로 하루를 보내는 것과는 차원이 다르다. 깨끗이 씻고 나면 하루를 보람 차게 보낼 활력이 생긴다. 하루 동안 하고 싶은 일들이 가득해서, 아침부터 분주히 움직이게 된다.

더 놀라운 건, 일찍 깬 아침에 달리기를 하기 시작했다는 사실이다. 원래는 달리기가 힘들고 재미없어 보여서 하고 싶지 않았는데, 그럼에도 달리기를 선택한 이유는 '시간이 없어서'였다. 운동할 시간도 돈도 넉넉하지 않았던 터라 운동화만 신고 나가면 되는 달리기를 시작한 것이다. 막상 달려 보니, 언제 어디서나, 혼자서도, 함께도 할 수 있는 달리기는 사실 내 취향이었다.

일요일 아침이면 스스로 일어나 달리기를 하고 그림을 그리는 사람. 혼자만의 시간을 보내면서 발견한 새로운 나였다. 그리고 나는 그런 내가 썩 마음에 들었다.

나만의 작은 루틴을 사수하기 위해, 나는 가끔 야속한 사람이 된다. 토요일 밤 늦은 약속은 피하고, 야식의 유혹도 뿌리친다. 토요일에는 저녁 식사를 하면서도 술은 입에 대지 않는데, 상대방이 이유를 물으면 아침에 약속이 있다고 한다. 무슨 약속이 일요일 아침부터 있냐는 말에는 산뜻하게 대답해주곤 한다.

"나랑 약속이 있어."

그렇게 좋아하는 일로 주말을 꼬박 보내고 침대에 눕는 순간, 그 행복은 이루 말할 수 없다. 어느 누구에게도 휘둘리지 않고, 오롯이 나와 함께 잘 지낸 하루. 그 시간을 다시 맞이하기 위해서 월요일부터 휘몰아치는 사람과 일의 소용돌이 속으로 또 용감히 들어가본다.

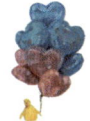

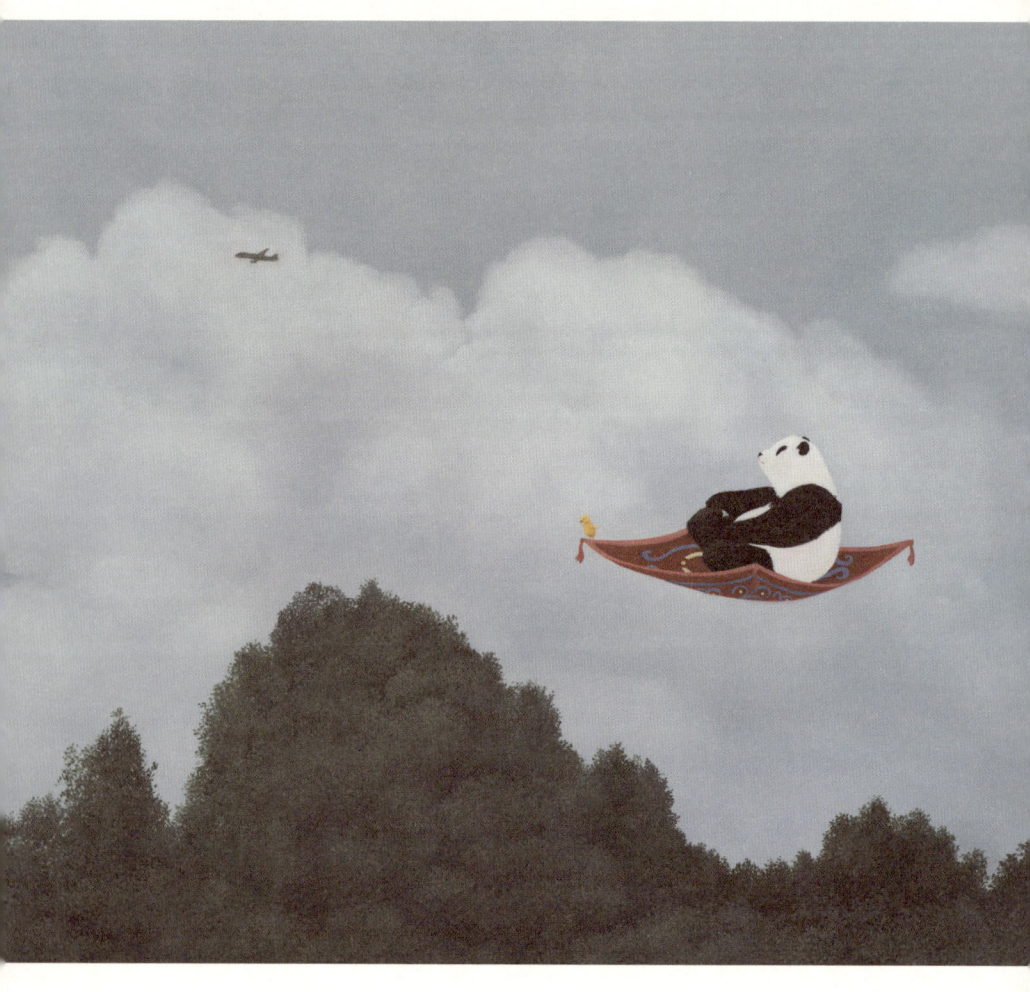

혼자 시간 보내는 법을 배우고서,

비로소 내가 나를 만났다.

새로 발견한 내가 썩 마음에 들었다.

수요일은
아무것도 안 해도
되는 날

언젠가 들은 연구 결과에 따르면, 수요일 오후 3시 30분이 가장 못생겨 보이는 시간이라고 한다. 아무래도 내가 그 조사 대상자였던 것 같다. 수요일만 되면 내 미모가 파업에 들어가기 때문이다.

일요일부터 화요일까지는 계획해둔 일들을 척척 해낸다. 테헤란로 커리어우먼답게 나름 멋도 내서 출근한다. 그러다 희한하게 수요일 아침만 되면 간신히 세수만 하고 나가야 할 시간에 눈이 떠진다. 늦잠을 자는 바람에 거울을 볼 틈도 없다. 시작이 이렇다 보니, 출근하면서부터 퇴근하고 싶다.

그렇게 회사에 도착하고 나면 수혈하듯 커피를 들이마셨고, 회의가 있을 땐 마스크를 쓰고 참석했다. 급하게 입은 옷차림도 영 마음에 안 들고, 누가 갑자기 만나자고 하면 "오늘 못생겨서 안돼"라는 말부터 튀어나왔다. 빨리 집에 가서 침대 위에 널브러지고 싶은 마음뿐이었다.

전날에 옷을 미리 챙겨두거나 화요일에 일찍 잠을 청하며 체력 안배도 해봤지만, 별로 달라지지 않았다. 안 될 일을 억지로 해내려 할 때 스트레스가 생기기 마련이다. 바꿀 수 없는 건 인정하는 용기도 필요하다. 그냥 수요일의 못생긴 나를 받아들이기로 했다.

나의 30대를 함께한 미국 드라마 〈빅뱅이론〉 속 주인공인 천재 공학박사 셸던 쿠퍼는 요일마다 먹는 메뉴와 해야 할 일을 정해둔다. 월요일엔 피자를 먹고, 목요일엔 타이 음식을 먹는 식이다. 그러나 천재의 삶도 마냥 마음대로 되지는 않는다. 어느 날 갑자기 술집에 놀러 가자고 하는 친구 때문에 셸던은 한 달에 한 번, '무슨 일이든 일어날 수 있는 목요일 Anything Can Happen Thursday'을 정한다.

좋은 건 따라 해야 한다! 나는 셸던에게서 아이디어를 얻어, 수요일을 일주일에 한 번, '아무것도 안 해도 되는 날'로 정했다. 물론 출근은 해야 하니 마음껏 늘어질 수는 없지만, 평소보다 조금 늦게 회사에 도착하고, 약처럼 마시던 커피를 팀원들과 이야기하며 천천히 음미한다.

아무것도 안 해도 되는 수요일은, 셸던의 목요일처럼 무슨 일이든 일어날 수 있는 날이기도 하다. 평소엔 퇴근하고 조금이라도 빨리 화실에 가려고 환승이 귀찮아도 지하철을 타지만, 수요일엔 괜히 버스를 타곤 한다. 40분 넘게 걸려도 괜찮다. 여유롭게 차창 밖으로 흐르는 풍경을 감상한다. 가끔은 졸다가 정거장을 지나쳐 올림픽공원에 내리기도 한다. 그럴 땐 그냥 산책하며 집까지 걸어 본다.

평소와 다르게 바로 퇴근하지 않고 조금 여유를 부리다 보면 부장님이 같이 저녁을 먹자고 꼬시기도 한다. 틈이 생기니 직장 동료들과의 저녁 자리도 한결 편안하게 느껴진다. 법카로 먹는 고기는 언제나 옳지 않은가!

이른 출근, 잠깐의 독서, 업무 개시, 빠른 점심, 칼 같은 퇴근, 화실 직행, 그림…… . 그렇게 알차게 채워진 평소의 하루도 좋지만, 그렇게 똑같이 반복되는 일상만으로는 인생에 아무 일도 일어나

지 않는다. 내 인생에 우연히 재미있는 일이 들어올 틈을 만들어
줘야 한다.

무슨 일이든 일어날 수 있는 내 인생이기에, 못생겨도 좋은 수
요일이 기대된다.

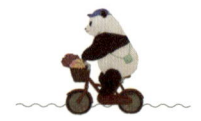

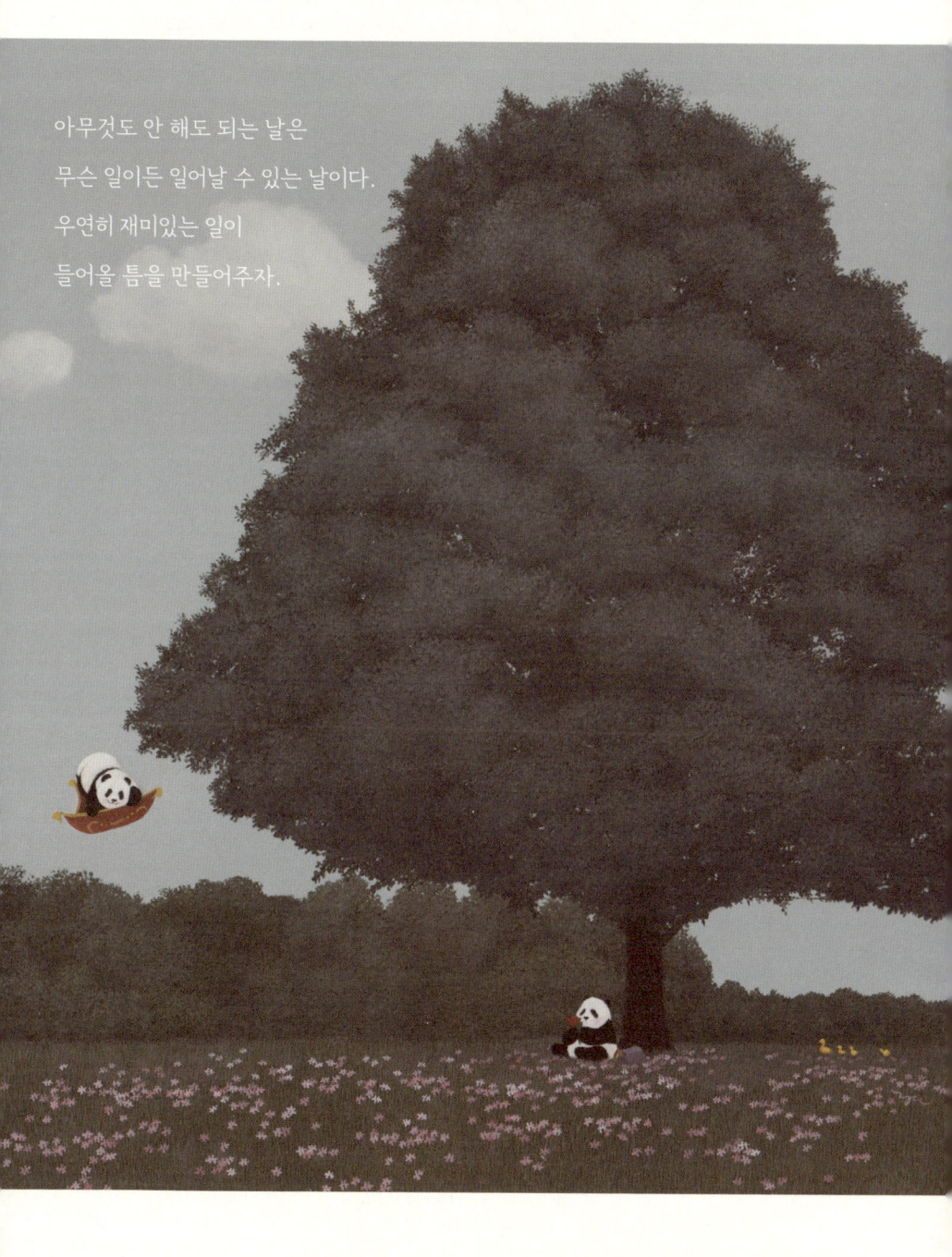

아무것도 안 해도 되는 날은
무슨 일이든 일어날 수 있는 날이다.
우연히 재미있는 일이
들어올 틈을 만들어주자.

판다 하나가
탄생하는 시간,
30분의 비밀

친구와 저녁을 보낸 뒤, 집으로 가는 길에 화실의 불이 밝게 나를 비췄다. 홀린 듯 화실로 발길을 돌렸다. 화실 문 닫기까지 한 시간. 그러니까 사실 뭘 제대로 그릴 수 있는 시간은 아니었다.

화실에 들어가면 화구를 펼쳐두고 폰도 잠깐 봐야 하고, 핸드크림을 바르며 시작 전 의식을 치러야 한다. 작업을 마친 뒤엔 붓을 씻고 자리를 정돈해야 하니, 제대로 그림을 그리려면 서너 시간 정도는 필요하다. 그래서 그 정도의 시간이 확보되지 않으면, 애매하니 그냥 집으로 향하곤 했다.

그러나 그날은 웬일인지 조금이라도 그리고 가자는 마음이 들었다. 시간이 촉박하니 서둘러 준비하고 자리에 앉아, 나무 위 판다를 그렸다. 준비하고 정리하는 시간을 빼면 30분 정도 그린 듯하다. 그 30분 동안 판다 한 마리가 탄생했다.

30분은 늘 올림 당하면서 사라지는 시간이었다. 1시 30분이면 '2시부터 해야지'라고 다짐하며 30분은 그냥 흘려보내기 일쑤였다. 마음먹고 뭔가를 하기에 30분은 늘 애매한 시간이었다.

그렇지만 애매하다는 건, 반대로 마음을 바꿔 먹으면 뭔가를 해낼 수 있다는 뜻이기도 했다. 구내식당에서 점심을 먹고 남은 30분, 준비를 다 하고 나서 약속 시간까지 남은 30분, 그 짧은 시간에도 무언가를 할 수 있었다.

학창 시절에는 쉬는 시간 10분 동안 매점까지 달려가 크림빵을 사 먹고 친구들과 공기놀이도 했다. 그에 비하면 회사 점심시간은 꽤 긴 편이다. 점심을 먹은 후 산책을 해도 되고, 아침에 읽다 만 책을 이어서 읽을 수도 있다. 약속 시간까지 30분이 남았다면, 먼저 약속 장소로 가서 서점을 구경하거나 오랜만에 만나는 친구에게 줄 작은 선물을 사도 좋다.

30분에 대한 인식이 바뀐 후 만남에도 좋은 변화가 생겼다. 보고 싶은 사람은 그냥 짧게라도 보기로 한 것이다. 예전엔 약속이라고 하면, 점심도 먹고 커피도 마시고, 쇼핑하거나 전시를 보고서는 저녁을 먹었다. 그러고도 아쉬워 맥주를 한잔하기도 했었다. 그렇게 하루 종일 보면 좋기야 하겠지만 바쁜 현대인들에게 그것이 가당키나 하겠는가. 그런 식으로 약속을 잡자니 누굴 만나기가 부담스러웠다. 그래서 노래 가사처럼 말하기 시작했다.

"우리 커피 한잔할래?"

하고 싶은 일을 하기엔 시간이 너무 없다고 느껴질 때는 플랭크를 해보란다. 1분은 어떤 때는 지나가는지도 모를 만큼 빨리 흐르지만, 플랭크를 하면 30분처럼 느껴지는 1분을 온몸으로 체감할 수 있다.

우리의 일상에서 애매하다는 이유로 그냥 버려지곤 하는 30분, 10분의 시간도 마찬가지다. 어떻게 보내는지에 따라 시간은 매우 상대적이다. 30분은 귀여운 판다 하나가 나오기에 충분한 시간, 친구와 커피 한잔하며 우정을 나누기에 적절한 시간이다. 그러니 시간이 없다고 좋아하는 일을 자꾸 뒤로 미루지 않았으면 한다. 그런 자잘하고 행복한 30분이 쌓여 아름다운 일상이 완성된다.

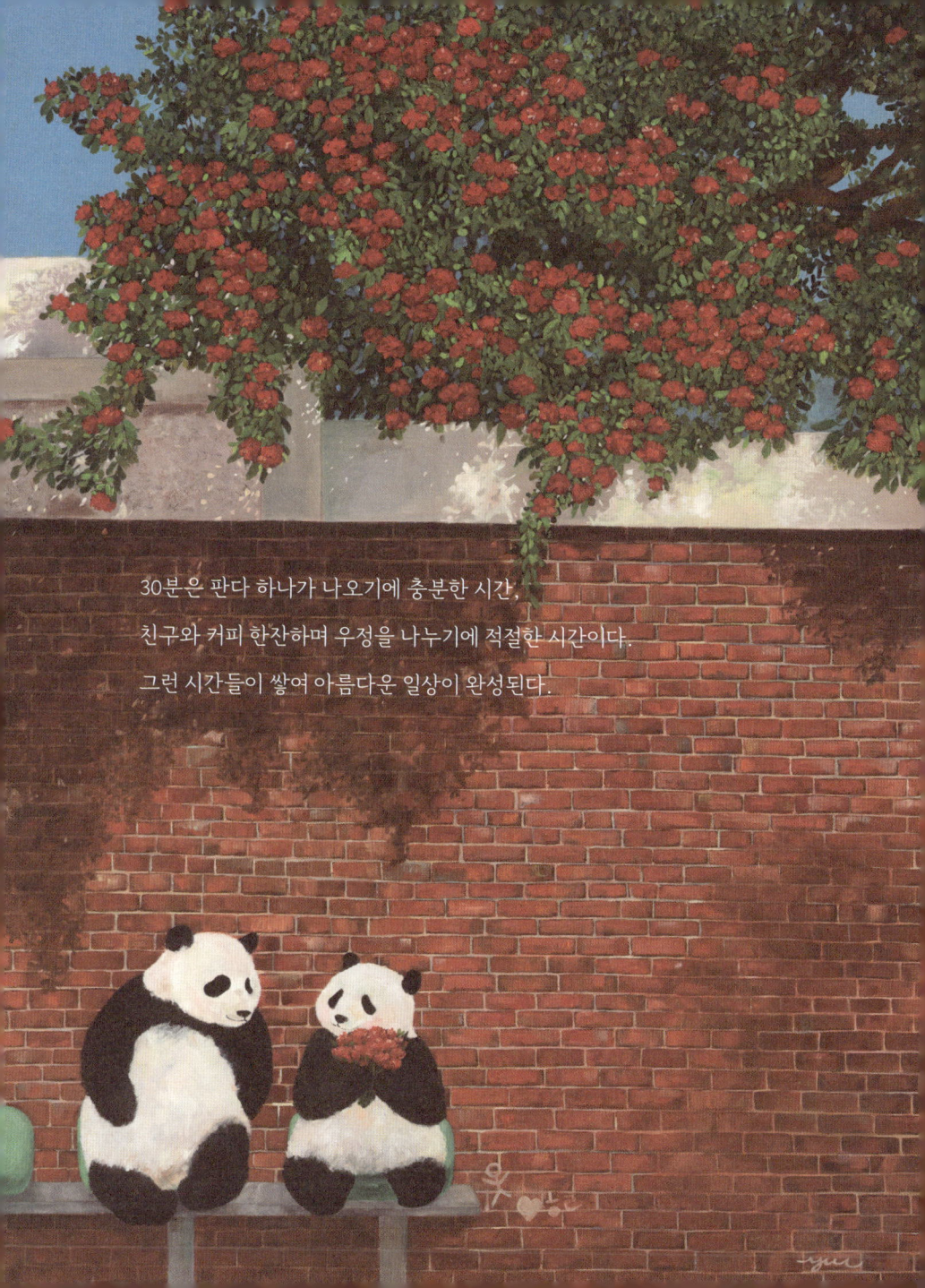

30분은 판다 하나가 나오기에 충분한 시간,

친구와 커피 한잔하며 우정을 나누기에 적절한 시간이다.

그런 시간들이 쌓여 아름다운 일상이 완성된다.

스스로 만든
감옥에서
탈출하는 법

희한하게도 엄마들은 늘 죄책감을 달고 사는 것 같다. 밤늦은 시간, 동생에게서 전화가 왔다. 조카를 재우고 그냥 생각나서 했단다. 하지만 그냥은 그냥이 아니었다. 동생은 최근에 딸을 잘 돌보지 못한 일을 고해성사하듯 털어놓았다.

유치원 가기 전에 티격태격하는 건 일상이었지만, 하루는 화를 참지 못하고 진짜 짜증을 냈다고 했다. 업무가 유독 과중한 시기였는데, 바쁜 아침에 생떼를 부리는 걸 받아주기가 어려웠단다. 그리고 그날 저녁, 퇴근하고도 밀린 업무를 처리하다가 문득 고개를 돌렸는데, 어질러진 거실에서 혼자 종이접기를 하고 있는 딸의 모습에 정신이 퍼뜩 들었다고 했다. 그래서 자기 전에 아이에게 사과했다고.

"애는 아침 일은 그새 까먹었는지 마냥 해맑게 내 품 속을 파고 드는데, 그게 더 환장하게 가슴이 아프다 언니야……."

자식 셋을 멀쩡하게 다 키운 예순다섯의 우리 엄마조차 어느 육아 프로그램을 보고는 뒤늦은 반성을 했다. 방송 속의 박사님은 아이들 앞에서 다투거나 돈이 없다고 말하는 부모에게 "나쁜 행동"이라고 지적했다. 엄마는 자신도 그런 적이 있었다며 우리가 받았을지 모를 상처에 마음 아파하며 미안해했다. 하지만 내 눈엔, 각자의 사정도 모른 채 하나의 기준으로 단정 지어 말하는 박사님이 더 나빠 보였다.

죄책감은 원래 누군가에게 해를 끼친 뒤 책임을 느끼는 감정이다. 그런데 우리는 종종 아무에게도 해를 끼치지 않았는데도 죄책감을 느낀다. 잘못이 아니라 불완전함일 뿐인데, 그것조차 죄라고 착각하며 살아간다.

우리는 서로에게 그리고 자기 자신에게 지나치게 엄격한 잣대를 대고 끊임없이 단죄하며 살고 있는 듯하다. 자녀에게 작은 실수만 해도 나쁜 부모 죄, 늦잠을 자면 나태한 죄, 운동을 빼먹으면 자기관리 부족의 죄, 부탁을 거절하면 매정한 사람의 죄, 메신저 답이 밀리면 사회성 결여의 죄, 남들보다 경제적으로나 사회적으로 뒤처지면 노오력 부족의 죄를 묻는다. 그렇게 우리는 매일 죄를 짓고, 스스로 만든 감옥에 갇혀 산다.

아무래도 개헌이 필요하다. 아이에게 짜증을 내도, 함께 종이 접기를 하지 못해도 내 동생이 딸을 사랑하며 좋은 엄마가 되기 위해 나름의 최선을 다하고 있다는 사실은 변하지 않는다. 조카도 이를 알고 내 동생을 변함없이 사랑한다.

마찬가지로 운동을 거르거나 부탁을 거절해도, 취직이나 이직이 늦어져도 괜찮다. 내가 내 삶을 사랑하며 그것을 가꾸기 위해 나만의 방식으로 최선을 다하고 있다는 사실이 중요하다. 근거도, 출처도 불명확한 죄책감 때문에 괜히 자책하며 마음 상하지 말자.

그러니 오늘도 어떤 모양으로라도 삶을 살아낸 스스로를 토닥이며 말해보자. 내가 나의 죄를 사하노라.

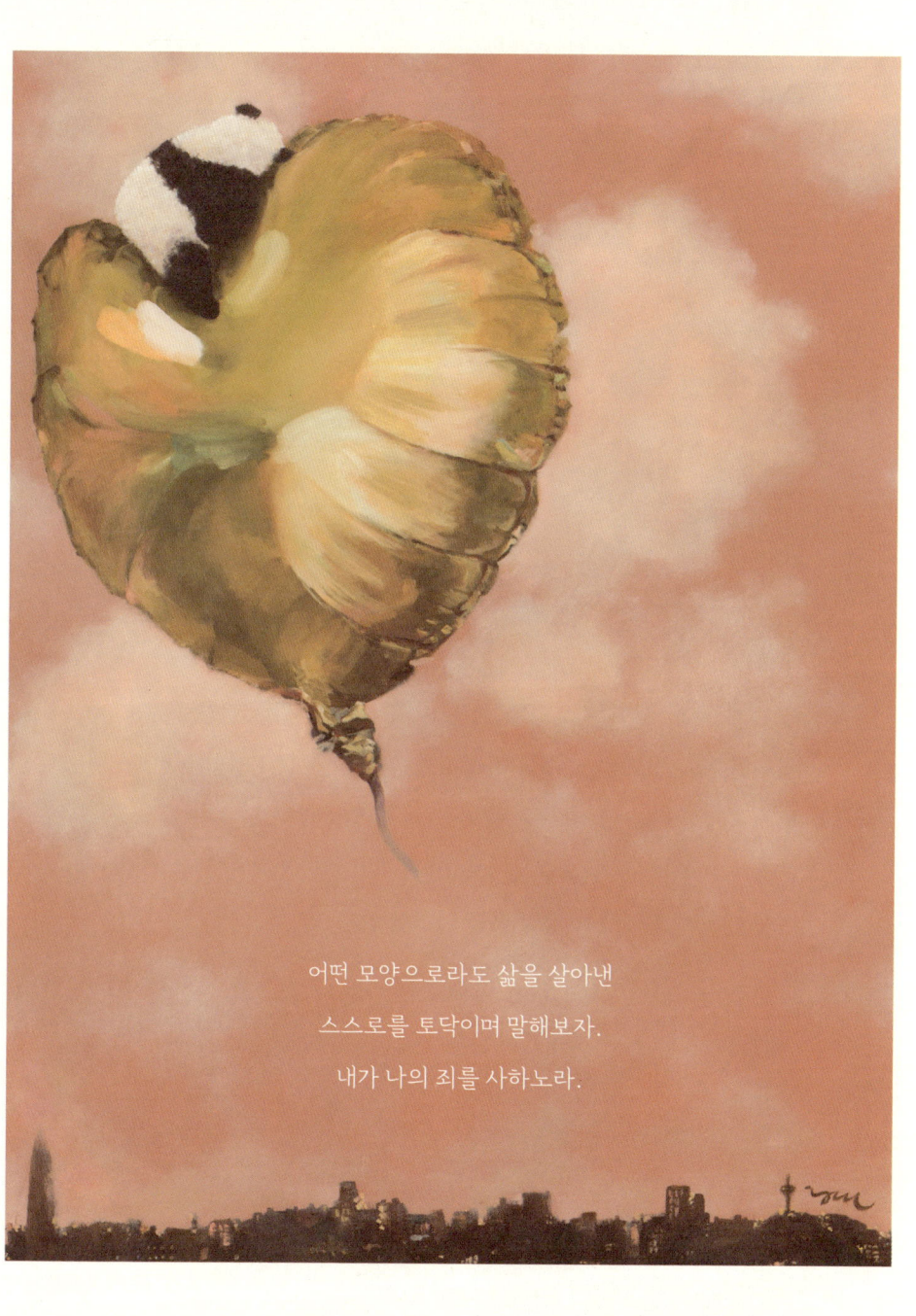

어떤 모양으로라도 삶을 살아낸

스스로를 토닥이며 말해보자.

내가 나의 죄를 사하노라.

완벽주의자들에게
필요한
'굳이'의 마법

내가 주로 그리는 유화는 요즘의 대세를 역행한다. 명령어만 입력하면 뚝딱 그림 하나를 완성시켜주는 인공지능, 영역을 선택하여 지우거나 색을 바꾸는 등 손쉽게 수정할 수 있는 디지털 드로잉과 다르게 유화는 순서대로, 단계별로 쌓아올리며 완성작이 나올 때까지 인내심을 발휘할 줄 알아야 한다.

나는 보통 새 캔버스를 꺼내면 일단 배경이 되는 하늘을 먼저 칠한 뒤, 마르기를 며칠 기다린다. 그다음 하늘과 땅의 경계를 고려해 미리 구상한 위치에 나무를 그린다. 그리고 나무 아래 잔디를 세세하게 채운다. 다시 며칠을 말린 후 판다를 그리고, 마지막으로 꽃을 더한다. 수일을 기다리고 확인하며 겹겹이 그림을 이어나가는 것. 그것이 유화의 즐거움이다.

한번은 작품이 거의 다 완성되었는데, 문득 하늘이 좀 어둡다는 생각이 들었다. 하지만 하늘을 수정하는 건 대공사였다. 하늘을 새로 칠하고 나면, 그 위에 그려진 구름과 나무까지 전부 다시 그리거나 수정해야 했다. 그냥 둘까 싶기도 했지만, 완벽한 그림을 위해서 그 정도 노고는 감수해야 한다는 내 안의 완벽주의가 날 힐난했다.

한번 붓질을 시작하면 돌이킬 수 없기에 일단은 포토샵으로 하늘 색을 바꿔보았다. 채도를 높인 게 더 나은 것 같기도 하고, 별 차이가 없는 것 같기도 하고……. 주변 사람들에게 물어도 잘 모르겠다는 말들뿐이라, 결국 치트키를 사용하기로 했다.

"쌤, 하늘 어때요? 좀 더 밝게 할까요?"
화실 선생님은 조용히 내 그림을 응시했고, 나는 마치 대상 발표를 앞둔 배우처럼 두 손을 꼭 쥐고 대답을 기다렸다.
"살짝 더 밝으면 좋긴 하겠네."

아, 역시 수정해야겠구나, 마음을 굳히려는 찰나, 그가 덧붙였다.

"근데 굳이?"

'굳이'는 해방의 부사다. 체념이 아니라, 이대로 다음으로 넘어가도 괜찮다는 긍정의 단념이다.

　처음에는 선생님의 "굳이"가 내게 큰 기대가 없으니 그만 포기하라는 말로 들려 씁쓸했다. 기어이 수정을 감행한 적도 있었다. 결과는 기대에 못 미치거나, 되레 처음보다 나빠지기도 했다. 이런 일이 몇 번 반복되고 나서야, 선생님의 '굳이'가 들일 노력에 비해 효과가 미미하니 자기만족에 불과한 고생은 하지 말라는 뜻임을 알았다.

　물론 더 나은 결과를 위해 최선을 다하는 것은 중요하다. 그러나 때로는 완벽을 향한 고집이 불필요한 시간을 잡아먹을 수도 있다. 쓸데없는 집착을 내려놓으면, 다음 단계로 훨씬 가볍고 빠르게 넘어갈 수 있다.

　'굳이'를 인정하지 못하고 내 에너지가 하나도 남지 않을 때까지 탈탈 털어 넣으면 작품과 애증의 관계가 되고, 끝까지 무언가 부족하다고 느껴진다. 그러나 '굳이'를 되뇌며 한 발 떨어져 내 작품을 바라보면 건강한 거리에서 내 작품을 음미하고 사랑할 여유가 생겨난다.

남들은 고개를 갸우뚱하며 "뭐가 달라졌어?"라고 물을 만한 차이를 놓고 끝없이 스스로를 채찍질하는 우리, 이제 그만 붓과 펜, 키보드, 마우스를 내려놓자. 그리고 이미 충분히 괜찮은 내 작업물을 바라보며 말해보자.

"굳이?"

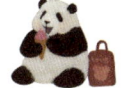

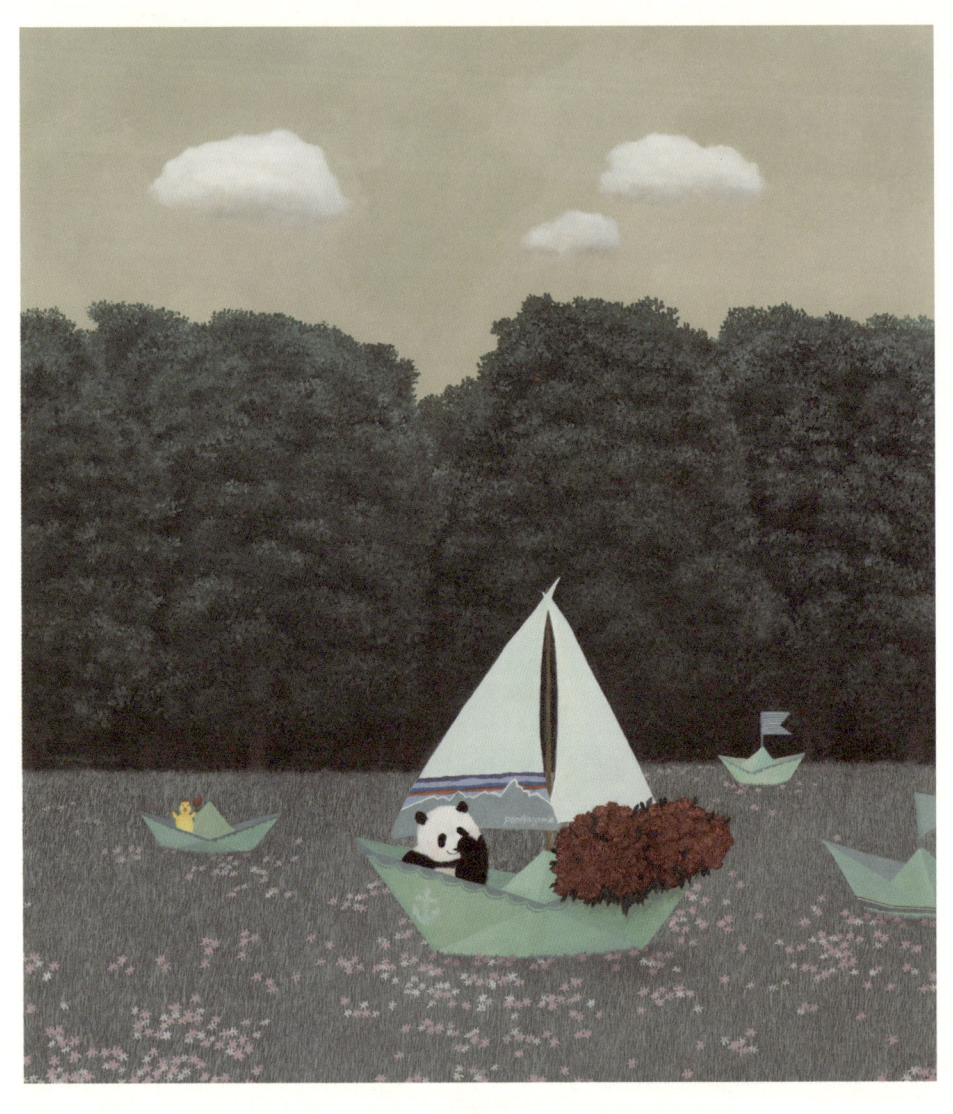

이제 그만 '완벽'을 내려놓자.
당신의 작업은 충분히 훌륭하다.

나를 오래,
잘 써먹기 위해
힘을 빼자

"이렇게 힘을 주고 어떻게 살았어요?"
마사지를 받다가 들은 말에 나도 모르게 눈물이 핑 돌았다.

몸이 뻐근하고 어깨와 목이 이상한 모양으로 굳어 있는 것은 직장인이라면 누구나 공감할 만한 에러 사항이다. 게다가 나는 일하는 여덟 시간에 이젤 앞에 앉아 있는 시간까지 더해지니, 몸이 더 심하게 굳었다. 도저히 참지 못할 정도로 뻐근한 날, 결국 마사지숍을 찾았다.

네 번째 용기

그러나 내 몸은 마사지를 받을 준비가 안 되어 있었나 보다. 마사지사는 다리에서, 등에서, 어깨에서, 목에서 힘을 빼라는 말을 거듭했다. 그러나 난 긴장이 되어 오히려 몸에 힘이 더 들어갔고, 그녀는 조금 측은한 말투로 나에게 어찌 그렇게 힘을 주고 사냐고 물었던 것이다.

그러고 보면 단골 한의원의 한의사도 같은 말을 했다. 목에 자주 담이 걸려 치료를 받으러 가곤 하는데, 한의사는 내 목을 꺾기 직전에 항상 외쳤다.

"힘 빼요, 힘. 안 그러면 다쳐요."

그렇지만 그 말을 들으면 되레 몸이 더 굳었다. 한의사는 한숨을 쉬며 말했다.

"그렇게 힘을 주고 있으니까 자꾸 담이 걸리는 거예요."

운동을 배울 때도 그 소리였다. 수영, 달리기, 요가…… 모든 선생님들이 몸에 힘이 들어가면 금방 지치고, 최악의 상황엔 다치기도 한다며 힘을 좀 빼라고 했다. 심지어는 그림을 그릴 때도 마찬가지였다. 선을 자연스럽게 긋기 위해선 손에 힘을 풀어야 하는데, 그 간단한 것을 못 해 어찌나 헤맸는지 모른다.

치료도, 운동도, 그림도 그리고 인간 관계조차 긴장을 풀어야 더 잘된다는 것을 머리로는 알았다. 그런데도 자꾸만 힘을 주고 몸과 마음을 혹사시키니 담에 걸리고, 염증이 생기고, 몸살이 나기도 했다. 문제는, 어떻게 힘을 빼는지 모른다는 것이었다. 도대체 어떻게 힘을 안 주고 살 수 있는 거지? '힘 빼는 법'을 가르쳐주는 학원이 있다면 다니고 싶을 지경이었다.

깨달음은 요가 수업 중에 왔다. 동작을 따라 하지 못해 버둥거리는데 강사가 다가왔다.

"제가 상체 들어드릴게요. 힘을 푸세요."

작은 체구의 강사가 과연 날 들어올릴 수 있을까 걱정되었다. 내 딴에는 도움이 될까 싶어 팔을 뻗으려고 하자, 강사가 웃으며 말했다.

"가만히 있는 게 도와주는 거예요. 저한테 그냥 기대세요."

에라 모르겠다 싶어, 정말로 침대에 눕는 것마냥 그녀에게 몸을 맡겼다. 그 순간, 바닥에 붙은 줄 알았던 내 등이 활처럼 휘어 올랐다.

믿음은 한순간에 긴장을 풀어줬다. 요가 강사, 마사지사, 한의사가 잘해줄 거라고 믿고 몸을 맡기니 마침내 힘이 쭉 빠졌다. 그렇다면 혼자일 때는 어떻게 해야 할까? 답은 같았다. 나를 믿고, 내게 맡기는 것. '잘할 수 있을까' 하는 불신, '잘 해내야 한다'라는 욕심, '실패하면 어쩌지' 하는 불안이 무의식적으로 온몸에 힘을 빡 주게 만들고 있었다. 결국엔 길을 찾을 거라고, 넘어져도 다시 일어날 거라고, 내 자신을 믿어줘야 힘을 뺄 수 있는 거였다.

아직도 업무 일정에 쫓기거나, 잘 보이고 싶은 사람 앞에 있을 때 또는 새로운 그림을 시작할 때는 나도 모르게 힘이 들어간다. 그럴 땐 잠깐 멈춘다. 그리고 마사지사의 말을 떠올린다. "이렇게 힘을 주고 어떻게 살았어요?"

이제 그 말은, 그렇게까지 힘주고 살 필요가 없다는 주문이 되었다. 그래, 나를 조금만 믿어보자. 조금 느리거나 돌아가더라도 결국 해낼 것이다. 심호흡을 크게 하고 기지개를 키며 몸을 최대한 늘려본다. 그리고 힘을 툭 놓는다. 나를 오래, 잘 써먹기 위해서.

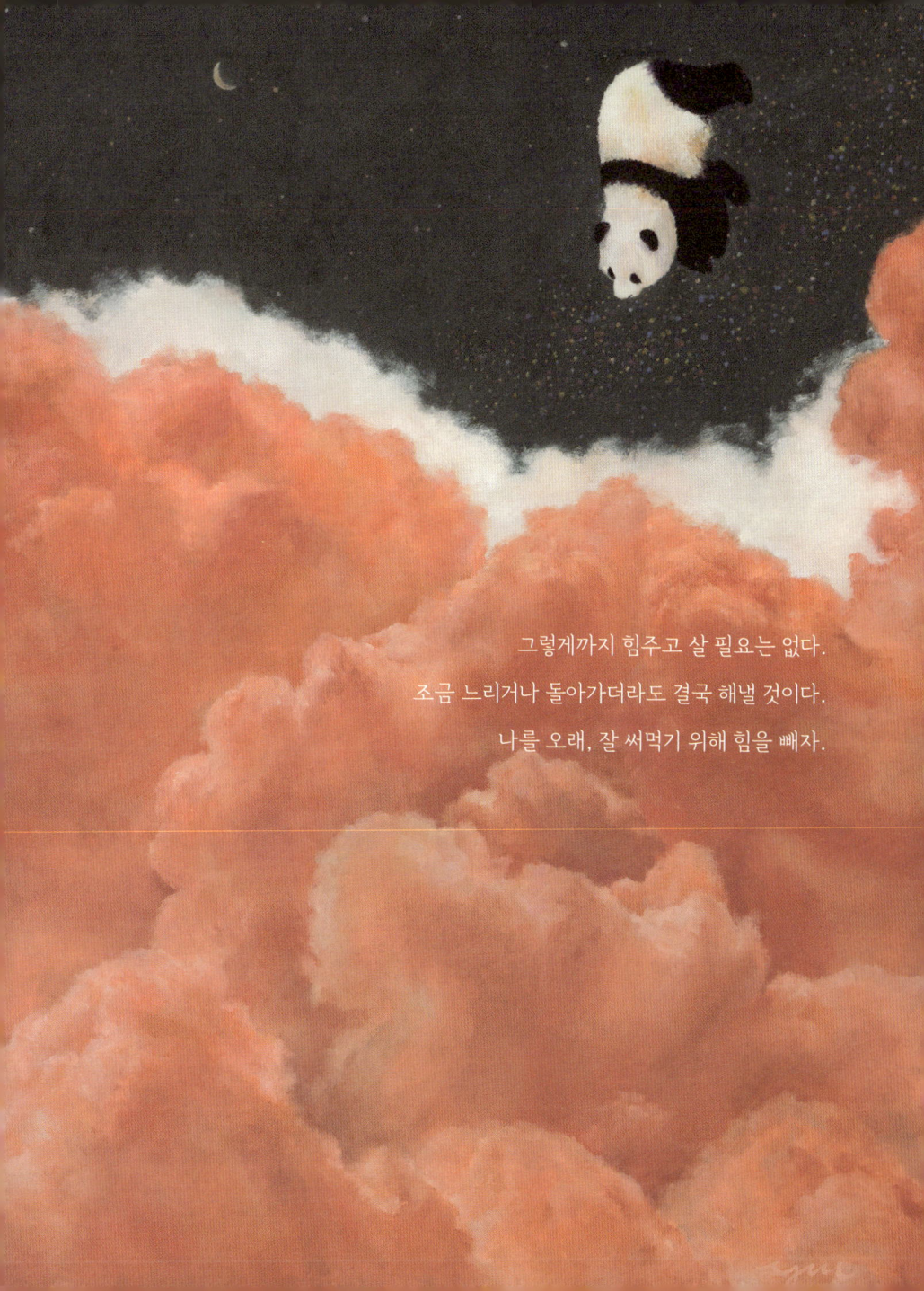

그렇게까지 힘주고 살 필요는 없다.

조금 느리거나 돌아가더라도 결국 해낼 것이다.

나를 오래, 잘 써먹기 위해 힘을 빼자.

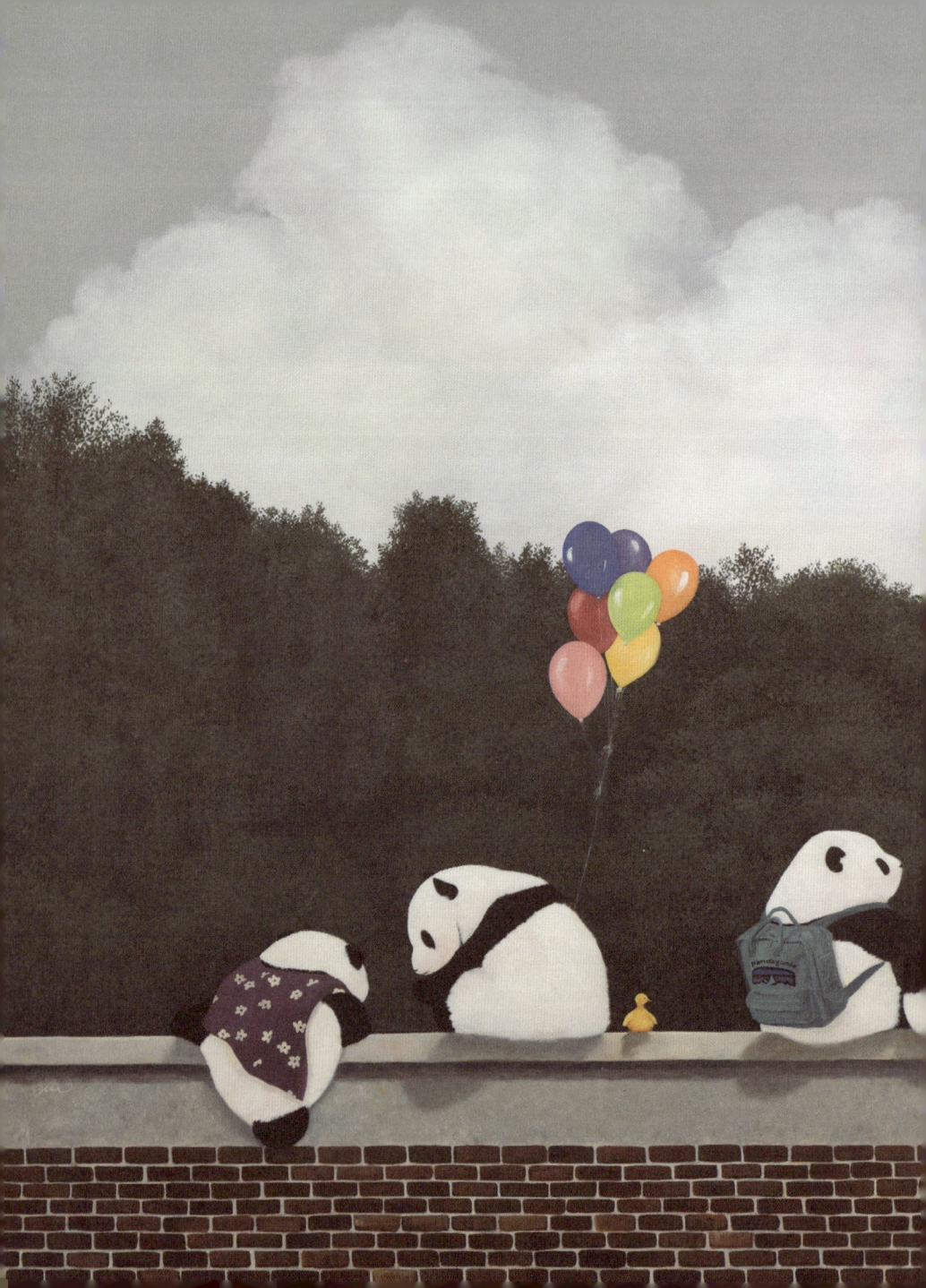

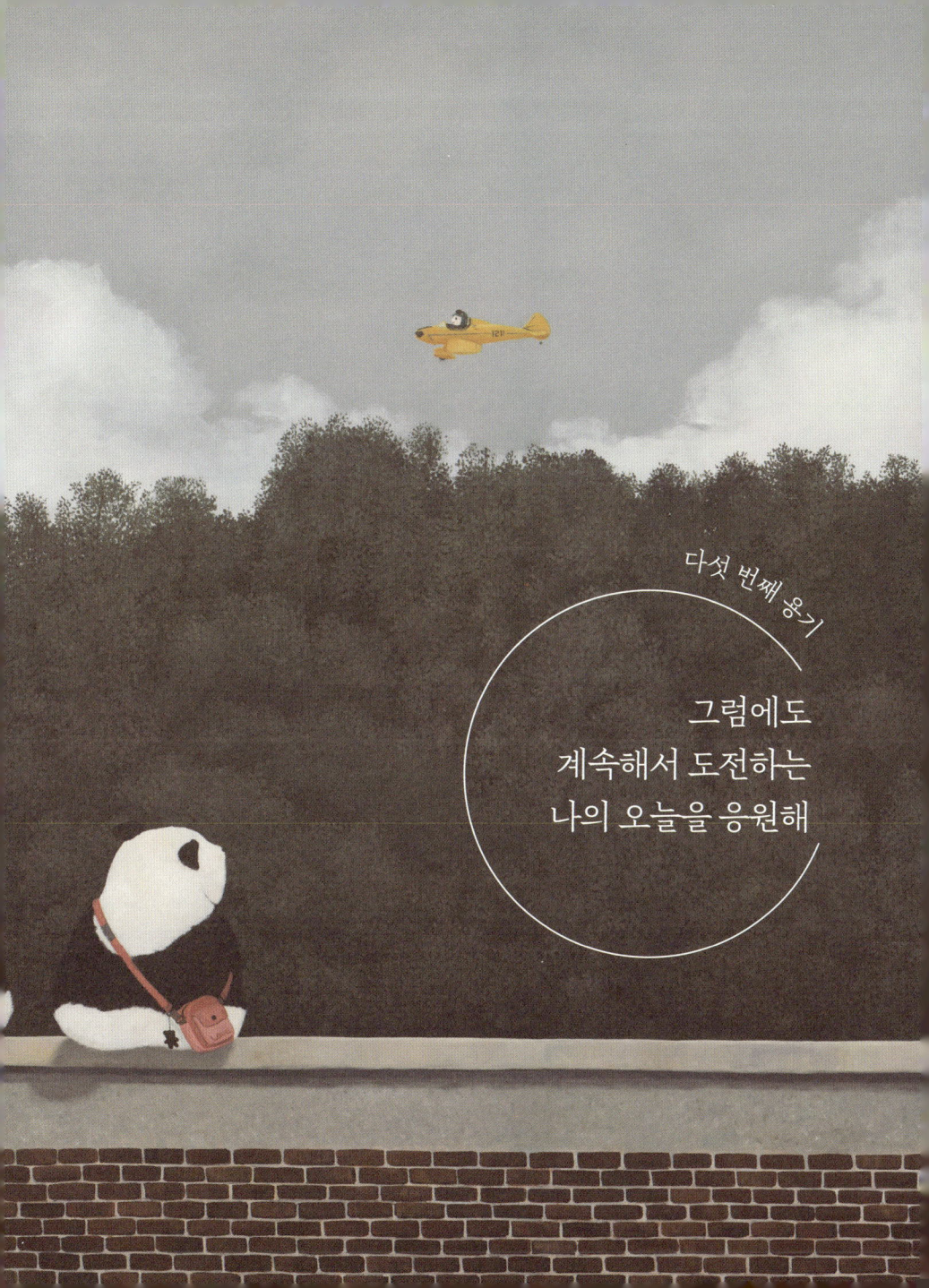

다섯 번째 용기

그럼에도
계속해서 도전하는
나의 오늘을 응원해

너무
늦었다고 말하는
사람들에게

화실에서 가장 많이 들리는 질문은 단연코 이것이다.

"선생님, 대체 어떻게 하면 그림을 잘 그릴 수 있어요?"

나 역시 같은 질문을 했었고, 처음 화실에 온 분부터 이미 몇 년이 된 학생들까지 다양한 사람들이 묻지만, 선생님의 대답은 하나로 수렴한다.

"그림은 엉덩이로 그리는 거예요."

그러니까 무조건 꾸준히 화실에 와서 그림에 시간을 투자하라는 것이다. 그리고 최근엔 그 대답에 한 마디를 덧붙이고 있다.

"저기 판다 그리는 작가는 10년째 거의 매일 나와서 그려요."

나는 항상 한 발씩 늦다. 마흔쯤 되면 결혼이나 내 집 마련을 한 사람도 부지기수인데, 나는 겨우 2년 전에 원룸을 벗어났다. 남들보다 특별히 뛰어난 재능도 없고 그나마 있는 재능도 포장할 줄을 몰랐다. 그래서 그림을 시작할 때도 내가 이걸로 무언가를 이루어낼 수 있을 거라고는 생각하지 않았다.

그런데 선생님 말대로 오래 앉아 있는 걸로 실력이 는다면 그건 얼마든지 할 수 있을 것 같았다. 그래서 그렇게 했다. 일주일에 두세 번씩 화실에 나가다, 어느 순간부터는 하루라도 빠지면 '왜 안 왔냐?'라는 소리를 들을 정도가 되었다.

버티는 자가 강하다고 했던가. 화실에는 수많은 학생과 다양한 이야기들이 타임랩스처럼 지나갔고, 그 속에서 나는 묵묵히 나만의 속도로 그림을 그렸다. 그러다 보니 선생님과 눈도 못 마주치던 내가 어느새 그와 다음 전시를 상의하고 있다. 몇 달째 작품 한 점만 붙잡고 있던 내가, 이번 달에는 두 점을 완성해냈다.

모두 자기만의 시간대가 있다고 한다. 뉴욕의 시간이 캘리포니아보다 세 시간 빠르다고 해서, 캘리포니아가 뒤처진 건 아니라는 가수 에일리의 말처럼, 나의 태양이 늦게 뜬다고 해서 내가 뒤떨어진 것이 아니다. 중요한 건 해처럼 계속 뜨고 지기를 멈추지 않는 것이다.

매일 화실에서 보내던 시간들이 인생의 조건과 상황을 극적으로 바꿔주진 않았다. 하지만 일상을 사는 내 마음가짐은 달라졌다. 내가 할 수 있는 만큼의 작은 도전을 하나씩 해볼 용기와 좋아하는 일을 포기하지 않을 강단이 생겼다.

무엇보다, 내 자신을 달리 보게 되었다. 전에는 남들보다 느린 내가 한심하고 답답했다. 조금만 해도 금방 반짝이는 특출난 사람들이 부러웠다. 그런데 가만 보니 난 빠르진 않아도 결국 해내는 사람이었다. 당장 성과나 변화가 보이지 않더라도 알게 모르게 조금씩 나아가고 있었다. 포기하지 않고 꾸준히 지속하는 것, 그것이 내가 가진 재능이었다.

매일 도전을 반복했던 날들은 하나하나의 점이었다. 그 점들이 이어지며 하나의 선이 되었다. 그어진 선은 수직으로 상승하진 않았지만, 분명 앞으로 나아가고 있다. 멈추지만 않으면 된다.

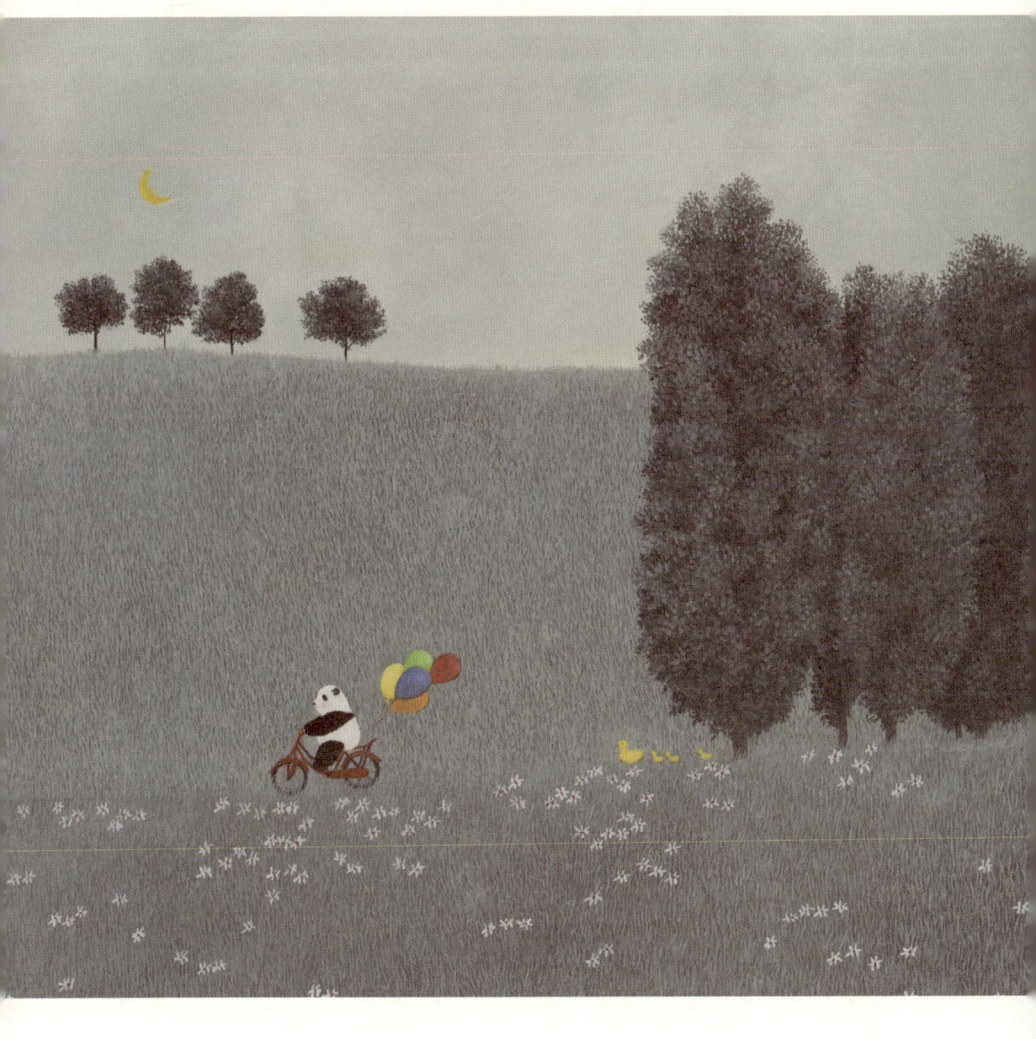

난 빠르진 않아도 결국 해내는 사람이다.

중요한 건, 멈추지 않는 것이다.

꿈꾸는 걸
멈추지 않는
어른이 되기를

우리 팀에 새 PD가 들어왔을 때, 그는 막 취미로 자전거 라이딩을 시작한 참이었다. 처음엔 한강에서 아내와 타는 정도겠거니 했는데, 얼마 지나지 않아 그는 쫄쫄이 복장에 500만 원짜리 안장을 장착하고 주말마다 경기와 서울을 가로지르기 시작했다. 가끔 아침 출근길에도 자전거인의 복장으로 나타나, 그와 마주친 팀원들은 볼멘소리를 했다. PD님, 우리 눈 좀 지켜주세요!

그렇게 3년이 지나고, PD님은 세계자전거대회에 나가겠다고 했다. 그런데 출전 자격을 얻으려면 한 달 안에 무려 10킬로그램을 감량해야 했다. 그는 점심을 거르고 좋아하던 초콜릿도 먹지 않았다. 평소에 노래를 부르던 회식으로 유혹해도 꿈쩍도 하지 않았다.

일주일 정도 지났을까, 카페에서 그가 바닐라라테를 주문했다. 모두 그를 의아하게 쳐다보자 그는 머쓱해하며 말했다.

"요즘 퇴근하고 와인 마시는 거에 완전히 빠졌거든요. 다이어트 포기했어요."

"뭐야, 그럼 세계대회는요?"

그는 웃으며 말했다.

"내년에 도전하면 되죠, 뭐."

그러더니 그는 다음 꿈으로 넘어가서 거기에 또 열중하고 있다. 요즘 그는 2세 계획이라는 새로운 꿈에 빠져 있다. 커피를 끊고 대추차를 마시기 시작했으며, 평생 자전거를 탈 거라더니 곧 생길 2세를 위해 운전면허 필기시험을 본다고 휴가를 냈다.

PD님의 회전율 빠른 꿈 덕분에 사무실 분위기가 살아났다. 손가락의 스마일 타투가 귀여운 대리님은 소원 팔찌를 만들어 팀원들에게 하나씩 선물했다. 팔찌를 절대 풀면 안 되고, 팔찌가 끊어지는 순간에 소원이 이루어진다고 했다. 점심시간, 우리는 모여서 서로 팔찌를 채워주며 자연스럽게 꿈을 나누었다. 스마일 대리님은 호주로 워킹홀리데이를 가고 싶다는 소원을 빌었고, 신혼인 디자이너는 책 읽는 엄마가 될 거라고 했다. 또 다른 대리님은 귀여운 할머니가 되는 꿈을 말하며 까르르거렸다.

"유미 과장님 꿈은요? 차은우 같은 남친?"

"나는…… 퇴사!"

별생각 없이 한 말이었지만, 내 손목에 팔찌를 묶어주던 대리님은 놀란 표정으로 날 보더니 매듭을 여러 번 지으며 말했다.

"과장님 팔찌는 절대 끊어지면 안 되겠다."

언제부터 내 꿈이 이렇게 삭막해진 걸까. 20대와 30대에 꾸던 꿈은 한 단어로 끝나지 않았다. 바르셀로나를 혼자 여행하기 위해 퇴근 후 스페인어를 공부했고, 시를 읽는 문학청년을 만나고 싶어 독서 모임에 나갔다. 자유롭게 바닷속을 유영하고 싶어 프리다이빙을 배웠고, 베이글 집을 차리고 싶은 마음에 맛있는 베이글 집이라면 멀리까지 굳이 찾아 나섰다. 낡은 3층 주택을 사서 1층은 베이글 집, 2층은 작업실, 3층은 집으로 꾸미겠다고 다짐하던 때도 있었다. 꽤 낭만 있는 직장인이었다.

지금은 아파트에 살기를 바라고, 전시 준비에 쫓기느라 여행은 계속 미루고 있다. 작업 시간을 확보하기 위해 좋아하던 고전 독서 모임도 관뒀으며, 프리다이빙은커녕 사랑하던 수영도 멈춘 지 오래다. 꽃을 그리기만 했지, 출근길 꽃집에 프리지어가 있는지, 작약이 가득한지도 모른 채 지냈다. 꿈을 마음껏 수식하고 자유롭게 펼치던 나는, 평생 하고 싶은 일을 찾은 후 오히려 낭만을 미뤄두고 있었다.

꿈이 주는 무게에 눌려 잠시 잊고 있던 낭만을, 팀원들의 크고 작은 꿈을 보며 다시 발견하게 되었다. 어른이 되면서 낭만보다 현실에 집중하게 되는 건 아무래도 자연스러운 현상이다. 그래도 거대한 현실에 작은 낭만이라도 칠해보면 좋겠다. 치열하게 일하고 퇴근 후엔 밤공기를 마시며 자전거를 오래도록 타는 것, 자기계발을 하는 틈틈이 소설 책을 읽는 것처럼 무용한 낭만을 간직하는 게 어른이 부릴 수 있는 최고로 가치 있는 사치가 아닐까. 인생은 퇴사나 아파트가 아닌, 저마다 가슴 속에 품고 있는 낭만들을 하나씩 채우는 일로 완성된다.

소원 팔찌에 꿈을 새로 빌어본다. 어디에 있든, 무엇을 하든 낭만적인 어른이 되기를.

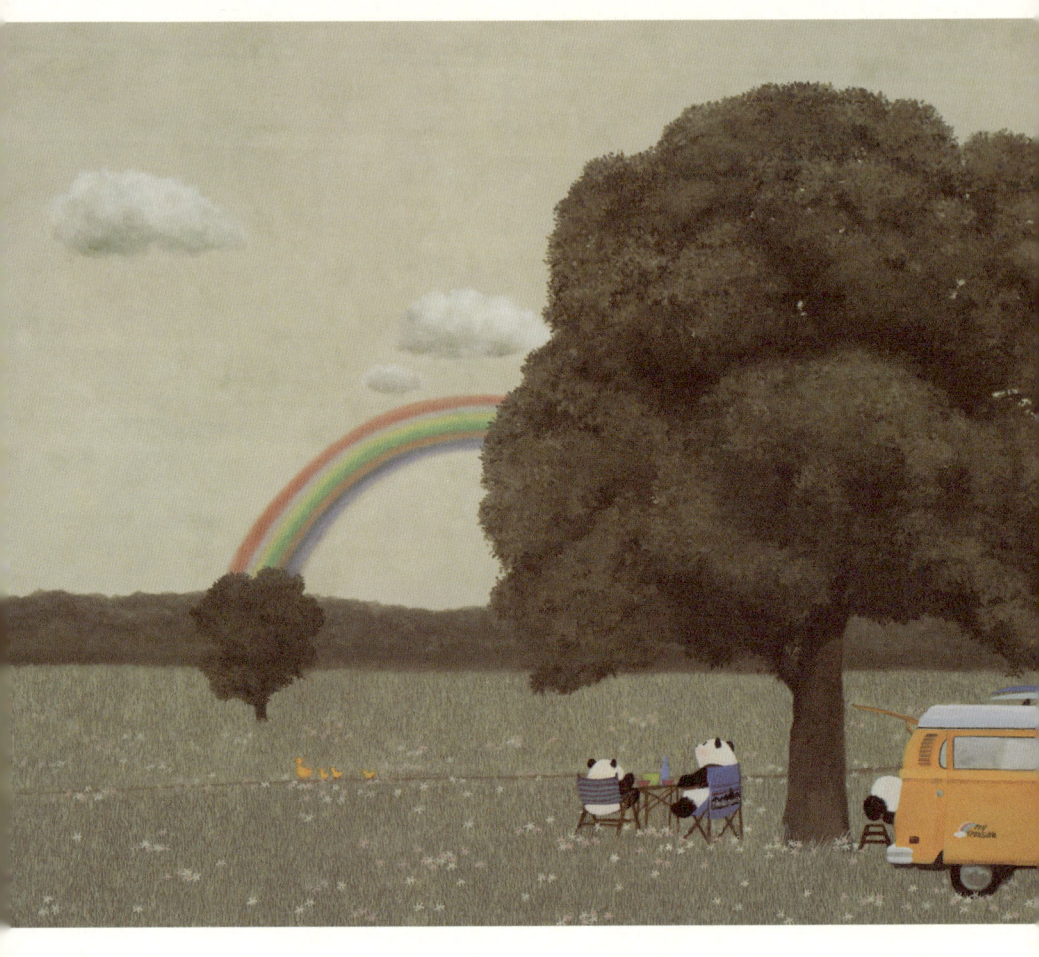

거대한 현실에 작은 낭만이라도 칠해보자.

인생은 저마다 가슴 속에 품고 있는

낭만들을 하나씩 채우는 일로 완성된다.

완벽한
시작은 없어,
그냥 하는 거야

의외로 나는 장비병이 없다. 금방 싫증을 내는 편이라, 우선 해 보고 나에게 맞는 활동이다 싶으면 그제야 하나씩 필요한 걸 구입 한다. 테니스를 배울 땐 학원에 있는 연습용 채로 연습하다가 세 달쯤 지나서야 내 것을 마련했다. 요가복도 학원에서 주는 찜질방 느낌의 단련복을 입다가 재등록할 때 쫀쫀한 레깅스를 샀다.

달리기는 그래도 런닝화가 필요하지 않을까 싶어 코치에게 물 었더니 평소 신는 운동화를 신어도 된다고 했다. 화실에서도 세필 붓이 자주 망가져서 선생님에게 괜찮은 미술 용품 브랜드를 추천

해달라고 하니 아무 데서나 사도 충분하다고 했다. 고수들은 오히려 장비를 가리지 않는 듯하다.

장비병이 없는 건, 내가 대충이라도 일단 시작할 수 있게 만드는 은근한 장점이다. 완벽한 준비를 하고자 하면 시작은 자꾸 미뤄진다. 하지만 별다른 준비가 필요 없는 나는, 마음이 정해지면 바로 뛰어든다.

대충 시작하면 단념도 가볍게 할 수 있다. 꽤 오랫동안 서핑을 배우고 싶다는 생각이 마음 한 켠에 있었다. 그런데 전신 수트를 입는 게 부끄러워서 미뤘고, 혼자 배우긴 괜히 민망해서 같이할 친구를 찾다가 또 미뤘다. 그러다 문득, 죽기 직전 마지막으로 남기는 말이 "아, 서핑 해볼걸……"이 될 수도 있다는 생각이 들었다. 그렇게 마음에 확신이 들자, 곧장 부산 바다를 찾았다. 그리고 바로 알았다. 서핑은 나랑 안 맞는 운동이었다.

생각보다 세상에는 내가 못하는 일, 나랑 안 맞는 일, 나에겐 재미없는 일들이 많았다. 서핑, 댄스, 다리 찢기, 스페인어, 클라이밍……. 시작하고 금세 접었던 것들이다. 포기나 실패와는 달랐다. 부딪혀봤고, 내 나름대로의 결론을 낸 것이다. 시도해보지 않

앉다면 나는 아직도 멋지게 서핑하는, 스페인어로 유창하게 재잘
거리는 내 모습을 막연하게 상상만 하고 있었을 것이다.

시작한 것을 꼭 완성할 필요는 없다. 도전해본 경험은 내 인생의
한 페이지를 차지했고, 나는 내가 무엇을 잘하고 무엇을 원하는지
알게 되었다. 또, 도전의 경험은 용기를 주었다. 그래, 해보면 되잖
아. 하고 싶은 건 언제라도 해보고, 맞지 않으면 그만두면 되지.

완벽하게 시작해야 오래 가는 것도 아니다. 오히려 대충 시작
했다가 내 삶의 일부가 된 것들이 있다. 외로워서 그냥 한번 들어
가본 화실이었지만, 이제는 구상이 제대로 되지 않으면 그림을 시
작하지도 않을 만큼 작가 정신이 생겼다. 우울하기 싫어서 무작정
달리기 시작했지만, 이젠 본격적으로 목표 거리를 늘리기 위해 컨
디션을 체크하고, 보강 운동까지 챙긴다.

지금 내가 완벽을 꿈꾸는 건, 그때 그냥 시작했기 때문이다. 대
충이라도 시작하지 않았다면, 지금의 진심도 없을 것이다. 그러니
까 우리 그냥, 대충, 시작해보자!

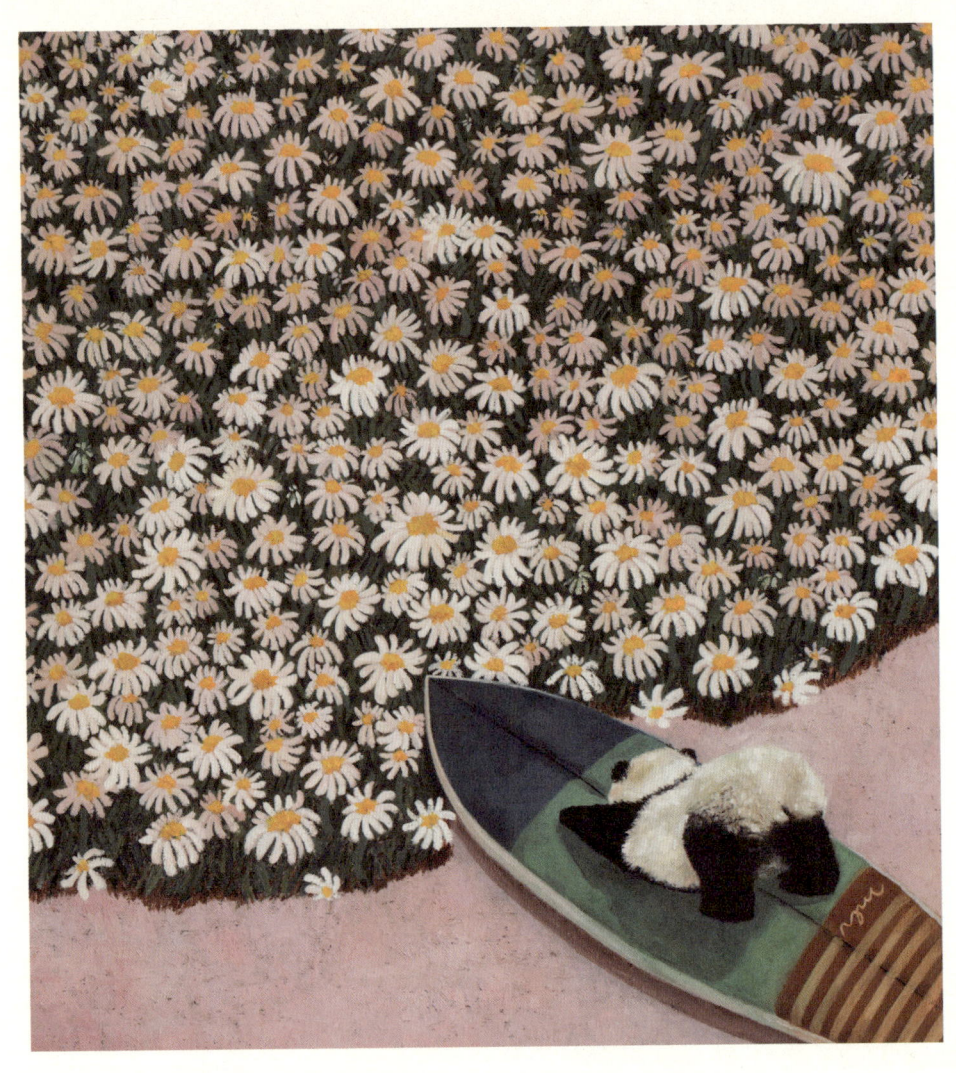

하고 싶은 건 언제라도 해보고, 맞지 않는다면 그만두면 된다.

그냥, 대충, 시작해보자!

힘들고 벅차도,
행복을 선택할래

월요일 출근길, 기분이 좋아서 빵을 한가득 사서 회사로 향했다. 팀원들에게 나눠줄 생각이었다. 주말 내내 그림 작업을 했는데, 색도 잘 나오고 진도도 많이 나가서 곧 그림을 완성할 수 있을 것 같았다. 주말에 그림 작업이 잘 풀리니 출근을 하면서도 마음이 가벼웠고, 온갖 유행하는 밈과 밸런스 게임을 늘어놓는 팀원들의 수다도 기대가 되었다. 이런 월요일은 좀처럼 없다.

그런데 엘리베이터에서 만난 옆 부서 팀장님이 날 보더니 걱정어린 표정으로 말했다.

"아이고, 과장님. 월요일이라 피곤하신가 보네요."

월요일에 출근하는 직장인들이 의례적으로 나누는 인사라고 하기엔 팀장님의 표정이 너무나 진심이라서 나는 갸우뚱했다. 아닌데, 어제 잠도 푹 잤고 전혀 피곤하지 않은데. 오히려 월요일에 이렇게 활기 차게 출근할 수도 있다니, 스스로에게 놀라던 참이라 더욱 의아했다. 재잘재잘 떠들며 내가 사온 빵을 나누는 팀원들에게 나 좀 피곤해 보이냐고 물으니, 다들 대답을 회피하고 딴소리를 했다. 화장실에 가서 볼 터치를 좀 더 했다.

퇴근하고 화실로 가는 길도 신이 났다. 주말에 작업한 내용을 빨리 선생님에게 보여주고 싶었다. 그런데 선생님은 나를 보자마자 걱정하듯 말했다.

"오늘 회사에서 많이 힘들었어?"

"아닌데, 저 오늘 컨디션 최상인데? 왜 다들 피곤해 보인다고 하지."

선생님은 내가 펼쳐놓은 주말의 작업물을 보며 말했다.

"너 피곤한 거 맞아. 주말에도 안 쉬고 내리 그림 그린 거잖아. 기분이 좋은 거랑 피곤한 건 달라. 피곤함을 받아들여."

옆에서 우리 대화를 듣던 화실 학생은 날 가만히 보며 말했다.

"유미 씨, 지금 도파민에 중독돼서 자기가 피곤한지도 모르는 거 아녜요?"

그러고 보니 요즘 유독 쉬는 시간이 없긴 했다. 개인전이 임박해 매일 밤늦게까지 그림을 그렸다. 거기에다 하필이면 회사에서 워크숍과 출장 등 평소에는 없던 일들이 생겨, 야근해야 하는 날이 늘었다. 그렇지만 늦게 퇴근하고도 저녁을 건너뛰고 화실로 가서 그림을 그렸고, 집에 와서도 추가 작업을 했다. 엎친 데 덮친 격으로 연재 중인 글도 있어서 출근길, 점심시간, 퇴근길 등 가용한 모든 시간을 끌어서 원고를 썼다.

내 인생에 이렇게 바빴던 적이 있었나 싶을 정도였으니, 사실 피곤한 게 당연했다. 살도 5킬로그램이나 빠졌고, 나는 느끼지 못해도 주변 사람들에겐 피곤함이 역력했는지 다들 날 걱정했다. 비타민이나 단백질을 챙겨주는 사람들도 있었고, 전시 후에 번아웃이 찾아올 수도 있으니 조심하라는 조언도 받았다.

그렇지만 인생에서 가장 바쁘고 피곤했던 그 시기에 나는 활력이 넘쳤다. 동료 학생의 말대로 도파민 중독이었는지는 모르겠지만, 나는 진짜 행복했다. 그림을 그리는 일이 정말 즐거웠고, 그 시간을 확보하기 위해 회사에서도 초인적인 집중력을 발휘했다. 하고 있는 일들이 너무 좋아서 내일도 오늘 같은 날이 오기를 바랐다.

내가 하고 싶은 일에 몰두할 때는 시간도, 공간도 희미해지는 것 같았다. 지금 하고 있는 일을 계속하고 싶다는 마음에서 나오는 열정은 피로를 가뿐히 이겨냈고, 나를 계속 앞으로 나아가게 했다.

전시와 연재가 끝난 후, 느리고 규칙적으로 흘러가던 일상이 돌아왔다. 다행히 주변 사람들이 걱정하던 번아웃은 없었다. 폭발적으로 나오던 에너지를 다스리고, 균형을 맞추며 다시 일상의 흐름에 적응했다. 잠을 충분히 자고, 밥을 잘 챙겨 먹으니 체중은 원상 복구되었고, 사람들은 얼굴이 좋아졌다고 했다.

늘 그때와 같이 분주함과 도파민이 한데 섞여 몰아치는 상태로 살 수는 없다. 기본적으로 나는 적당히 바쁘고 적절히 여유와 쉼을 즐길 수 있는 평소 일상을 사랑한다. 그러나 사랑하는 일을 할 때 사람에게서 뿜어져 나오는 활력을 경험한 것은 내게 큰 의미가 있었다. 내 자신을 한계까지 밀어붙여도, 내가 그것을 즐거운 마음으로 해낼 수 있다는 걸 알게 되었다.

그러니 또 한 번 피곤하고 벅찰 것이 자명한 도전이 다가오더라도, 그게 날 행복하게 만들어주는 일이라면, 나는 기꺼이 또 뛰어들 것이다.

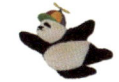

내가 하고 싶은 일에 몰두할 때는 시간도, 공간도 희미해진다.

지금 하고 있는 일을 계속 하고 싶다는 열정은

피곤하고 벅차더라도, 기꺼이 해낼 수 있는 힘이 되어준다.

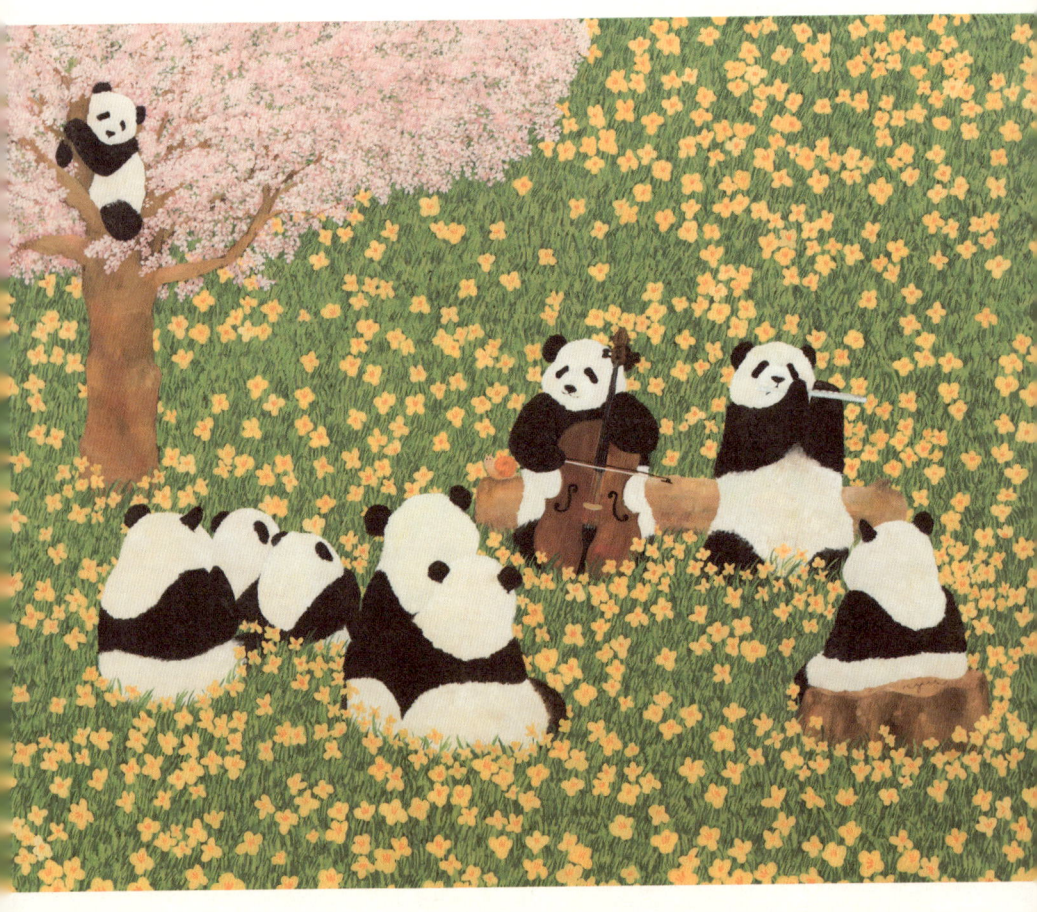

내 하루에
칭찬 스티커를
붙이며

영화 〈더 웨일〉에서 주인공 찰리는 죽음을 앞두고 딸과의 관계를 회복하려고 노력한다. 자신의 실수와 잘못에 대한 죄책감에 시달리며 우울하게 살아왔던 그는 울부짖으며 말한다.

"내 인생에서 잘한 일이 하나라도 있단 걸 알아야겠어!"

연말마다 나는 찰리처럼 굴었다. 모두가 특별하고 화려한 연말을 보내는 동안 나만 그렇지 못한 것 같아 상실감이 들었다. 한 해동안 마땅히 이룬 것이 없고, 그냥 나이만 먹은 기분이었다.

그러나 아주 사소한 일로 그런 나의 연말이 특별해지는 걸 경험했다. 처음 완성한 드로잉을 SNS에 올리며 '올해 가장 잘한 일'이라고 태그를 단 것이다. 지금 보면 참 서툰 드로잉이지만, 그 어설픈 결과물로나마 처음으로 나의 일 년을 칭찬했다. 그것만으로도 내 한 해가 충분히 의미 있게 느껴졌다.

찰리가 찾고 싶었던 '잘한 일'이란, 꼭 대단한 성공이나 가시적인 성취만은 아닐 것이다. 그가 찾고자 했던 것은 사랑을 담은 마음, 다정한 말 한마디, 그리고 나 자신을 더 잘 이해하게 되는 순간 같은 것이었다. 그런 사소한 것들이 모여 우리의 삶을 지탱해준다.

그래서 나는 매해 연말 결산을 하면서 어떤 거대한 성취를 찾는 대신, 매일 하루를 결산하며 스스로 칭찬할 만한 일을 살펴보기로 했다.

일단 출근한 일, 이것만 해도 하루치 할 일은 다 한 거나 마찬가지다. 거기에 더해 소식이 뜸한 친구에게 먼저 안부를 전한 일, 거래처의 무례함에 열받은 대리님에게 단 커피를 사주며 함께 분노해준 일까지, 이런 소박하지만 분명한 일들로 나를 칭찬해준다. 칭찬할 거리는 생각보다 많고, 직접 내 하루에 칭찬 스티커를 붙이면서 위안을 받는다.

　과거의 보람뿐 아니라 미래의 희망도 사소한 것에서 찾으면 많이 발견할 수 있다. 사람은 나이를 먹어서 늙는 게 아니라, 꿈을 잃을 때 늙는다고 한다. 그렇지만 그 꿈이 꼭 크고 원대한 꿈일 필요는 없지 않나? 세상을 바꿀 만한 위대한 꿈도 좋지만, 매일의 나를 바꾸는 작은 '의욕'만으로도 꿈은 충분히 멋지다. 무언가를 하고 싶은 것, 갖고 싶은 것, 먹고 싶은 것…… 그런 작은 의욕들이 모여 내일을 더 아름답게 해준다.

　스스로에게 '참 잘했어요' 도장을 찍기 위해, 자그마한 의욕들을 실현하기 위해, 자꾸만 열정이 생겨난다. 뜨겁지 않은 미지근한 열정도 괜찮다. 작지만 꺼지지 않는 열정의 불꽃을 품으면, 연말 우울증이 끼어들 틈이 없다.

　매일이 잔잔하게 반짝이는 성취들과 꿈들로 가득하기 때문이다.

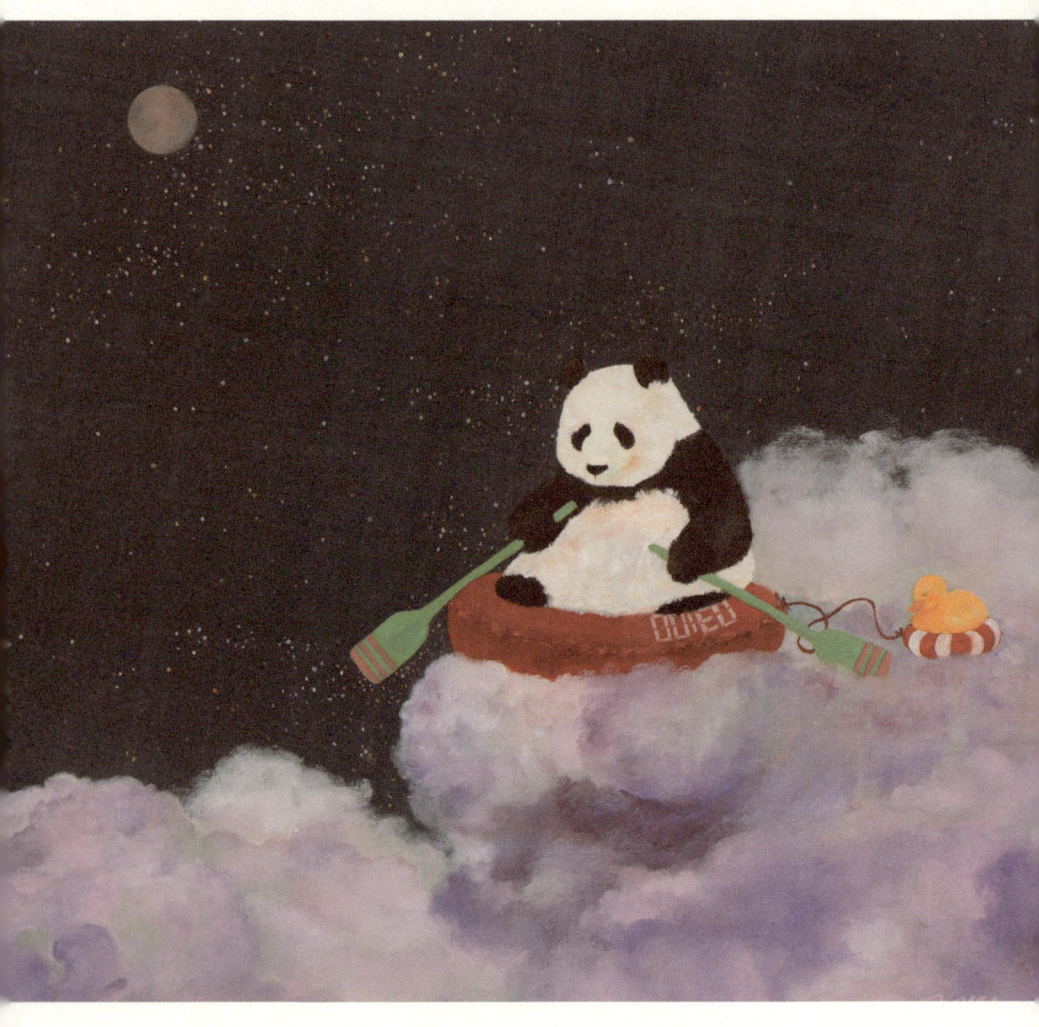

내 하루에 스스로 칭찬 스티커를 붙이고,

매일의 나를 바꿀 작은 의욕을 품는 것.

그렇게 삶이 잔잔하게 반짝이는 성취와 꿈으로 가득해진다.

어차피 인생은
매일이 새로운
출발이다

내 화가 생활을 처음 듣는 사람은 어떻게 10년 동안 직장을 다니면서 그림을 계속 그릴 수 있었냐고 많이 묻는다. 게다가 거의 매일 화실에 출석한다는 말을 들으면 더더욱 놀라며 대체 비결이 뭐냐고 한다. 내 꾸준함의 비밀은 '거의' 매일이라는 점에 있다. 아이러니하게도, 작심삼일이 내 핵심 비법이다.

많은 직장인의 일주일은 월요일에 시작한다. 그러나 내 일주일은 일요일부터다. 난 일요일에는 야근도 서슴지 않고 아침부터 밤까지 부지런히 그림을 그린다. 일요일 내내 작업하고 나면 이번 한

주 동안 해야 할 일들이 정리된다. 월요일부터 토요일까지 계획을 세우고, 월요일 퇴근 후 그 기세로 작업을 이어간다. 이대로 토요일까지 달리면 작품 한 점을 완성할 수 있겠다는 생각에 신이 난다.

문제는 수요일이다. 수요일이 되면 어김없이 작심삼일의 저주에 걸린다. 늦게 일어나는 바람에 출근 전에 책 읽는 시간도 지키지 못하고, 화실에도 어쩐지 가기 싫어진다. 그렇게 어영부영 수요일을 보내고 나면 작심삼일의 산을 넘지 못하는 나한테 짜증이 났고, 계획을 지키지 못했다는 자책감이 수요일 밤마다 밀려오곤 했다.

그렇지만 이런저런 노력을 해봐도 여전히 나흘째에 기운이 빠지는 일이 반복되자 생각을 바꾸기로 했다. 작심삼일을 그냥 받아들이기로 한 것이다. 그리고 그것을 내 페이스로 삼아 활용하기 시작했다. 일요일부터 화요일까지 사흘간 바짝 계획을 실행하고, 수요일에 하루 쉰 후, 목요일부터 또 심기일전하여 토요일까지 착실히 계획대로 산다.

많은 이가 새해 목표를 세우면서 자신의 의지 부족을 미리 걱정한다. 어차피 작심삼일로 금방 새로운 도전에 실패할 거라고 지레

겁먹는다. 그렇지만 나는 작심삼일을 두려워할 필요가 없다고 생각한다. 그냥 다시 시작하면 된다. 진짜 경계해야 할 건 계획대로 되지 않았다고 자책하며 쉽게 포기해버리는 마음이다.

수요일이 힘들 때는 수요일에 쉬고, 목요일이 유독 처진다면 목요일을 그 주의 '작심삼일의 저주일'로 여긴다. 어떤 모양이든 매주 작심삼일을 반복하다 보면 한 달이 되고, 일 년이 된다. 어느덧 난 이런 작심삼일의 반복을 즐기고 있다.

하루도 마찬가지다. 아침에 일찍 일어나 칼퇴를 바라며 으쌰으쌰 일하다가도 오후 3시쯤 되면 집중력이 떨어진다. 주말에도 알찬 하루를 다짐하며 아침부터 러닝도 하지만, 점심 먹고 3시엔 나른해진다.

3시란 참 신기한 시간이다. 지독하게 시간이 안 가는 듯하다가도 3시를 지나면 어쩐지 순식간에 저녁이 되어 있다. 사르트르의 말처럼 무언가를 시작하기엔 늦은 듯하고, 마무리하기엔 이른 시간이다. 그래서 나는 이 어정쩡한 시간을 하루의 쉼표로 삼기로 했다. 거창하게 들리지만, 사실은 그냥 땡땡이 좀 치겠다는 얘기다.

주말이면 오후 3시쯤 침대에 눕기도 하고, 아무 목적 없는 산책을 나서기도 한다. 주중에도 마찬가지다. 3시엔 탕비실로 느릿느릿 걸어가서 커피머신에서 천천히 커피를 받으며 창밖을 쳐다본다. 수요일 3시쯤엔 팀원들과 커피를 마시기도 한다. 카페인을 수혈하듯 들이키는 게 아니라 사무실을 탈출해 햇빛 속에서 얼굴을 마주하며 커피를 음미해본다. 그렇게 잠시 호흡을 고르면 남은 하루를 다시 열심히 살 기운이 난다. 어쨌든 오후 3시는 무언가를 시작하기에 충분한 시간이니까.

매주, 매일 반복되는 계획과 실천 속에서 수요일이든, 오후 3시든 나는 숨이 차오르기 전에 쉼표를 찍는다. 마침표 대신 쉼표를 찍으면, 더 오래 나아갈 수 있으니 작심삼일도 나쁘지 않다. 어차피 인생은 매일이, 매시가 새로운 출발이다.

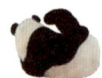

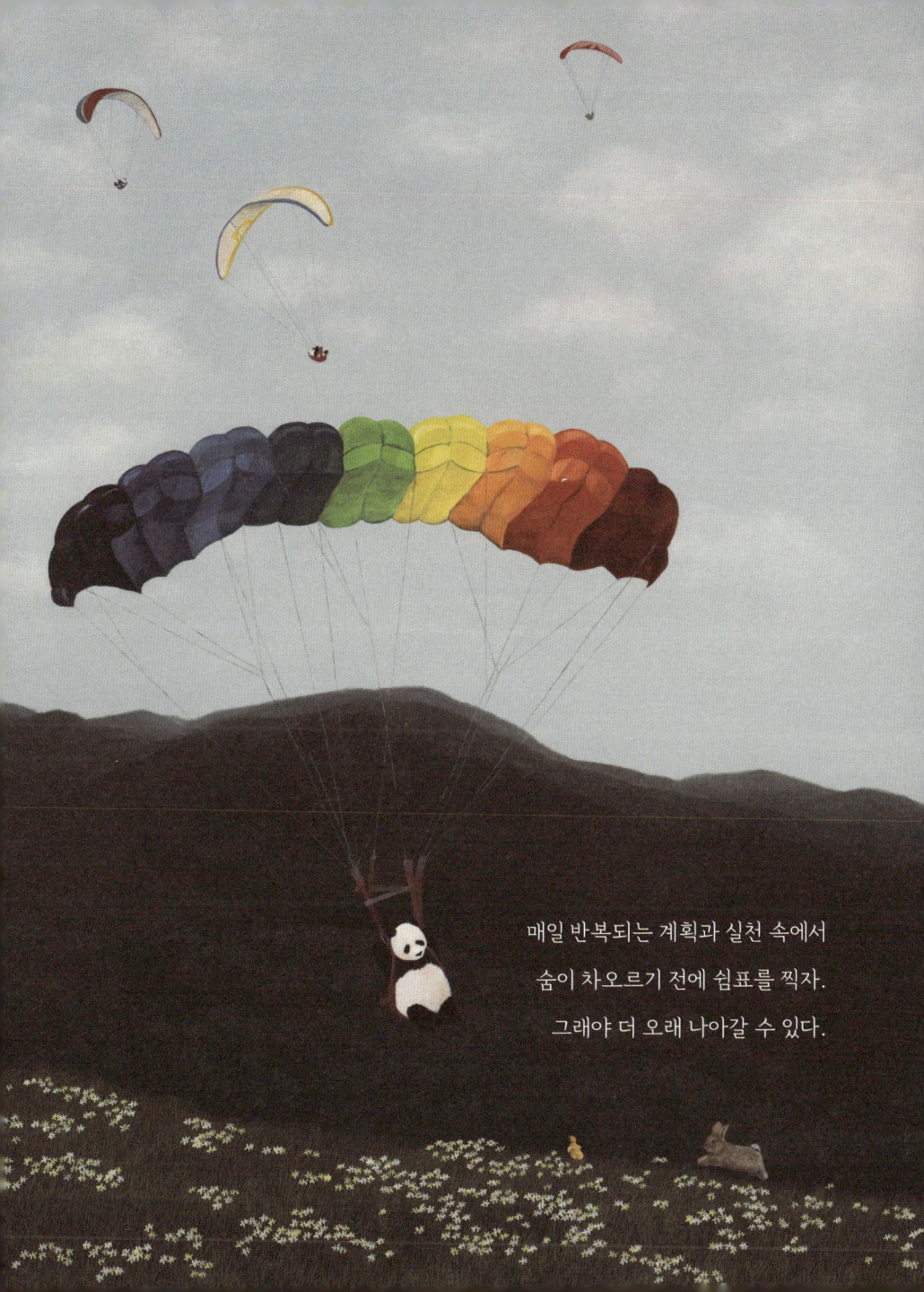

매일 반복되는 계획과 실천 속에서
숨이 차오르기 전에 쉼표를 찍자.
그래야 더 오래 나아갈 수 있다.

어른이지만
용기가 필요해

조카가 다니는 유치원에는 '발표 데이'라는 행사가 있다. 매달 새롭게 정해진 구호를 친구들과 발표하는 날인데, 그날을 위해 조카는 매일 연습한다. 덕분에 나도 듣는 재미가 있다. 그 짧은 문장을 외우려고 부단히 노력하는 조카가 무척 귀여울뿐더러, 아이들의 구호는 종종 내가 잊고 살아왔던 그 무언가를 떠올리게 한다.

그중에서도 유독 작년 11월의 발표가 마음에 오래 남았다.
"어떤 일에도 당당하고 씩씩하게 용기 내어 도전하는 멋진 어린이가 될 것을 굳게 선언합니다!"

나는 어른이 되면 11월의 발표 같은 선언이 더 이상 필요 없을 거라고 생각했다. 어른은 모름지기 뭐든 다 척척 해내는 존재인 줄 알았다. 자기가 잘하는 일을 하면서 돈도 벌고, 그 돈을 원하는 데 마음껏 쓰는 어른. 하고 싶은 말은 똑 부러지게 하고, 어려움을 만나도 지혜롭게 헤쳐 나가는 어른. 어른이 되면 당연하게 그런 사람이 되는 줄 알았다.

그렇지만 '어른'이라고 불리는 나이가 되고 보니, 내가 아주 크게 오해했다는 걸 깨달았다. 나는 여전히 할 말을 다 못 하고 속으로만 분개하고, 회의 시간에도 행여 실수를 할까봐 하고 싶은 말을 수첩에만 적는다. 식당에서 치즈 사리를 추가할까 말까 한참을 망설이다 포기하고, 날씨가 좋아도 반차 한 번 마음대로 못 쓰는 그런 어른으로 자랐다.

11월의 발표는 오히려 내게 더 절실했다. 매일 아침, 전쟁을 치르러 나가는 나에게 꼭 필요한 주문이었다.
전쟁은 출근길 지하철부터 시작된다. 하필 환승해야 하는 지하철이 악명 높은 9호선과 2호선이다. 내리는 문은 반대편인데, 타자마자 사람들 틈에 꼈다. 내릴 역이 가까워질수록 조마조마해졌다. 굳게 마음먹고 몸을 밀려는 순간, "내립니다!"라고 크게 말하는 용감한 시민 덕분에 간신히 내릴 수 있었다.

오후 외부 미팅 자리에서는 시그니처 커피가 궁금했지만, 모두가 아메리카노로 통일하는 분위기라서 결국 잘 마시지 않는 아이스 아메리카노를 시켰다. 크림 라테 생각이 머릿속에 온통 가득해 미팅에 집중하기 어려웠다.

퇴근길, 회사 앞에는 매일 전단을 나눠주는 알바생이 있다. 다소 무례하게 전단지를 품속에 던져넣는 그들을 적극적으로 거부하지는 못하고 팔짱을 끼면서 은근하게 거절 의사를 보여봤지만, 어느새 팔 사이에 전단이 꽂혀 있었다.

화실에 도착해서는 다음 그림을 구상해보다가, 얼마 전에 전시회에 가서 봤던 내 키만 했던 커다란 사이즈의 작품이 떠올랐다. 그런 거대한 그림을 나도 그려보고 싶다고 생각했지만, 아무래도 새로운 작업실을 구하기 전엔 어려울 것 같았다. 현실 앞에서 자꾸만 도전을 미루게 된다.

어른이 되어도 매일 용기가 필요하다. 내 한 몸을 건사하기 위해 하차 역을 외칠 용기, 회의실에서 부끄러움을 감수하고 아이디어를 발제할 용기, 남들과 다른 취향의 음료를 자신 있게 말할 용기, 무례함을 단호히 거부하고 부족한 여건에서도 도전을 감행할 용기, 그 용기들이 필요한 순간이 우리에게 매일매일 찾아온다.

하찮고 작은 용기들일지 몰라도, 당당하고 씩씩하게 그 용기를 냈을 때 우리가 진짜 멋진 어른이 될 거라고 믿는다. 그 사소한 어른의 용기로 지옥철을 뚫고, 크림 라테를 사 마실 돈을 벌고, 작업실 임대를 알아본다. 어릴 적의 내가 지금의 나를 봤다면 무슨 어른이 이러냐고 했을지 모르지만, 나는 오늘의 내 용기가 무척 기특하다.

각자의 전쟁을 감당하고 있는 우리 어른이들, 지지 않고 작은 용기라도 내기를 응원한다. 직장에서 오늘 점심은 따로 먹겠다고 말하는 용기, '도를 믿으세요' 전파자들에게 관심 없다고 분명하게 거절하는 당신의 용기에 박수를 보낸다.

그리고 그 작은 용기조차 내기 어려운 날에는 거울 앞에 서서 크고 선명하게 말해보자.
"당당하고 씩씩하게 용기 내어 도전하는 멋진 어른이가 될 것을 굳게 선언합니다!"

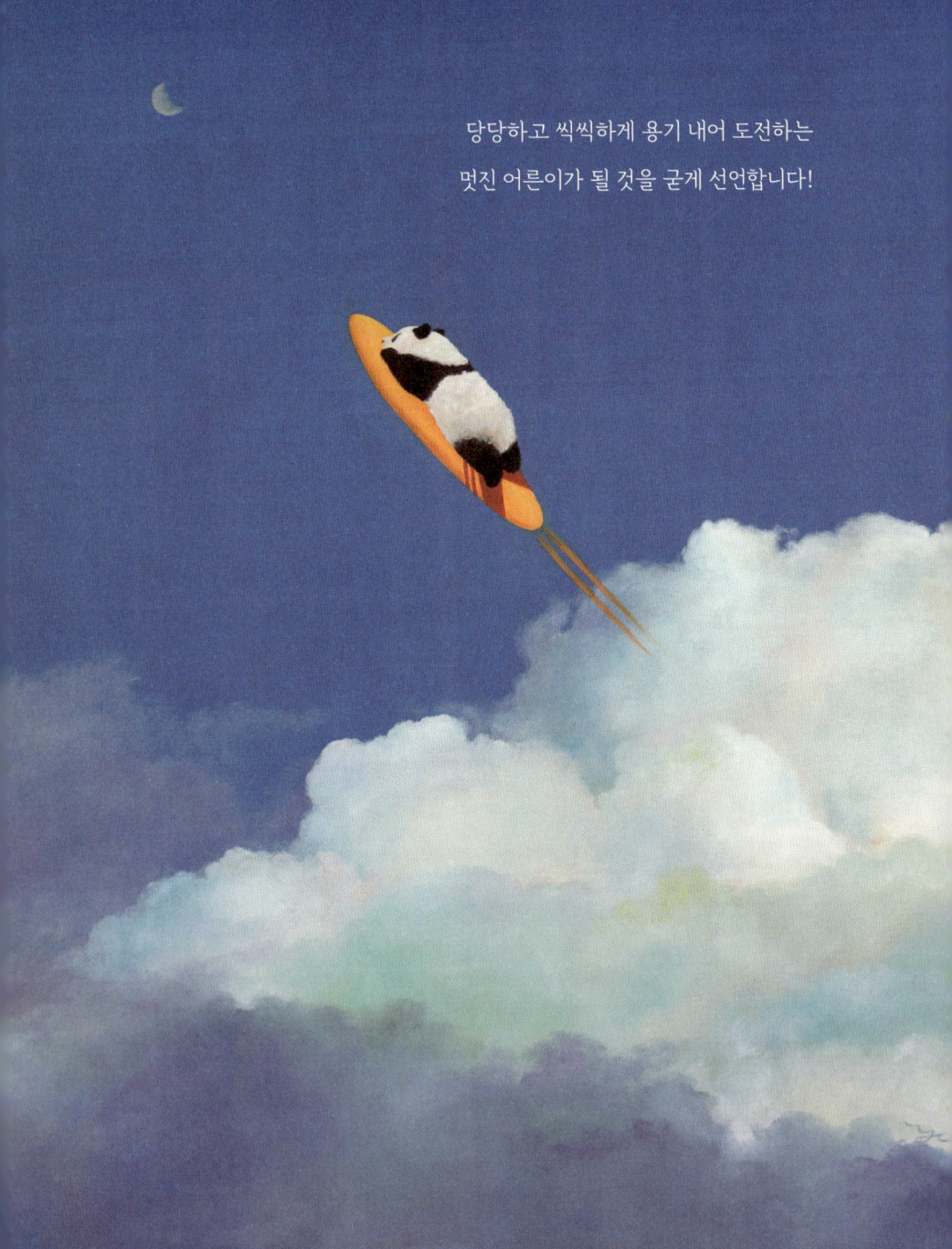

당당하고 씩씩하게 용기 내어 도전하는
멋진 어른이가 될 것을 굳게 선언합니다!

삽질한 만큼
내 땅이 된다

눈이 펑펑 쏟아지던 겨울 아침, 택시 안에서 그림을 끌어안고 엉엉 운 적이 있다.

어느 갤러리에서 나를 기획전에 초대한다고 해서 다음 날 바로 그림 두 점을 들고 삼청동을 찾았는데, 실물을 본 관장님이 그림이 마음에 들지 않는다며 퇴짜를 놓았다. 분명 사진으로 다 확인하고 초대한 자리였는데도 반응은 냉담했다. 아직 초짜 화가였던 나는 변변한 항변도 해보지 못하고 다시 그림을 들고 나왔다. 택시 안에서 울컥 올라오는 서러움을 참지 못하고 눈물이 났다.

화가로서 본격적으로 활동을 시작하고 처음엔 초심자의 행운이 따랐다. 취준생 시절처럼 이력서 100장을 쓸 각오로 임했지만, 생각보다 쉽게 공모전 당선 기회를 얻었다. SNS 메시지로 전시 초대를 받기도 했고, 예상치 못한 소개로 기회를 얻기도 했다. 그러나 운은 오래가지 않았다.

초대는 뜸해졌고, 가끔 오는 연락도 '다음 달에 전시할 수 있을까요?'와 같은 급한 요청이었다. 이런 경우는 누군가 펑크를 냈을 가능성이 크다. 그렇지만 '땜빵이구나' 하며 기분을 망치는 대신, 그 자리를 내가 꿰차게 되었으니 운이 좋다고 여기며 냉큼 응했다.

그러다가 드문드문 들어오던 제안조차 끊겼다. 다음 전시 계획이 없다는 것은 화가에게 세상과의 연결고리가 끊어지는 것과 다름없었다. 포트폴리오를 재정비하고, 미술 공모전 사이트를 매일 모니터링하며 지원서를 제출했다. 지난 전시로 인연을 맺은 갤러리 명함을 만지작거리며, 어떤 말로 안부를 전할지 고민했다.

고민 끝에 큰마음을 먹고 1년 전 마지막 유찰 이후, 연락이 끊긴 미술 경매회사에 메일을 보냈다. 한참 답이 없어 마음을 접으려던 찰나에, 담당자가 바뀌어 연락이 늦었다며 답장이 왔다. 오래간만에 얻은 기회였기에 낙찰되기를 진심으로 바랐다. 주변 사람들은 경기가 안 좋다며 기대하지 말라고 했다.

그런데 놀랍게도 그림이 낙찰되었다! 더 놀라운 건, 그림을 산 분과의 인연이었다. 감사하게도 구매자가 SNS로 메시지를 보내주셨는데, 작년 백화점 전시에서 내 그림을 봤다고 했다. 이후 내 SNS를 계속 지켜보다가 작품이 경매에 나오자마자 구매했다는 것이었다.

그 백화점 전시야말로 내가 '이걸 굳이 해야 하나' 생각했던 자리였다. 정식 갤러리도 아니었고, 집에서 워낙 먼 곳이라 운반비도 적잖이 들었다. 경력에도 크게 도움이 되지 않을 것 같아 참여를 살짝 후회했었다.

그런데 전시를 망설였던 순간이 부끄러울 정도로, 결과는 나비 효과가 되어 내게 돌아왔다. '행동은 모든 성공의 기본 열쇠'라는 피카소의 말이 맞았다.

홍보도 마찬가지였다. 홈페이지가 없기에 나는 개인 SNS를 통해 활동을 알렸다. 팔로워 수가 많은 인플루언서도 아니기 때문에 과연 이게 얼마나 효과가 있을까 싶기도 했지만, 그래도 신작과 전시 소식을 꾸준히 올렸다. 특히 전시가 예정되어 있을 땐 게시물을 더 자주 올렸는데, 그러면 작품 문의와 전시 제안 메시지가 들어왔다. 확실히 활동이 많아지면 반응이 따랐다.

최근엔 릴스가 대세라는 말에 영상을 만들어봤다. 밤을 새우며 서툰 편집으로 만든 어설픈 영상을 다시 보면서 '내가 뭘 하고 있는 걸까' 싶어 한숨이 절로 나왔다. 그렇지만 헛수고 같아 보이는 모든 일이 어떻게든 내게 결실로 돌아오는 걸 몇 번이나 경험했기에, 그냥 또 시도해보기로 했다.

꿈을 이루려고 누가 시키지도 않은 삽질을 참 많이 했다. 캔버스를 이고 지고 서울을 가로지르고도 그림이 다 전시되지 못할 때도 있었다. 구석에 덩그러니 놓인 작품을 보며 마음이 쓰렸다. 그러나 그렇게 삽질이라도 하면 어떻게든 기회가 열렸다. 삽질한 만큼 그 땅은 내 것이 되었고, 거기에서 싹이 돋았다.

세상은 가만히 있는 사람에게 기회를 주지 않는다. 모든 기회는 움직이는 사람에게 찾아오는 것을 알기에 오늘도 나는 이불 속에서 나와 또 다른 도전으로 나아간다.

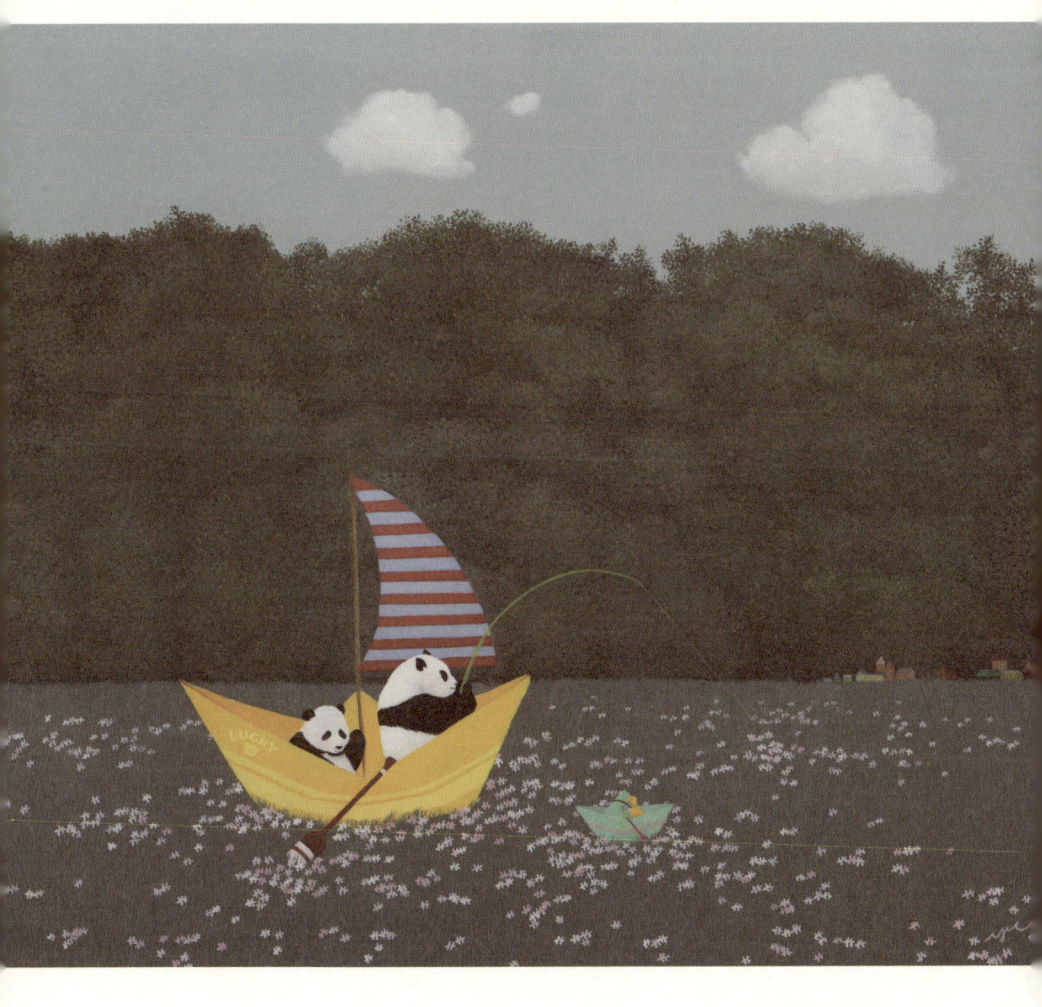

세상은 가만히 있는 사람에게 기회를 주지 않는다.

삽질한 만큼 그 땅은 내 것이 되고,

거기에서 싹이 돋는다.

달리기로
인생을 배웁니다

달리기를 시작하고 가장 먼저 배운 건 달리는 자세도, 착지법도 아니었다. 바로 호흡이었다. 한 발을 내디딜 때 숨을 들이마시고, 다른 발을 내디딜 때 내쉬기. 그리고 호흡에 발을 맞추라고 했다.

러닝크루에 참여한 첫날, 3킬로미터를 목표로 달리기 시작했다. 수영할 때처럼 '음하음하' 소리를 내며, 발걸음 하나하나에 맞춰 숨을 들이쉬고 내쉬었다. 그런데 몸은 움직이면서도 머릿속엔 혹시 내가 너무 느려 민폐가 되지 않을까 하는 걱정이 가득했다.

1킬로미터도 채 되지 않아 숨이 차올랐다. 힘들면 걸어도 된다던 코치의 말이 떠올랐다. 정말 걸어도 될까, 망설이던 찰나에 옆 사람이 '파이팅!'을 외쳤다. 어쩐지 내 마음을 들킨 것 같았다. 파이팅이라는데 멈출 수는 없었다.

'음하음하' 하던 호흡은 어느새 '헉헉'으로 바뀌었는데, 절망스럽게도 오르막길이 나왔다. 또다시 '파이팅!' 소리에 힘을 내 경사로를 달렸지만, 그 이상은 무리였다. 이내 포기하고 걷고 말았다.

터덜터덜 걸어서 종착지에 도착하니 크루원들이 나를 기다리고 있었다. 그들은 처음인데도 잘 뛰었다며 날 칭찬해줬다. 칭찬을 듣고 나니 금세 기분이 좋아져서 사실은 진작에 포기하고 싶었다고 털어놓았다. 크루원들은 알고 있었다는 듯 웃으며 말했다.

"수영장 지날 때부터였죠?"

나는 눈이 휘둥그레져서 물었다.

"어떻게 아셨어요?"

"그때 유미 씨 호흡이 무너졌거든요."

완전 도사였다. 딱 수영장을 지날 때쯤 옆 사람을 놓칠까봐 억지로 속도를 냈고, 그러다 보니 숨이 막 차는데 오르막길까지 오르려니 정신이 하나도 없었다.

러닝 선배들은 '마이페이스'를 거듭 강조했다. 남들을 무리하게 따라가다 보면 숨이 가빠지고 근육이 지치고, 심하면 탈진할 수도 있다는 거다. 호흡이 무너지면 속도를 늦추고 자신의 호흡을 찾으라고, 힘들면 걸어도 괜찮다고 했다.

몸이 편안하고 꾸준히 이어갈 수 있는 속도, 그것이 바로 마이페이스다. 달리기를 잘하는 사람은 빨리 달리는 사람이 아니라 자기 페이스를 지키며 끝까지 달릴 줄 아는 사람이다. 달리기를 배우러 갔다가, 인생을 배웠다.

인생도 달리기와 다르지 않다. 남들과 다른 속도에 조바심 내고, 그들을 따라잡으려 애쓰다 보면 탈이 난다. 우리는 뭐든 신속하게 성취하고, 빠르게 안정되고, 단숨에 확신하고 싶어서, 오버페이스를 하곤 한다. 그러다 중간에 지쳐버린다. 심한 경우엔 아예 주저앉아버리기도 한다.

이후로도 무리에 뒤처질까봐 나도 모르게 속도를 내는 날이 많았다. 그럴 때면 코치가 옆에 와서 말했다. "뛸 수 있는 만큼만 달리세요." 그리고는 '음하음하' 호흡법을 상기시켜줬다. 이제는 혼자 달릴 때도 "호흡에 발을 맞춰라"라는 말을 거듭 떠올린다. 그리고 일상에서도 마음이 조급해지거나 욕심이 앞설 때, 숨을 크게 들이쉬며 내 속도를 조절한다.

요즘은 5킬로미터도 제법 쉽게 완주한다. 이제 6킬로미터, 10킬로미터도 달려보고 싶고, 속도를 조금 더 내서 시간을 단축해보고 싶기도 하다. 일주일에 겨우 한 번 달리는 정도라 목표에 도달하려면 오랜 시간이 걸리겠지만, 나는 안다. 언젠가는 분명 10킬로미터도 가뿐하게 달리게 될 것이다. 남들의 속도와는 상관없이 내 페이스대로 계속 나아가는 것, 그것이 완주의 핵심이기 때문이다.

달리기를 잘하는 사람은 빠른 사람이 아니라

자기 페이스를 지킬 줄 아는 사람이다.

마이페이스로 계속 나아가는 것, 그것이 완주의 핵심이다.

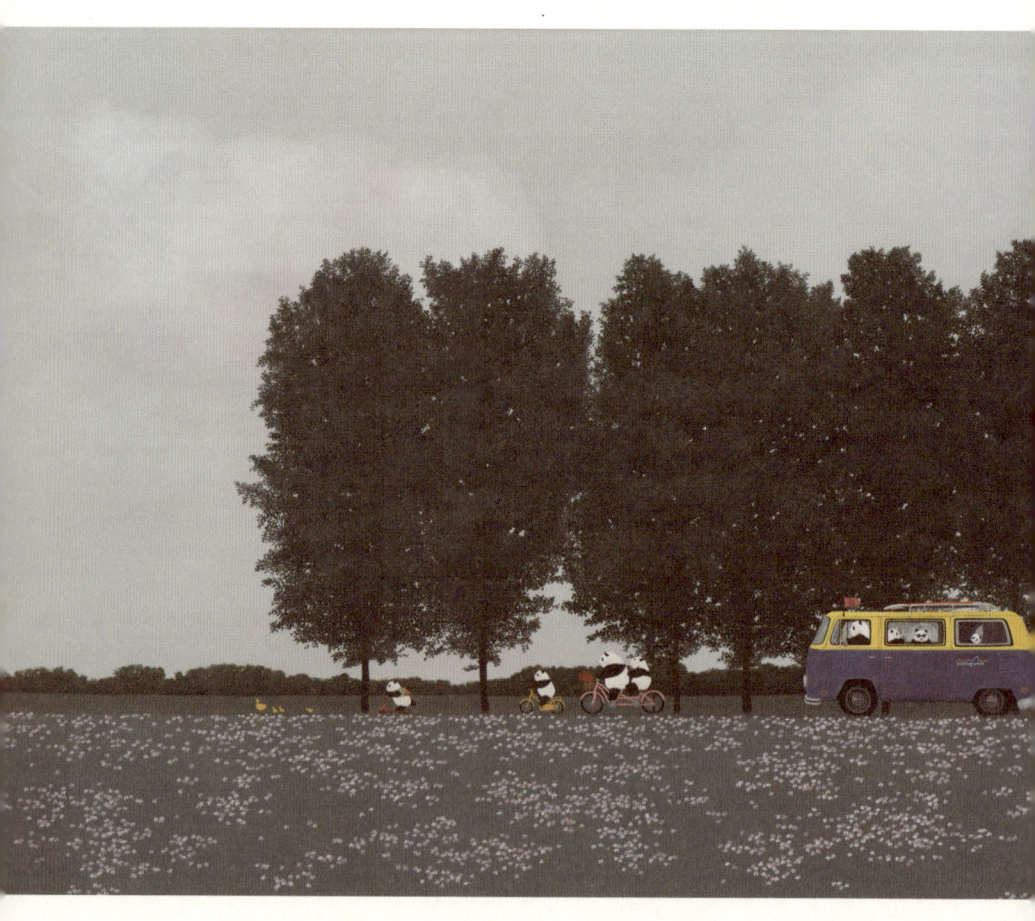

인생의
모든 물음표에
언제나 예스를!

내가 기억하는 내 첫 꿈은 기자였다. 멋진 홍콩 배우와 인터뷰하는 기자의 모습이 부러웠다. 기자가 되면 유명한 사람들을 잔뜩 만날 수 있으니 괜찮은 직업 같았다. 그런데 엄마는 안 될 거라고 했다. 기자는 각종 사건 사고에 신경을 곤두세우고 있어야 하고, 현장으로 뛰쳐나가기도 해야 하고, 조사도 많이 해야 되는데, 그러기에는 내가 너무 게으르다는 것이었다. 틀린 말이 아니라서 수긍하고 기자의 꿈을 접었다.

그다음 하고 싶었던 일은, 내 엉뚱한 상상력을 활용해 광고를 만들어보는 것이었다. 고등학교 때 애청하던 청춘드라마 속 광고 동아리가 매력적으로 보여, 전공을 광고 홍보로 선택했다. 그러나 선배들이 밤을 새우며 일하는 이야기를 듣고는, 가뿐히 광고 회사를 포기했다.

언젠가 카페를 열고 싶다는 생각에 바리스타 자격증을 따기도 했다. 스페인에서 한인 민박을 하자는 동네 언니의 제안에 스페인어를 공부하기도 했다. 반짝 빛났다가 추억으로 사라진 나의 꿈들이다.

많은 꿈이 나를 지나쳐 갔지만, 전업 화가의 꿈만큼 내게 특별한 의미를 지닌 것은 아직까지 없다. 비로소 내게 딱 맞는 꿈을 만났다고 생각하기도 하지만, 이 꿈이 나의 종착지가 될 거라고 여겨서 특별한 것은 아니다. 오히려, 나로 하여금 더 많은 꿈에 도전하도록 만들었기 때문에 의미가 남다르다.

화가를 꿈꾸며 그림을 그리다 보니, 어느새 내 서명이 담긴 작품이 100점도 넘게 쌓였고, 전시도 일 년에 몇 번씩 개최하게 되었다. 실력이 일취월장한 것도 아니고, 퇴사할 만큼 유명한 화가가 된 것도 아니지만, 무언가를 끝까지 해냈다는 성취감은 나를 새로운 사람으로 변화시켰다. 새로운 나는 이제 다른 일도 잘 해낼 수 있을 것 같았다.

매일 그림을 그리면서 맛본 작은 승리는 뭔가를 시작하고 반복하는 즐거움을 알려줬다. 아침마다 30분씩 책을 읽고, 자기 전에 그날 읽은 구절을 필사하기 시작한 지가 어언 5년이다. 체력과 정신력을 키우려고 시작한 일요일 아침 달리기는 이제 막 3년 차에 접어들었다. 작년부터는 일주일에 영어 단어 100개 외우기에 도전 중이다.

요즘은 새로운 꿈이 나를 자극하고 있다. 그림만 그리는 작가가 아니라 글도 쓰는 작가가 되고 싶다는 꿈이다. 몇 년 전 북토크에서 "그림 그리는 게 좋아요? 글 쓰는 게 좋아요?"라는 질문을 받은 적이 있는데, 당시 답은 당연히 그림이었다. 그런데 그 질문이 아직까지도 내 머릿속에 남아, 이제 나는 답을 망설이고 있다.

그리는 동안은 그저 즐겁기만 하다. 글은 쓰는 내내 골치가 아프다. 그림은 일단 이젤 앞에 앉기만 하면 세 시간이 금방 지나간다. 글은 쓰려고 앉아도 깜박이는 마우스 커서를 껌벅거리며 한참 바라볼 뿐이다. 그런데 그림도 처음에는 그랬다. 그렇다면 글도 매일 세 시간씩 연습하면, 10년 뒤에 즐겁게 쓸 수 있지 않을까?

　꿈꾸는 일이 주는 가장 큰 즐거움은, 새로운 꿈이 찾아오는 것이다. 자기 확신이 재능이란 말을 좋아한다. 화가가 되기 위해 부딪히고 좌절하고 기뻐한 시간은 내게 자기 확신이란 재능을 선물해주었다. 도전을 망설이는 매 순간에 느낌표를 던질 수 있는 용기가 생겼다. 내 인생의 후반전도 기대되는 이유가 바로 이것이다. 그때도 나는 새로운 꿈을 꾸고 있을까? 다시 처음부터 도전할 용기가 있을까? 그 모든 물음표를 향한 내 대답은 언제나 예스다!

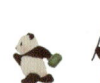

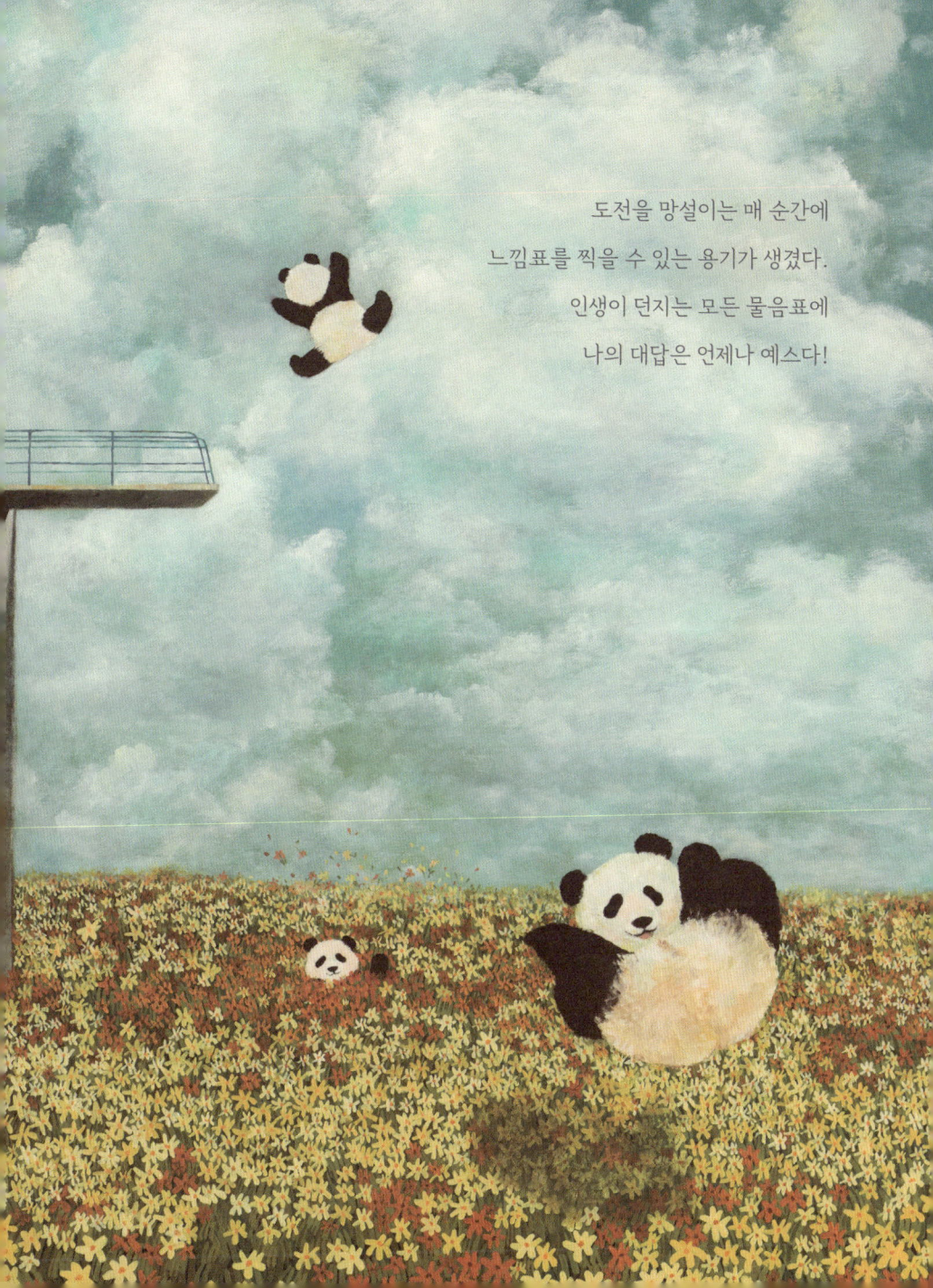

도전을 망설이는 매 순간에
느낌표를 찍을 수 있는 용기가 생겼다.
인생이 던지는 모든 물음표에
나의 대답은 언제나 예스다!

훌륭한 어른보단
나다운 어른이 되길

나는 참 소심하고 우유부단하다. 어른이 된 지도 한참 지났지만, 여전히 사랑을 찾고, 이제야 겨우 돈을 모으기 시작했으며, 불안한 미래를 걱정하다가 이불 속으로 도망쳐버리곤 한다. 이런 내가 누군가에게 용기를 주는 책을 낸다니, 과연 괜찮을까, 걱정하는 마음이 크다. 완성형 인간이 써낸 멋진 책이 아니라, 당신과 같이 길 위에서 달리기도 하고, 지치면 걷기도 하고, 때론 멈춰서 풍경을 멍하니 바라보기도 하는 길동무가 보내는 응원의 메시지로 읽어주면 좋겠다.

아직 갈 길은 멀지만, 그래도 시작점에 서 있을 때와는 달라졌다. 단체전 하나를 준비하는 것도 벅차하던 내가 최근엔 1년에 한

번은 개인전을 열고 있고, 지금은 막연하게 희망하던 두 번째 책의 에필로그를 작성 중이다. 이 기세라면 100호 크기의 캔버스가 들어가는 작업실을 갖겠다는 소망도 머지않아 실현될 것 같다. 뭐 대단한 성취는 없지만, 내가 되길 바라던 어른의 모습에 한 발짝 가까워졌다.

꿈은 언젠가 이루어지는 결말이 아니라, 바로 이 순간을 내가 원하는 대로 살아가는 과정인 듯하다. 내가 하고 싶은 일이 무엇인지 찾아보고, 좋아하는 일을 계속해나가는 것. 별거 아닌 것 같아도 현실 속 어른들에겐 꽤나 큰 용기가 필요한 일이라는 걸 누구보다 잘 안다. 그러나 그 작지만 단단한 용기가 가져오는 변화를 너무나 크게 체감하고 있기에, 당신의 용기를 간절히 응원하게 된다.

당장은 아무것도 이루지 못한 것처럼 보일 수도 있다. 때론 막막함에 이러지도, 저러지도 못한 채 아이처럼 주저앉아 울고 싶어진다. 하지만 들뜬 마음과 좌절 속에서 울고 웃는 사소한 순간들을 지켜내며 사는 것도 어엿한 어른의 인생이다.

완벽하지도, 완성되지도 않은 나의 이야기가, 오히려 그래서 누군가의 하루에 용기를 주는 문장이 되기를 바란다.

첫 번째 용기. 내 인생의 시나리오는 내가 직접 쓴다

끝내주는 하루 60.6×90.9cm ┃ oil on canvas ┃ 2025

살랑살랑 60.6×60.6cm ┃ oil on canvas ┃ 2023

최고로 멋진 우리 90.9×72.7cm ┃ oil on canvas ┃ 2023

한번 해 볼게요 72.7×60.6cm ┃ oil on canvas ┃ 2021

친구 72.7×60.6cm ┃ oil on canvas ┃ 2022

낯선 나에게 인사 91.0×116.8cm ┃ oil on canvas ┃ 2025

혼자가 아니야 45.5×45.5cm ┃ oil on canvas ┃ 2022

밤하늘의 비밀 대화 60.6×60.6cm ┃ oil on canvas ┃ 2023

잠시 멈춘 마음 53.0×45.5cm ┃ oil on canvas ┃ 2024

모두에게 멋진 날 91.0×116.8cm ┃ oil on canvas ┃ 2021

보통의 행복 91.0×116.8cm ┃ oil on canvas ┃ 2023

두 번째 용기. 힘든 건 힘든 거고 신난 건 신난 거지

대답은 예스 72.7×116.8cm ┃ oil on canvas ┃ 2021

계절의 끝에서 72.7×60.6cm ┃ oil on canvas ┃ 2024

You Made My Day! 90.9×72.7cm ┃ oil on canvas ┃ 2021

날씨가 좋아요 60.6×90.9cm ┃ oil on canvas ┃ 2021

내 이름을 부르면 45.5×53.0cm | oil on canvas | 2024

아빠 50.0×110.0cm | oil on canvas | 2021

지금 여기서 60.6×90.9cm | oil on canvas | 2021

이토록 멋진 순간 90.9×72.7cm | oil on canvas | 2023

내 이름은 53.0×45.5cm | acrylic_oil pastel on canvas | 2022

맛있는 거 먹을까 40.9×31.8cm | oil on canvas | 2024

꿈 60.6×72.7cm | oil on canvas | 2024

꿈나라는 사탕보다 달콤하대 45.5×45.5cm | oil on canvas | 2024

세 번째 용기. 혼자 있고 싶지만 혼자인 건 싫은걸

각자의 시간 60.6×72.7cm | oil on canvas | 2023

오늘의 여행 91.0×116.8cm | oil on canvas | 2024

너라서 90.9×65.1cm | oil on canvas | 2020

하나, 둘, 셋 65.1×90.9cm | oil on canvas | 2020

지금, 우리 90.9×65.1cm | oil on canvas | 2022

매일매일이 생일이면 좋겠어 91.0×116.8cm | oil on canvas | 2023

사랑비 53.0×45.5cm | oil on canvas | 2023

누군가는 너를 생각해 53.0×45.5cm | oil on canvas | 2023

How to Swim 60.6×72.7cm | oil on canvas | 2022

Afterglow 90.9×65.1cm | oil on canvas | 2022

뭐든 할 수 있다고 나를 믿기 45.5×37.9cm | oil on canvas | 2022

함께라서 좋아 60.6×72.7cm | oil on canvas | 2023

네 번째 용기. 아무것도 이루지 못한 하루라도 괜찮아

밤이 오는 소리 65.1×90.9cm | oil on canvas | 2023

3시의 방 53.0×45.5cm | oil on canvas | 2019

달의 문 53.0×45.5cm | oil on canvas | 2023

생각이 나서 90.9×72.7cm | oil on canvas | 2022

마중 90.9×72.7cm | oil on canvas | 2020

저 멀리, 안녕 45.5×53.0cm | oil on canvas | 2025

언제나 내게로 53.0×45.5cm | oil on canvas | 2025

오월의 고백 90.9×65.1cm | oil on canvas | 2021

힘들면 돌아오거라 72.7×53.0cm | oil on canvas | 2020

고백행 슬로보트 72.7×60.6cm | oil on canvas | 2023

뒤척이지 않고 바로 잠드는 밤 72.7×53.0cm | oil on canvas | 2020

다섯 번째 용기. 그럼에도 계속해서 도전하는 나의 오늘을 응원해

하늘을 기다리는 시간 91.0×116.8cm | oil on canvas | 2024

너에게 가는 길 53.0×45.5cm | oil on canvas | 2023

우리들의 이야기 60.6×72.7cm | oil on canvas | 2023

용기가 필요해 72.7×60.6cm | oil on canvas | 2019

내 마음이 들리니 91.0×116.8cm | oil on canvas | 2021

오늘과 내일 사이 45.5×45.5m | oil on canvas | 2022

서서히 가까워지는 것들 72.7×60.6cm | oil on canvas | 2025

To the Moon 72.7×53.0cm ┆ oil on canvas ┆ 2022

기억 속의 계절 45.5×53.0cm ┆ oil on canvas ┆ 2025

멈춰진 바람 91.0×116.8cm ┆ oil on canvas ┆ 2024

Don't Think Twice 90.9×72.7cm ┆ oil on canvas ┆ 2021

표지

지금이야 53.0×45.5cm ┆ oil on canvas ┆ 2025

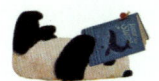

어른이지만, 용기가 필요해

초판 1쇄 발행 2025년 7월 3일

펴낸곳 나무사이
출판등록 제 2023-000192호 (2023년 9월 25일)
대표메일 namu42book@naver.com
대표전화 070-8028-3289

만든 사람들
지은이 김유미
편집 유진영
마케팅 곽수진
디자인 이하나
제작 357 제작소

나무사이 │ '나무의 성장을 위한 존중의 거리' 나무 사이처럼 책과 사람 사이
서로의 성장을 도와주고 인생에 도움이 되는 책을 만들겠습니다.